Eva Klingler
In Teuffels Küche



Mit diesem »Badischen Krimi« wünschen wir Ihnen gute Unterhaltung und spannende Momente.

Die Karlsruher Autorin lebt und arbeitet in unserem Geschäftsgebiet und fühlt sich der Region und ihren Menschen verbunden – genau wie wir.

Viel Spaß beim Lesen.

Ihre

Sparkasse

Eva Klingler

# In Teuffels Küche

## Ein Baden-Württemberg-Krimi

Silberburg-Verlag

**Eva Klingler,** geboren in Gießen. Sie studierte in Mannheim Germanistik und Anglistik, absolvierte ein Volontariat beim SWR und arbeitete als Lehrerin, Journalistin und Bibliotheksleiterin. Sie hat über zwanzig Romane, Krimis sowie Satiren in verschiedenen Verlagen veröffentlicht. Heute lebt sie als Autorin und Dozentin mit ihrem Mann in Karlsruhe und Sélestat.
www.evaklinglerkrimis.de

1. Auflage 2015


Umschlaggestaltung: Christoph Wöhler, Tübingen.
Coverfoto: © olly – Fotolia.com
Druck: CPI books, Leck.
Printed in Germany.

ISBN 978-3-8425-1399-0

Besuchen Sie uns im Internet
und entdecken Sie die Vielfalt unseres Verlagsprogramms:
**www.silberburg.de**

*Baden-Baden. Villa Freylingsdorff.*
*In der Nacht auf den 14. Juni*

Du hast gerade einen Menschen ermordet.

Nicht etwa einen Fremden, sondern jemanden, den du gut gekannt hast. Nichts im Leben bereitet dich auf diese Situation vor.

Du stehst da, das schwere Messer mit seinem massiven Holzgriff steckt noch in der Leiche. Es sieht grauenhaft aus. Da ist ja noch gar kein Blut. Warum ist da kein Blut? Kommt das noch?

Deine Gedanken rasen. Doch, da rinnt jetzt langsam etwas an der Seite heraus, an den Rändern der funkelnden Schneide des Messers. Wird dieser Körper am Ende ganz auslaufen? Du zitterst noch vor echter Wut und doch fühlt sich das Geschehen so seltsam irreal an, als ob du eine Figur in einem Kriminalfilm wärst.

Du blickst ungläubig auf eine Leiche, die gerade eben noch ein lebendes, fühlendes Wesen gewesen war und jetzt nur noch ein lebloser Haufen Gewebe ist.

Wie schnell das geht! Erstaunlich. Gut, dass du das jetzt weißt. Gerade eben konnte die Person noch sprechen, konnte keck ihr eigenes Todesurteil verkünden, jetzt ist sie schon stumm.

Welch winzig kleiner Schritt vom Diesseits zum Jenseits. Nie ist dir das so klar geworden wie jetzt.

Doch du musst das Messer abwischen. Keine Spuren. Du siehst dich hektisch um. Es ist ruhig. Niemand da. Taschentuch herausholen. Säuberlich abwischen. Keine schöne Arbeit, denn es ragt steil aus dem Körper und blitzt im Mondschein, der durch das Fenster fällt. Jetzt gilt es genau zu arbeiten. Dein eigener Herzschlag ist so laut wie zwei Presslufthämmer, den muss man doch weithin hören, doch es ist ganz ruhig im Haus. Alle schlafen.

Draußen vom Garten ein paar Käuzchen. Und das gewisse Vögelchen zwitschert. Dem muss man jetzt die Luft abdrehen.

Das Opfer hingegen ist still gestorben, als sehe es selbst ein, dass seine Tat ohne Zögern mit dem Tod bestraft werden musste.

Hättest du länger darüber nachgedacht und ihm Gelegenheit gegeben, sich zu rechtfertigen, wäre es vielleicht mit dem Leben davongekommen.

Es ist schwieriger, einen Menschen umzubringen, nachdem Todesangst und Flehen Zeit hatten, sich in den Augen einzunisten.

Nichts, was die Gerichtsmedizin untersuchen könnte, wird an dem Griff des Messers übrig bleiben. Natürlich wirst du es nicht mehr berühren. Keine Spuren hinterlassen.

Vom Garten her weht ein frischer würziger Wind. Die Katze raschelt leise im frühsommerlich üppigen Gebüsch, das so typisch ist für das mediterrane Klima in Baden-Baden.

Du bist jetzt fertig. Wirfst keinen Blick mehr auf das wie geschrumpft daliegende Opfer. Es sieht nicht gut aus, wie ihm der Mund offen steht und die Augen so starr an die Decke gerichtet sind.

Du hörst jetzt doch ein Geräusch vom Flur. Da kommt jemand. Ziehst die Tür zur Kammer zu. Kauerst still neben der Leiche. Wartest. Riskierst einen kleinen Blick in die Küche. Du grinst, als du siehst, wer da hereinschwankt.

Wer sagt's denn? Da lässt sich doch was machen. Vielleicht ein netter Zufall. Die wird nichts merken.

Als es wieder ruhig ist, verlässt du den Tatort, schleichst nach oben, horchst und tust, was zu tun ist.

Mitleid fühlst du nicht.

Das hast du alles raffiniert gelöst. Du bist sowieso gerissen. Kannst dich verstellen. Kannst jede Rolle spielen. Keiner wird etwas merken. Keiner wird dich verdächtigen.

Du bist nämlich die unverdächtigste Person von allen.

## *Karlsruhe. Paulina.*
## *14. Juni. Vormittags*

Das Telefon läutete um acht bei Paulina Teuffel. Sehr früh, zu früh.

In letzter Zeit hatte sie sich ganz gegen ihre jahrzehntelange Routine angewöhnt, etwas länger zu schlafen.

Neben ihrem Bett, nicht sauber gerahmt, nur so hingepinnt, hing einer der Sprüche ihrer Großmutter: »Der frühe Vogel kann mich mal!«

Für diese lapidare Weisheit hatte Mamas frommes, sauber in Eichenholz gerahmtes Dürerhäschen Platz machen müssen. Nicht auszudenken, was die feine Aurelia, geborene Ackermann, dazu gesagt hätte.

Heute Nacht hatte Paulina außerdem einen recht angenehmen Traum durchlebt, den man mit etwas Fantasie als erotisch bezeichnen konnte. Dies war noch niemals vorgekommen und war eindeutig ebenfalls auf Omas unheiliges Wirken zurückzuführen.

In dem besagten Traum lag sie kichernd am Strand, in einem sehr knappen Bikini, und ein Typ mit Strohhut knabberte an ihren Zehen. Der Traum endete exakt an dieser Stelle, weil Paulina nicht genau wusste, wie es weitergehen sollte. Vor allem hatte sie das Gesicht unter dem Hut nicht erkannt, was allerlei frivole Möglichkeiten offenließ.

Paulina sah auf die Uhr. Kurz nach acht.

Auf dem Weg zum Telefon blickte sie rasch in den Spiegel im Gang, der ihr jahrzehntelang eine ordentliche Frau im korrekten Kostüm gezeigt hatte. Heute Morgen warf er das Bild einer ungeduschten und zerstrubbelten Person im halb geschlossenen Morgenrock zurück, die wie ein zerrupfter Vogel aussah.

Gähnend hob sie den Hörer ab und meldete sich unvollständiger, als es sonst ihre Art war: »Hallo?«

»Chefin?«

Paulina wurde mit einem Schlag wach und ließ sich auf das brokatbespannte Telefonbänkchen, ein weiteres Überbleibsel von Mamas Möbeln, fallen. Das Ding, so hatte Oma befunden, war derart spießig, dass es schon wieder schön war.

»Patrick? Warum rufst du so früh an? Ihr habt doch bei den Auftraggebern übernachtet. Ist alles gut gegangen mit der Veranstaltung? Waren die Kunden zufrieden?«

Verlegenes Schweigen am anderen Ende der Leitung. Paulina seufzte, nahm das Telefon mit ins Schlafzimmer zurück, setzte sich auf die Kante ihres Einzelbettes und zog die blau-weiß karierte Bettdecke über ihre Beine. Offenbar war etwas schiefgegangen mit der Lesung.

»Nicht so ganz, Chefin. Es ist da was Dummes passiert. Ich muss auch gleich gehen. Sie wollen nämlich auch mit mir reden.«

»Was denn? Wer will mit dir reden? Hat Viola nicht gut gelesen oder kam der Text nicht an?«

»Doch, doch, sie hat prima gelesen, und dann gab es noch ein Mitternachtsbüfett und es wurde ein bisschen was getrunken und der Hausherr und ich haben eine Runde Darts gespielt, aber ich hab ihn absichtlich gewinnen lassen, denn wir wollten ja unsere Gage und ich dachte, vielleicht legt er noch was drauf, wenn er gut gelaunt ist. Ist ein ehrgeiziger Typ, aber nett und naja …«

Patricks Stimme hörte sich an, als habe er nicht nur ein bisschen was getrunken.

Paulina richtete sich auf. »Patrick, wie viel war ein bisschen getrunken?«

»Bisschen viel!«

Im Vertrag stand, dass Paulinas Kleinkünstler während ihres Auftrittes keinen Alkohol konsumieren durften. Das war notwendig geworden, nachdem kürzlich einer ihrer Jongleure sturzbetrunken von der Bühne gefallen war. Direkt ins Dekolleté der mehr als 80-jährigen Jubilarin.

»Ja, und?«

»Naja, jedenfalls sind jetzt die Bullen vor Ort.«

»Polizei? Was denn für eine Polizei? Wieso denn das? Waren Drogen im Spiel?«

»Die Kriminalpolizei und, hm, Chefin, Sie werden das nicht gerne hören …«

Paulina verdrehte die Augen. »Für Ratespiele ist es zu früh, Patrick. Was ist passiert?«

»Viola ist in Unterschungshaft. Sie wird gerade vernommen.«

»Um Himmels willen. Wegen was denn?«

»Es ist was mit der Gastgeberin.«

»Was?«

»Man verdächtigt sie, Frau … wie heißt sie noch … Freilingshauser …«

»Freylingsdorff, Patrick. Vielleicht merkst du dir mal die Namen deiner Auftraggeber so genau wie die der Mädchen, mit denen du ins Bett gehst.«

»Die merk ich mir auch nicht immer, Fifty. Nur, wenn sie mehr als zweimal drinliegen. Also, Viola wird verdächtigt, einen Mord begangen zu haben.«

»Beweg dich nicht von der Stelle, Patrick. Ich komme so schnell wie möglich.«

Paulina Teuffel war eigentlich eine bedächtige, vorsichtige und langsame Autofahrerin, die von denen gehasst wurde, die hinter ihr mit exakt Tempo 30 durch eine 30er-Zone gondeln mussten. Vor allem, als sie noch den kleinen Dienstwagen der Evangelischen Gebäudeverwaltung Nordbaden gefahren hatte, um ihren Kindergärten Besuche abstatten zu können, pflegte sie schon meterweit vor jedem Fußgängerübergang anzuhalten und höflich zu warten, bis auch die letzte Passantin über die Straße gekrochen war.

»Wir sind immer im Dienst«, hatte sie den jungen Kolleginnen gern verkündet. »Und als Mitarbeiter der Kirche haben wir eine gewisse Vorbildfunktion.«

Die jungen Dinger, die viele Jahre nach ihr im Büro angefangen hatten, verdrehten dann genervt die Augen und selbst der Chef, Herr Stefani, schien wenig beeindruckt von dem Pflichtbewusstsein seiner Abteilungsleiterin vom »Bereich Betreuungseinrichtungen, Abteilung Vorschulkinder«.

Diese Art von späten Mädchen in hochwertigen und korrekten Büro-Kostümchen und mit gezähmtem, praktisch kurz geschnittenem Haar sowie nur einem Hauch von dezentem teurem Make-up starb allmählich aus, sprich, sie ging in Rente; wenn man Glück hatte, als Chefin sogar in Frührente, so wie diese Paulina Teuffel jetzt eben auch.

Doch heute Morgen war alles anders.

Paulina raste gerade mit fast überhöhter Geschwindigkeit auf der B 36 in Richtung Baden-Baden. Es kam ihr zugute, dass Sonntag war, also die baustellenträchtigen Ausfallstraßen des ständig am Verkehrskollaps entlanghangelnden Karlsruhe nicht von Lastwagen verstopft waren.

An sich keine Freundin von Schmuck, trug Paulina lediglich einen Karneolring, ein schlichtes Familienerbstück aus der von ihr bevorzugten Ackermann-Linie, und der schnitt ihr jetzt schmerzhaft ins Fleisch, so heftig umklammerte sie das Lenkrad.

Sie passierte Ettlingen. Und landete prompt nun doch in einem Stau.

Ein Wohnmobil lag quer auf der Straße und blockierte beide Spuren. Mehrere Kinder und ein Hund tobten drumherum. Offenbar war niemand verletzt.

Paulinas Herz pochte. Hier würde es vorläufig nicht weitergehen. Keine Ausweichmöglichkeit. Hinter ihr bildete sich eine unzufriedene und hupende Autoschlange. Ellbogen ragten resigniert aus den Fensterscheiben, Finger schnippten nervös Asche auf den Boden. Aus den hinteren Fenstern blickten wahlweise Kinder- oder Hundegesichter.

Ein Mann stieg aus dem Auto vor ihr aus, marschierte zur Unfallstelle, diskutierte mit einem Beamten, gestikulierte wild, schimpfte, schüttelte den Kopf, lief zu seinem Auto zurück und rief den Wagen hinter ihm zu: »Das kann dauern. Halbe Stunde mindestens.«

Paulina stöhnte.

Einige Autofahrer drehten mit aggressiven, ruckartigen Lenkbewegungen um.

Paulina verharrte schockstarr, wo sie war. Erstens war Wenden hier verboten und sie hielt sich aus alter Gewohnheit an die Gesetze und zweitens würde das Zurückfahren genauso viel Zeit kosten.

Sie stellte das Radio an. »You raise me up to more than I can be!«

Schönes Lied, wo hatte sie es nur schon einmal gehört? Und wer hatte ihr nur gesagt, es bedeute etwas? Doch es störte jetzt ihre Gedanken. Sie drehte das Radio ab.

Also blieb ihr nichts übrig, als in dem stillen Auto sitzen zu bleiben, ihren Gedanken und Erinnerungen schutzlos ausgeliefert.

Die von ihr vermittelte Autorin Viola Teiss verhaftet wegen Mordes. Ausgerechnet Viola! Dieser winzig kleine Bauerntrampel aus dem Schwarzwald schrieb Geschichten über Morde, aber sie verübte doch keine! Das war unvorstellbar.

Wie hatte sie, Paulina Teuffel, 57 Jahre alt, frischgebackene Frührentnerin, nicht verheiratet, keine Kinder, keine Laster und keine Schulden, Sammlerin von historischen Teddybären und einst unbescholtene Bewohnerin einer ruhigen, gepflegten Vierzimmerwohnung im gehobenen Musikerviertel der Stadt Karlsruhe, überhaupt in eine solche Situation geraten können?

Oh, man musste nicht lange nachdenken, wer wirklich schuld war an ihrem Dilemma.

*»Oma!«*

*»Paulina, das konnte ich auch nicht wissen. Es hieß bekanntlich nur, ich soll dir zur Seite stehen, denn es würde endlich in deinem Leben etwas Spannendes passieren. Und da ich immer für spannende Sachen zu haben war, habe ich gesagt, Boss, das mach ich.«*

*»Boss? Sprichst du etwa so von Gott?«*

*»Ich möchte da nicht ins Detail gehen, Paulina. Aber ich hatte bei dieser Viola von Anfang an kein gutes Gefühl. In diesen kleinen Menschen, die immer übersehen werden, steckt oft viel Frustration und deshalb viel Energie. Meine Eltern kannten eine ausgediente Zwergin vom Varieté, Mama hat ihr in den schlechten Zeiten manchmal einen Liter Sauermilch zugesteckt, die hat in der ganzen Nachbarschaft geklaut wie ein Rabe. Die kam ja auch beinahe unter jedem Türspalt durch.«*

*»Oma, deine Weisheiten hören sich immer wunderbar an, aber schau, was daraus geworden ist. Mord und Totschlag. Was hatte ich nur für ein ruhiges Leben, bevor du aufgetaucht bist!«*

*»Kind, wir wissen doch längst, dass Krimis deine heimliche Leidenschaft sind. Bewunderst, genau wie ich, die gute alte Miss Marple und ihren Scharfsinn. Ich hab's aber schon hinter mir. Ich durfte sie spielen und habe mehr als hundert Mal den Mörder entlarvt, damals auf der Bühne. Jetzt bist du dran. Und das auch noch in Wirklichkeit. Wenn das mal nicht endlich eine Leidenschaft ist, die man ausleben kann!«*

*»Du und deine ewigen Leidenschaften. Das ewig kann man bei dir wörtlich nehmen.«*

*»Paulina, ohne mich würdest du nach wie vor mit deinen langweiligen Freundinnen ins Museum gehen und abends mit sittsam nebeneinandergestellten Beinen dem Leben anderer Leute im Fernsehen zugucken.«*

Oma und ihre verdammte Lebenslust.

Und Paulina, an diesem 14. Juni festgenagelt in ihrem Auto auf dem Weg nach Baden-Baden, dachte zurück an den Tag am Karlsruher Hauptbahnhof vor einem halben Jahr, als alles begonnen hatte, ihr Leben einen Purzelbaum schlug und, anstatt sich wieder in Normalposition zu begeben, einfach auf dem Kopf stehen blieb …

*Karlsruhe. Paulina.*
*Ein halbes Jahr zuvor im Januar. Vormittags*

Klick. Paulina Teuffel starrte aufmerksam und unbewegt wie ein Kaninchen in den umrandeten Kreis in der Fotokabine im Karlsruher Hauptbahnhof. Passte ihren Scheitel, wie vom Gerät befohlen, krampfhaft der gemalten Scheitellinie an und bemühte sich, ja nicht zu blinzeln. Blinzelte dann aber doch, weil sie sich eben zu sehr bemühte. Klick. Klick. Klick.

Der Automat verabschiedete Paulina und bat sie, draußen auf die Fotos zu warten. Paulina, ordentlich erzogen, gesetzestreu und gottesfürchtig, tat, wie man es ihr sagte, und verließ die Kabine.

Im Inneren des Automaten erönte ein Gebläse wie das einer Boeing. Zumindest vermutete Paulina, dass es sich wie bei einer Boeing anhörte, denn sie war noch nie geflogen. Fliegen bedeutete, sich einem fremden Mann anzuvertrauen, und das hatte sie das letzte Mal vor etwa dreißig Jahren getan, als sie geheiratet hatte. Und schon damals war es ein kapitaler Fehler gewesen.

Paulina war keine Frau, die Fehler zweimal machte. Sie war gründlich und überlegt, hatte ganz gerne die Dinge unter Kontrolle. Auch die Dinge, die ihr jetzt noch zustoßen könnten – auf dem Weg in ein hoffentlich friedliches Alter und eine sichere Rentenzeit – hatte sie minutiös vorausberechnet. Versicherungen waren abgeschlossen. Kontrolltermine beim Arzt vereinbart. Ein ausreichend großes Sparbuch für Reparaturen und Autokauf existierte. Ein langfristiger Mietvertrag gewährte Sicherheit. Ein kleiner, überschaubarer Freundinnenkreis von gewissem Niveau schenkte Geborgenheit.

Nein, nein, die Zeit, die vor ihr lag, barg keine Überraschungen, und das war gut so.

Woher hätte Paulina auch wissen sollen, dass die Karten des Schicksals von einer gut gelaunten, aber etwas chaotischen Kartengeberin namens Schicksal gerade eben ganz neu gemischt wurden? Und dass gerade jetzt im nicht allzu fernen Baden-Baden jemand eifrig und triumphierend ein paar Worte schrieb und damit kerzengerade den Weg zur Unterzeichnung seines Todesurteils beschritt? Und dass eine weitere Person zu diesem Zeitpunkt noch nicht wusste, dass sie morden würde, aber auf jeden Fall danach damit rechnete, ungeschoren davonzukommen?

Und dass sie, Paulina Teuffel, von ebenjener Madame Schicksal genau dort hingeschickt wurde, wo sich Mörder und Opfer begegnen sollten …

Am Karlsruher Hauptbahnhof herrschte das übliche lebhafte Treiben. Eilige Menschen strömten von den Bahnsteigen in die Halle und von dort auf den Vorplatz mit Blick auf das schöne, klassische Ensemble von Stadtgarten und Zoo. Wieder andere, Grüppchen, Paare, auch einzelne Reisende, hasteten vom Hintereingang zu ihrem Zug nach Mannheim, in die nahe Pfalz oder nach Südbaden. Gerade noch geschafft! Kinder heulten, weil sie von erwachsenen Händen grob hinterhergezerrt wurden, die Räder von Koffern knirschten auf dem Boden, Rudel von jungen Mädchen mit *Primark*-Einkaufstüten kehrten zurück in die Provinz. Keiner von ihnen beachtete die Frau mittleren Alters, die geduldig vor dem Fotoautomaten wartete.

Die Bilder kamen schließlich sich ringelnd und unangenehm nach Chemie riechend aus der Luke unten an dem Automaten. Paulina nahm sie vorsichtig heraus, blies sie trocken und betrachtete sich selbst leidenschaftslos: Dunkelbraunes dichtes Haar, kurz geschnitten, da es sich sonst immer unbotmäßig locken wollte. Blaue Augen mit grauen Wimpern. Zarte Stupsnase. Gerade, kleine Zähne und ein voller Mund. Leicht gebräunte, aber noch fast faltenlose Haut. Nicht hässlich. Seriös. Altersgemäß. Eine sympathische, unauffällige Frührentnerin.

*»Was meinst du zu meinem Bild, Oma? Sehe ich nicht ordentlich aus?«*

Paulina hatte ihre Großmutter nicht gekannt. Sie war vor mehr als fünfzig Jahren im Urlaub gestorben. In der Sommerfrische, wie das damals hieß.

Obwohl es ihr nicht ausdrücklich gesagt wurde, hatte Paulina immer angenommen, das Unglück sei in Bayern oder an einem Ort wie dem Wörthersee passiert. Jedenfalls irgendwo da, wo nette reife Damen der besseren Gesellschaft zu Beginn des organisierten Tourismus in den 50er Jahren gerne hinfuhren.

Paulina besaß nur ein einziges Bild, ein Schwarzweiß-Foto, von ihrer Großmutter väterlicherseits, und beim Betrachten hatte sie empfunden, dass sie ihr ein bisschen ähnlich sah. Die Gestalt auf dem Bild hatte ebenfalls feine Züge und braune Locken sowie lebhafte Augen und die gleiche Stupsnase wie Paulina, auch wenn die von Oma noch einen Hauch stupsiger aussah, was vielleicht an den Sommersprossen lag, die sie zahlreich zierten.

Mama hatte immer durchklingen lassen, ihre Schwiegermutter sei an ihrem Tod selbst schuld gewesen, und zwar mit den kryptischen Worten: »Nun ja, eine ältere Frau tut solche Dinge eben nicht. Gut, dass dein Vater nach deinem Opa kommt, der ein braver Mann war und keine solchen verrückten Ideen hatte.«

»Was für solche Dinge?«

Sanftes, aber bestimmtes Kopfschütteln. Genaueres hatte man dem Kind nicht sagen wollen, um es nicht zu verstören.

Mama ihrerseits entstammte einer sehr vornehmen badischen Familie, die seit Jahrhunderten in Karlsruhe ansässig war. Ihre Vorfahren hatten samt und sonders am Hof des Großherzogs als Berater und Finanzleute gedient und stets in ihrem Dunstkreis gewohnt und gelebt. Von Kanzlisten im Hofzahlamt hatten sie es zu Kanzlisten im Hofrechnungsamt gebracht und die Laufbahn des letzten monarchistischen Ackermanns hatte in der Position des Hofkammerrates gegipfelt.

»Wir, die Ackermanns, sind empfangen worden.«

Noch bis in ihre späten Jahre hatte Paulinas Mutter Aurelia den 22. November als Trauertag begangen, denn an diesem Tag im Jahr 1918 hatte Großherzog Friedrich II. abgedankt und Baden war bedauerlicherweise Republik geworden.

Aurelias Vater, Paulinas Großvater, war Bankbeamter in einer feinen Privatbank gewesen. Ein etwas abgelegenerer Teil der Familie hatte sogar ein »von« vor dem Ackermann und wohnte bei Baden-Baden.

»In Baden-Baden«, so Mutter zu Tochter, »endet ein feines Leben auf kultivierte Weise! Merk dir das.«

Sie wusste damals nicht, wie recht ihre Mutter behalten sollte.

Mama achtete jedenfalls auf Sitte, Anstand und Frömmigkeit, hielt die alten Werte hoch und beabsichtigte, diese an ihre Tochter weiterzugeben. Glücklicherweise war das aufnahmebereite Mädchen leicht zu lenken und so wurde ihre Paulina anstatt einer Revoluzzerin in den Jahren nach 1968 eine kleine Dame mit einer ausgeprägten Liebe zu Puppenhäusern im herrschaftlichen Stil und fraulichen Handarbeiten.

Unbewusst hatte Paulina angenommen, dass ihre Großmutter väterlicherseits Marianne ebenso gewesen sei. Und es gab auch keinen Anlass, etwas anderes zu vermuten, denn Papa stammte schließlich aus einem bürgerlichen, wenn auch deutlich kleinbürgerlicheren Beamtenhaushalt in Mannheim, der irgendwann nach Karlsruhe verlegt worden war. Und so gewann Paulina ein schönes, biedermeierlich angehauchtes Bild von ihrer nie gesehenen Ahnin Marianne.

Eines Tages, sie war schon lange erwachsen, hatte sie erfahren, ihre Oma, die Mama vom Papa, also die sogenannte Mannheim-Oma, sei auf dem Weg nach Paris in einem Flugzeug gestorben, deshalb müsse man auch kein Grab pflegen. Über dem Meer sei dann auch ihre Asche verstreut. Genaueres erfuhr Paulina auch jetzt nicht, denn über die verblichene Oma wurde nicht viel gesprochen. Auch die Frage, wie alt sie wohl gewesen war, als sie verunglückte, wurde ebenfalls nur ausweichend beantwortet. Mama hatte nur immer vielsagend zum Himmel und dann mit schmerzlichem Gesichtsausdruck zu Papa hinübergeblickt. Und der hatte ebenfalls zum Himmel geblickt. Berechtigterweise, wie sich herausstellte. Auf jeden Fall sei der zurückgebliebene Opa Rudi sehr unglücklich gewesen und auch bald verstorben.

Dieses ganze Getue gehörte zu den Rätseln der Mannheim-Oma, zumal nun auch kein Mannheim-Opa mehr existierte, um gutes oder schlechtes Zeugnis von der Gattin abzulegen. Die ganze etwas nebulöse Sache beflügelte die – allerdings nicht sehr stark ausgeprägte – Phantasie von Paulina, doch da keine neuen Informationen folgten und sie sich nicht an die Oma erinnern konnte, versiegte bald das Interesse an der Vorfahrin wieder.

Als Paulina zwanzig war, starb ihr Vater, der im Schulamt gearbeitet hatte, überraschenderweise an einem Herzinfarkt. Paulina tröstete ihre Mutter, heiratete dann mit Mitte zwanzig, wurde aufgrund eines peinlichen Vorkommnisses in Rekordzeit geschieden und machte anschließend den Fehler ihres Lebens. Sie zog nämlich anstatt mit einer unternehmungslustigen Freundin, einem neuen Mann oder einfach nur sich selbst mit ihrer Mama zusammen.

Die beiden Damen suchten sich eine gepflegte Vierzimmerwohnung in dem nach dem Krieg wieder neu erstandenen schönen Karlsruher Stadtteil rund um den Brahmsplatz, wo Springbrunnen und Statuen auf Grünflächen von der vergangenen Größe einer Residenzstadt kündeten. Einem kleinen Hang zur Bequemlichkeit nachgebend, führte Paulina dort mit der im Grunde reizenden Mutti ein überaus unaufgeregtes und harmonisches Dasein, das von Beschaulichkeit und etwas altmodischen, aber gut gemeinten Regeln geprägt war.

Paulinas Mutter ließ sich etwas Zeit damit, ihrem Mann dorthin zu folgen, wo sie ihn ohnehin täglich besuchte, nämlich auf den Friedhof, doch irgendwann verschied sie dann doch auf eine sanfte, appetitliche und stille Weise.

Paulina blieb alleine in der Wohnung zurück, fühlte sich darin ein wenig einsam und versuchte sich deshalb manchmal mit ihrer Mama zu unterhalten, wenn sie an deren Grab auf einer der Ruhebänke saß, die Gießkanne in der Hand. Doch irgendwie waren die Gespräche mit der verstorbenen Mama so fade, wie es die mit der lebendigen gewesen waren, oder noch einen Hauch fader, was natürlich auch an Paulinas Aufmachung und Kleidung liegen konnte, die der ihrer Mutter so sehr ähnelte, dass viele sie für Schwestern mit großem Altersunterschied gehalten hatten. Und es schien auch, als sei zwischen Mama und ihr alles Wesentliche gesagt.

Trotzdem fühlte Paulina einen gewissen Gesprächsbedarf. Alleinlebende Frauen ab einem gewissen Alter neigten in dieser Situation deshalb dazu, sich mit ihrer Katze, ihrem Hund oder notfalls eben sich selbst zu unterhalten. Paulina schätzte jedoch ein, wenn auch noch so imaginäres, Gegenüber, und irgendwann hatte sie deshalb begonnen, sich anstatt mit Mama gelegentlich mit ihrer unbekannten Oma auszutauschen. Da es weder jemals eine reale noch eine spirituelle Bekanntschaft zwischen den beiden Frauen gegeben hatte, antwortete Oma natürlich nie, was den Vorteil hatte, dass man alles in sie hineinprojizieren konnte, was man brauchte. Dies wäre bei Mama mit ihren klaren Regeln und Moralvorstellungen nicht möglich gewesen. Paulina wusste bei jedem Sachverhalt, was Mama dazu gesagt hätte: »Paulina, das gehört sich nicht!« – »Paulina, so verhält sich keine echte Dame!« – »Paulina, diese sogenannte Freundin passt nicht zu dir. Sie hat nicht unser Niveau!« – »Paulina, lebe sauber. Dann hast du inneren Frieden!« – »Paulina, trage bitte keine engen Jeans. Du bist doch kein junges Mädchen mehr.« – »Paulina, in der alten Wohnung wäre dieser Mann nur durch die Hintertreppe eingelassen worden. Überlege dir also nochmal gut, ob du ihn zum Tee bitten willst!« – »Paulina, dieser Film hat keinen künstlerischen Wert. Du kannst lachen? Nun, schön, aber seit wann geht man zum Lachen aus dem Haus? Such dir lieber ein schönes gutes Stück im Theater aus oder lies ein wertvolles Buch. Wann war meine gute Tochter übrigens das letzte Mal in der Kirche …?«

Da die nie gesehene Oma stumm blieb, erteilte sich Paulina die passenden Antworten stets in perfekter Harmonie mit sich selbst: »Soll ich diesen hellblauen Kaschmirpulli kaufen, Omama?«

Das zweite »-ma« stand übrigens für Mannheim! Oma Mannheim.

»Aber ja doch, Kind. Er kleidet dich sehr gut!«

Paulina meinte immer eine liebevolle Zustimmung in dem gemütlichen altmodischen Tonfall und Wortschatz der damaligen Zeit von ihrer Großmutter zu bekommen. Immerhin war die gute Dame im gemütlichen Jahr 1900 geboren und hatte gewiss stets in behaglichen und bürgerlichen Verhältnissen gelebt.

Diese einseitigen Zwiegespräche hatten Paulina durch mehrere Jahre begleitet und taten ihr so gut wie anderen Frauen Meditation oder Yoga.

Paulina betrachtete jetzt gerade ihr Hochglanzfoto mit Genugtuung.

*»Und? Ich sehe doch ganz ordentlich aus, oder, Omama? Seriös.«* Und wie immer antwortete sich Paulina selbst: *»Oh ja, durchaus.«*

Ob es eine Laune der Natur war oder eine Einbildung oder übersinnlich, auf jeden Fall antwortete diesmal jemand aus dem Off direkt in Paulinas aufnahmebereite Seele hinein.

*»Darf ich offen sprechen? Mädchen, du siehst sterbenslangweilig aus.«*

*»Was??«*

*»Wie eine Nonne auf Heimaturlaub.«*

*»Wie bitte?«*

*»Ja. Da kann man doch mehr draus machen! Du hast doch auch was von meinen Genen abgekriegt, und ich war immer ein Hingucker!«*

*»Ich will gar nicht mehr daraus machen. Wer sind Sie überhaupt?«*

*»Du redest doch immer mit mir, und ich dachte, jetzt, wo ich ein bisschen Zeit habe, antworte ich dir mal.«*

*»Oma?«*

*»Yep!«*

*»Wie bitte?«*

*»Ja, Schätzchen, die Zeit bleibt nicht stehen. Und ich informiere mich. Kann mit den Jungen mithalten.«*

*»Wo bist du?«*

*»In deiner Erinnerung. In deinem Herzen. In deinem Gemüt. In deinem Blut. Überall, wo du mich brauchst. Frag nicht viel, freu dich, dass ich mal vorbeischaue. Aber ich glaube, das war auch dringend nötig. Du bist mir vielleicht ein trübes Pflänzchen.«*

*»Ich bin ganz zufrieden mit meinem Leben, danke!«*

*»Ach ja? Also, mit dem Leben, das du führst, wär ich jedenfalls nicht zufrieden gewesen. Und deshalb hab ich ja auch was geändert. Nun lass mal sehen. Also, ja, du siehst ganz nett aus, aber du solltest dich ein wenig schminken. Hast du keinen Lippenstift zu Hause?«*

*»Ich habe selbstverständlich einen Lippenstift, aber ich benutze ihn höchst selten. Anmalen ist etwas für die Jugend. Mama hat immer gesagt, etwas Rouge auf die Wangen reicht, wenn man blass ist. Es wirkt vornehm. Und die Augenbrauen kann man auch dezent nachziehen. Alles andere gehört sich nicht für eine Frau in meinem Alter und sieht einfach billig aus. Das überlässt man lieber gewissen Damen.«*

*»Hihihi. Was denn für gewissen Damen?«*

*»Damen, die keine sind.«*

*»Dann war ich keine Dame. Ich habe mich immer geschminkt! Und erst recht, als ich so alt war wie du. Da verkauft man über die Dekoration. Aber ich hatte natürlich auch einen jüngeren Mann.«*

*»Ich denke, Opa war viel älter als du.«*

*»Wer spricht denn von Opa!«*

*»Wie bitte?«*

*»Das erzähl ich dir später. Jedenfalls siehst du zu farblos aus. So wird keiner auf dich aufmerksam.«*

*»Ich möchte gar nicht, dass jemand auf mich aufmerksam wird. Ich halte nichts davon, die Falten zu übertünchen. Man sollte zu seinen gelebten Jahren stehen.«*

*»Unsinn! Man muss dir nicht unbedingt jedes gelebte Jahr ansehen. Das ist Gerede von evangelischen Pfarrerinnen und Frauen, die immer schon hässlich waren.«*

*»Oma! Bitte! Das schreiben im Übrigen auch die modernen Frauenzeitschriften, falls es dich beruhigt. Ich gehe nämlich sehr wohl mit der Zeit. Aber ich bin eben nicht mehr jung.«*

*»Wer hat dir denn das weisgemacht! Als ich so alt war wie du, da hab ich erst richtig losgelegt. Allerdings war dann auch bald Schluss! Gott sei Dank hab ich mir vorher noch ein paar fast abgestorbene Träume erfüllt.«*

*»Die Frauenzeitschriften …«*

*»Deine Frauenzeitschriften sitzen aber nicht samstagabends alleine vor der Glotze auf dem Sofa herum, und die Redakteurinnen, die schreiben, du sollst dich zu deinen Falten bekennen, brezeln sich bestimmt auf, wenn sie ausgehen.«*

*»Woher kennst du denn diese Worte, diese Ausdrücke? Du bist immerhin schon 1957 gestorben.«*

*»Hm, wie soll ich sagen, ohne Firmengeheimnisse auszuplaudern. Wir haben hier viel Kontakt mit jungen Leuten. Vor allem mit Motorradfahrern.«*

*»Und die reden mit alten Leuten wie dir!«*

*»Das Alter spielt hier keine Rolle mehr. Wir sind alle gleich. Aber 1957 war finito. Stimmt. Mensch, war das schade. Da war Karlsruhe grade wieder ein bisschen aufgebaut. Vorbildlich übrigens. Was haben wir geackert und aufgeräumt. Das waren weiß der Boss steinige Jahre. Es gab sogar einen Schuttexpress vom Schlossplatz zum Rheinhafen. Aber wir haben das gut hingekriegt. Und das Leben war wieder schön nach diesen Scheißjahren.«*

*»Ich verstehe!«*

*»Also, wenn du da unten einen grauen Strich unter deine Augen setzen würdest, sind sie – puff – größer! Und das wirkt jugendlich. Warum willst du denn unbedingt jetzt schon aussehen wie eine Feldmaus!«*

*»Ich arbeite bei der Evangelischen Kirchenverwaltung. Zumindest bis vor ein paar Tagen.«*

*»Na und? Und wenn du im Vatikan arbeiten würdest. Wenn du jünger daherkommst und besser aussiehst, hast du es leichter im Beruf und in der Liebe! Basta. Wenn alle Frauen so aussehen würden, wie sie geschaffen wurden, wäre die Menschheit ausgestorben!«*

*»Die Liebe? Die interessiert mich nicht besonders. Nur Agape!«*

*»A… was? Kenne ich nicht.«*

*»Nicht? Ich dachte, da oben … oder ist es da unten … also, ich dachte, man kennt den Begriff.«*

*»Nein. Nie gehört. Aber ich hatte natürlich auch nur Hauptschule. Wie ich 14 war, und ich war eine gute Schülerin, fing der Erste Weltkrieg an, verstehst du. Ein Blödsinn. Schade um all die jungen Männer. Da war nix mehr mit Schule. Dabei hätt ich gern mehr gelernt. Agape?«*

*»Das ist die christliche Liebe, Oma!«*

*»Aha. Naja. Also, ich war eine Frühentwicklerin und sehr für die Liebe zu haben, aber weniger für die christliche, wenn du verstehst.«*

*»Durchaus. Ich sehe ja, was in der Welt passiert. Bist du sicher, dass du meine Oma bist?«*

*»Da bin ich ziemlich sicher. Außer, sie haben deinen Papa vertauscht. 1925. Mein zweiter Bub nach dem Alfred. Ich war ja ganz furchtbar brav mit einem badischen Beamten verheiratet, und das war dein Opa Rudolf. Unter uns gesagt … normalerweise hätte ich den Rudi ja nicht genommen. Bisschen langweilige Tasse. Ich war nämlich mehr fürs Künstlerische. Lag mir im Blut. Hab schon als Backfisch ewig auf den billigen Plätzen im Theater gesessen und mir gewünscht, ich stünde auf der Bühne, verstehst du? Aber der Rudi war Standesbe-*

*amter. Damals galt das was und beim Hitler, dem Mistkerl, waren manche froh, sie kannten so einen. Stichwort Ahnennachweis. So ein Quatsch. Vorfahren!«*

*»Ich möchte eigentlich nichts davon hören, Oma! Über diese Zeit sprechen wir nicht so gerne.«*

*»Warum nicht? Naja, viel verdient hat der Opa nicht, aber es war ein sicheres Gehalt und später kam natürlich die Pension.«*

*»Ja wir sind eine vornehme Familie. Von beiden Seiten. Darauf war ich immer stolz.«*

*»Sei lieber stolz auf dich selbst als auf einen Haufen toter Leute. Und meine Seite war nicht so furchtbar vornehm. Mein Papa fiel aus der Art. Ist sesshaft geworden und hat einen kleinen Laden, einen sogenannten Schifferladen, in Mannheim-Neckarstadt betrieben. Mamas Leute haben ja noch Lose auf dem Jahrmarkt verkauft, aber sie hat ihm dann geholfen, den Laden zu führen, und das hat sie gut gemacht. Haben dir deine Eltern das nie erzählt?«*

*»Um Himmels willen, nein. Ich will das gar nicht wissen. Lassen wir die Vergangenheit bitte ruhen.«*

*»Auf einmal. Du hängst doch immer noch an den Hinterlassenschaften von deiner Mama. Ach so. Meine Vergangenheit ist wohl nicht so gut wie die von den Ackermanns, die dem Großherzog den Arsch geküsst haben, oder wie? Kann es sein, dass du dir vom Leben ein hübsches Foto aus passenden Erinnerungen machst, das rahmst du, hängst es an die Wand und staubst es gelegentlich ab?«*

*»Ich verstehe dich nicht.«*

*»Wie du willst. Nur so viel: Deinen Opa habe ich jedenfalls am Bahnhof in Heidelberg kennengelernt. Wir hatten beide einen Zug verpasst. Und dann hat er mich auf eine Brause eingeladen. Ich war ein hübsches Ding und so kam eins zum anderen und bald war dein Onkel Alfred unterwegs.«*

*»Das scheint mir etwas locker für die damalige Zeit.«*

*»Kind, das waren die Zwanziger. Sogar die sogenannten Goldenen Zwanziger in Berlin drüben. Bei uns war's mehr*

*Katzengold. Aber ein bisschen was ist auch in die badische Provinz geschwappt. Andere Musik, moderne Literatur und ganz verrückte Bilder von Leuten, die die Augen auf der Stirn hatten. Neue Ideen am Theater. Kintopp konnte sich jeder mal leisten. Locker? Ich war jung, und ich hatte Feuer im Popo.«*

*»Und Opa?«*

*»Leider nicht. Leider nicht. Der war ein Langweiler, der um Punkt sechs Uhr essen wollte und mehr unterm Bett nach Staub gesucht hat als im Bett nach seiner Frau. Wollte einfach nicht sehen, dass ich keine Lust mehr auf braves Hausfrauchen hatte. Je älter ich wurde, je weniger. Ich hab ihn dann verlassen.«*

*»Einfach so? Man hat doch Pflichten!«*

*»Immer nur tun, was angeblich Pflicht ist, fügt den Menschen mehr Schaden zu als ein bisschen gesunder Egoismus, Kind. Naja, ich treff dich jedenfalls jetzt hier an, und ich denke, die Paulina macht bestimmt die Fotos für ihren Schatz! Du siehst nämlich noch ziemlich proper aus. Kommst wirklich auf mich. Und auf die Ghardinis natürlich.«*

*»Auf wen? Also, ich mache diese Fotos für den Oberrheinischen Museumspass. Da kann man für eine Jahresgebühr in Baden, Elsass und der Schweiz umsonst in Museen gehen. Damit kann man sein Alter bereichern. Das wäre auch etwas für dich gewesen. Wenn es das damals schon gegeben hätte.«*

*»Museum? Nein, danke. Paulina, du liebst es scheinbar, Leuten zu sagen, was sie deiner Meinung nach tun sollten. Eigentlich hättest du ja auch Lehrerin werden sollen – so hat es dein Vater zumindest bei deiner Geburt gesagt. Immerhin, denk ich damals noch, sie wollen sie was Ordentliches lernen lassen. Dann kann sie ihren eigenen Weg gehen und muss nicht gleich irgendeinen Langweiler heiraten, nur um versorgt zu sein.«*

*»Wie bitte?«*

*»Aber deine Eltern haben dann wohl doch nicht allzu viel davon gehalten, ein Mädchen an die Universität zu schicken. Richtig. Deine Mama kam ja aus feinem Haus. Hatten Kon-*

*takt zum Hof. Die Söhne sollten Jura studieren oder sonst was Graues werden, und die Mädchen kamen da in dem Bildungsplan nicht vor.«*

*»Immerhin habe ich Abitur, Oma!«*

*»Na dolle. Und was hast du draus gemacht?«*

*»Einiges. Ich war erst auf der Stadtverwaltung, im Grundbuchamt und dann bekam ich diese gute Stelle bei der evangelischen Kirche. Ich hatte zweieinhalb Planstellen unter mir.«*

*»Hihihi. Jetzt hätt ich fast was Falsches gesagt. Nein, das meine ich nicht. Hast du irgendwas Großes gemacht, mit deinem Abitur? Da stand dir doch die Welt offen. Wann bist du nochmal geboren? Richtig: 1957. Na also, da ging doch schon was. Ausland. Universität ...«*

*»Ich persönlich wollte erst einmal eine sichere Basis schaffen. Und außerdem bilde ich mich ja jetzt fort und besuche deshalb die Museen unserer Region.«*

*»Von meiner Warte aus ist das Quatsch. Warum willst du deine schönen Jahre vertun und tote Sachen hinter Glas anschauen, und wenn du ihnen zu nahe rückst, piepst eine Alarmanlage? Das kannst du noch machen, wenn du achtzig bist. Gib dich lieber mit den Lebenden ab, raus aus der Monotonie, hab Spaß und sei froh, dass du noch da bist. Glaube mir, das ist schon was wert!«*

*»Ich freue mich an Kultur, an der schönen Natur, an einer guten Tasse Tee ...«*

*»Gähn. Ich höre direkt deine Mutter sprechen. Wie öde. Als ich so alt war wie du, war bei mir urplötzlich Schluss, obwohl ich gerade erst neu angefangen hatte. Ewig schade. Das mit dem ›ewig‹ kannst du übrigens wörtlich nehmen.«*

*»Ich mag es nun mal, wenn man mir ordentlich beschriftete Dinge zeigt und erklärt. Und ein Museum, da weiß man genau, woran man ist: Öffnungszeiten. Eintrittspreise. Führungen. Thema der Ausstellung ...«*

*»Oh je! Und warum machst du nichts ... wie sagt man ... mal spontan? Ich war immer so. Wann immer es ging. Als ich jung war, ging das nicht sehr oft: Rucksack, ein paar Sachen pa-*

*cken und ab. Ich habe immer die Freiheit geliebt. Kein Wunder. In mir steckte das unruhige Blut von Schaustellern und Fahrenden. Wie ich jung war, war ich bei den Wandervögeln …«*

*»Ich verreise nicht mit einem Rucksack!«*

*»Warum nicht? Reisen mit Rucksack macht deutlich mehr Spaß als mit einem Koffer in der Hand. Du hast die Hände frei.«*

*»Und wozu bitte?«*

*»Zum Steinestreicheln. Zum fremde Türen Öffnen und neugierig Hineinsehen. Zum Händeschütteln. Zum einen Felsen Hochklettern oder durch einen Bach Schwimmen. Einfach frei.«*

*»Ich verstehe das nicht, Oma.«*

*»Ja, das glaube ich. So bin ich dann also damals mit Mike auch nach Paris geflogen. Die Irmhild aus der Klauprechtstraße hatte eigentlich die Reise gewonnen, aber sie hatte keine Traute. Badische Hausfrau, ein Enkel unterwegs. Da kann man doch nicht fort! Unentbehrlich. Und sie hatte auch Angst. Nie geflogen. Ich auch nicht, aber ich war neugierig, wie es sich anfühlt. Also bin ich in die Luft gegangen. Wollte das Moulin Rouge sehen. Und hab prompt Pech gehabt.«*

*»Wer ist Mike? Wer war Mike?«*

*»Mein Freund. Mike Lauth.«*

*»Was? Und Opa? Auf Wiedersehen, Oma.«*

*»Oh nein, nein, nein. So schnell wirst du mich nicht los! Wenn ich gewusst hätte, was die aus dir für eine fadengerade graue Maus gemacht haben, wäre ich dir schon vorher erschienen. Naja, du warst ja gerade erst geboren, als ich gehen musste. Paar Jährchen hätte ich ganz gerne noch gehabt. Aber Pläne taugen nichts. Wie sagt Brecht …?«*

*»Ich mag Brecht nicht. Er ist Kommunist.«*

*»Aber ein wunderbarer Theaterautor. Mach einen Plan, sei ein großes Licht, mach noch nen Plan, gehen tun sie beide nicht. Alles kann sich schnell ändern, Enkeltochter.«*

*»In meinem Leben ändert sich nichts mehr. Und ich will auch nicht, dass sich etwas ändert.«*

*»Warten wir es mal ab!«*

*»Warum erscheinst du überhaupt jetzt? Auf einmal?«*

*»Ja, das ist eine komische Sache. Sie sagen, es wird was passieren.«*

*»Was soll denn passieren und wer sagt das? Wer sind ›sie‹?«*

*»Ich weiß nicht, ob ich es dir sagen darf.«*

*»Dann nicht.«*

*»Sie meinen, du wirst in einen Mordfall verwickelt.«*

*»Ich? Haha, das ist unmöglich. Ich lebe ordentlich und solide. Ich werde nicht in einen Mordfall verwickelt, denn ich kenne keine Menschen, die solche Untaten begehen oder Opfer solcher Taten werden. Ich wüsste auch nicht, warum.«*

*»Es gibt die seltsamsten Gründe! Und sie sagen, wir sollen auf Menschen mit Masken achten.«*

*»Masken? Nicht in meinen Kreisen. Da geschieht nichts.«*

*»Vielleicht ändern sich ja deine Kreise! Vielleicht kehrst du zu den Wurzeln der Ghardinis zurück. Oh, nicht dass die immer grandios waren. Die Männer waren Weiberhelden, die Frauen allzu lebenslustig und konnten nicht mit dem Geld umgehen. Naja, mehr weiß ich über unser Projekt auch nicht. Sie sagen einem nicht immer alles. Warten wir es gemeinsam ab.«*

Paulina schüttelte sich, als hätte sie Wasser in den Ohren. Ihr Leben war gerade dabei, von Ordnung ins totale Chaos überzugehen.

Und dann nahm die Welt um Paulina herum wieder die übliche Karlsruher Gestalt an, und Oma mitsamt ihren Worten verschwand dahin, wo sie hergekommen war. In den Himmel oder die Hölle oder in die Welt der Erinnerungen, wer weiß das schon – jedenfalls ins Totenreich, denn tot war sie nun mal, die Marianne Bucherer, die von allen Anne genannt wurde und aus Mannheim-Neckarstadt stammte.

Mausetot seit 1957!

Mein Gott, dachte Paulina. Was ist denn das für eine fürchterliche Person? Mit dieser Oma kann man sich offenbar richtig streiten, aber seit wann streitet man sich mit lieben, alten, toten Omas? Bisher hat sie mir doch auch immer recht gegeben! Gut, sie hat mir natürlich auch nicht geantwortet, aber ich dachte halt, sie ist wie Mama.

Mit Paulinas wohlerzogener Mutter hatte es nämlich niemals Streit gegeben. Bei Konflikten hatte ihre Mama stets die Hände gefaltet und den sorgfältig ondulierten Kopf geschüttelt, geseufzt, in die Familienbibel geschaut und einen Blick auf die Fotos mit würdevollen badischen Vorfahren mit steifen Krägen geblickt, die auf dem Kaminsims Wache hielten.

Oma hatte ganz sicher unrecht. In Paulinas Welt gab es keine Morde.

Paulina seufzte, betrachtete ihr Automatenfoto und versuchte sich wieder auf ihren ruhigen Ruhestand zu freuen. Mit ihren Freundinnen und Mamas geliebten Teddybären.

Doch es wollte ihr nicht mehr so recht gelingen.

*Baden-Baden. Villa Freylingsdorff.*
*13. Juni. Vormittags*

Peter Freylingsdorff, Mitte fünfzig, aber jünger aussehend, wollte am Abend seinen Hochzeitstag feiern – und natürlich auch den seiner lieben Frau Dorit, und das alles in voller Harmonie mit sich selbst.

Der erfolgreiche Unternehmer, Sohn eines kleinen, von den Genossenschaften stets übervorteilten Winzers im Baden-Badener Rebland, war ein gutgelaunter Machtmensch, ein großzügiger Macher und ein Gewinner. Vierschrötig. Viril. Ein Vollblut. Und trotz gelegentlicher Ausbrüche allseits beliebt. Einer, von dem man sagt, man könne ihm nicht böse sein. Und wenn er sich in der Runde seiner Familie umsah, so konnte er nur sagen, dass ihm auch dieses gelungene Patchwork-Projekt ganz prima geraten war.

Seine Tochter aus der früheren Verbindung mit dieser verrückten halben Armenierin – mein Gott, war das eine Granate gewesen! Wohlwollend ruhte sein Auge auf Antonia – war zum Beispiel schlicht und einfach eine Schönheit. Und Schönheit war wichtig bei Frauen. Da konnten die Feministinnen lamentieren, wie sie wollten. Eine schöne Frau bekam nun mal Dinge, die anderen verwehrt blieben. So wie die kesse kleine Studentin Monika die Einliegerwohnung. Wenn die nicht aussähe wie ein Bikini-Model, hätte er sie bestimmt nicht genommen, denn die Freylingsdorffs hatten es nicht nötig zu vermieten. Andererseits war es nicht schlecht, wenn das Haus bewohnt war, sollte die ganze Familie in den Ferien sein. Hier im besten Wohnviertel von Baden-Baden unterhalb des Merkur weckten großzügige Villen voller Elektronik, Kunst, Schmuck und Teppichen Begehrlichkeiten.

Im Herbst strichen angeblich gelegentlich dunkle Schatten über die meist menschenleere Straße. Gut, er hatte natürlich keine Angst, aber seine Damen fürchteten sich manchmal, wenn es draußen so still war und vom Merkurwald her nur die Käuzchen schrien.

Aber Antonia! Die junge Liz Taylor war seine Antonia. Angeblich hatte schon L'Oréal bei ihr angeklopft. Wimpern bis zum Haaransatz. Und die freche kleine Krabbe hatte doch tatsächlich eine Überraschung im Rucksack gehabt.

»Papa, ich bekomme ein Baby!«, hatte sie ihm im Arbeitszimmer eröffnet und kurz über seinen gestählten Tennisarm gestreichelt (6 : 4, 5 : 2 gegen den Versager Dr. Schmitt von Ilona-Bau aus Rastatt). »Bitte frag mich im Moment nicht, wer und was. Nur eins: Hilfst du mir, wenn es nötig wird, ich meine finanziell?«

Peter Freylingsdorff hatte nur stumm genickt. Ein Enkel! Was für ein Kerl war er denn! So früh schon Opa! Vielleicht war ihm der Knirps ähnlich. Mut und Cleverness übersprangen gern mal eine Generation. Und Ehrensache würde er ihr helfen. Sie war doch sein Liebling. Eine Zauberfrau. Und sie würde sich schon den richtigen Erzeuger herausgesucht haben, um ein schönes Prachtkind hervorzubringen. Sie studierte irgendwas. In Konstanz. Das roch nach einem Juristenpapa aus guter Familie. Wenn es Zeit war, würde sie ihm den Knaben schon vorstellen.

Die beiden Kinder aus der Ehe mit seiner Dorit waren ebenfalls gelungen, aber auf andere Art. Sie waren natürlich nicht ganz so spektakulär wie ihre Halbschwester, sie wirkten durchschnittlicher, so wie ihre Mutter eben auch, aber dafür waren sie leicht zu lenken gewesen, so wie ihre Mutter eben auch, und noch dazu verlässlich und fleißig.

Lilly, die leider nicht besonders hübsch war und manchmal ihrer Mutter gegenüber zur Muffigkeit neigte, arbeitete seit einem halben Jahr in der Buchhaltung in der Firma. Willard, ein wenig farblos, nahm seinem Vater viel im Alltag ab, so dass Peter ungestört seinen sportlichen Hobbys nachgehen konnte. Die beiden waren Zwillinge, und das bringt auch nicht jeder Mann zustande.

»Wetten, dass ich schneller noch mal zwei Kinder mache als du!«, hatte Peter, der nie aufhören konnte, sich im Wettbewerb zu messen, zu seiner Schwester Sonia und dem Schwager Gunter gesagt, die beide ein bisschen trübe und zögerlich waren und schließlich gar keine Kinder gekriegt hatten. Es war auch sonst nicht viel aus ihnen geworden. Gunter verhedderte sich immer wieder in diese aussichtslosen Restaurantgeschichten. Wetten, dass auch das neue Ding im Baden-Badener Stadtteil Oos bald den Bach hinunterging?

Restaurants schossen aus dem Boden wie Pilze. Da musste man sich schon rühren, wenn man sich halten wollte.

Emotional, wie Frauen nun mal waren, verstanden sich Dorit und Sonia nicht besonders gut.

Sonia beschwerte sich in regelmäßigen Abständen bei ihrem Bruder: »Sag bitte deiner Frau, sie soll dieses Muttergetue sein lassen. Man ist nichts Besseres, nur weil man sich einmal reproduziert hat. Kinder kann jeder kriegen!«

Peter verzichtete gutmütig darauf, seine Schwester auf das offensichtliche Gegenteil hinzuweisen.

Diesen kleinlichen Kampf mochten die Weiber ausfechten. Er hatte genug mit Schwager Gunter zu tun, der ihn immer drängte, seine Klitsche mit Geschäftsfreunden aufzusuchen.

Dorit hegte leider eine unausgesprochene Abneigung gegen Peters Schwester und auch gegen den Schwager und warnte in ihrer zurückhaltenden Art: »Ich persönlich würde beruflich nichts mit ihm machen, Peter. Aber es ist natürlich deine Entscheidung. Ich verstehe nichts von deinen Geschäften.«

Das stimmte oder es stimmte nicht. Peter machte sich keine Gedanken, doch wie immer beeinflusste Dorit ihren Mann auf sanfte Weise. Und das wusste jeder, denn sie beherrschte die längst vergessene Kunst der sanften Ehediplomatie.

Zurück zu seinen Zwillingen. Lilly und Billy nannte man die Zwillinge. Liliane und Willard. Die Namen eine Laune seiner Frau, der er gerne nachgegeben hatte.

Dorit, eine halbe Norwegerin, war nach der Eheschließung mit Leidenschaft zur Hausfrau und Mutter geworden. So sah er sie und das liebte er an ihr: Noch eine von der alten Sorte, die sich nicht in den Vordergrund drängen und wissen, was los ist, wenn man einen Mann wie Peter Freylingsdorff heiratete. Vor ihrer Zeit mit Peter war sie eine begeisterte Grundschullehrerin gewesen. Ist ja alles recht und schön, aber da liegt doch kein Geld drin. Zumal die Frau praktisch Waise gewesen war mit einem Vater, der sich auf den Weltmeeren herumtrieb.

»Ich suche eine echte Frau, keine Schulmeisterin und auch keine, die morgens mit der Aktentasche aus dem Haus geht!«, hatte ihr Peter von vorneherein klar gemacht.

Dorit hatte sich freudig für die Rolle der echten Frau entschieden und hatte bald zu arbeiten aufgehört, nachdem sie Peter im Fitnessstudio kennen gelernt hatte. Er sah die Szene noch immer vor sich: Wie sie neben dem Gerät für die Bauchmuskulatur gestanden hatte und gestaunt hatte, wie viele Gewichte er stemmen konnte. Unter ihren bewundernden Augen hatte er noch einmal zwei Kilo draufgepackt.

»Sind Sie Herkules?«, hatte sie schüchtern gefragt.

»Nein, Peter Freylingsdorff!!«, hatte er schwer atmend geantwortet und sie wohlwollend betrachtet. »Und ich wette mit Ihnen, dass ich Sie heiraten werde!«

Sie hatte nicht dagegen gewettet. Kluges Mädchen. Sie hätte sowieso verloren, aber Peter war ein großzügiger und liebenswerter Gewinner, der mit Grandesse siegte.

Von da an hatte sie ein Eheleben lang erfolgreich hinter ihm gestanden. Wie eine Tapete aus himmelblauen Veilchen bildete sie die Bühne für seine Abenteuer. Und im Vordergrund, da stand er.

Er hatte ihr gründlich abgewöhnt, ihn zu belehren. So wie damals, als sie ironisch angemerkt hatte, dass Pan nicht der Gott der Flötisten war, sonder vielmehr der Beschützer von Wald, Weiden, Herden und Jägern. Woher hätte er das wissen sollen? Der Typ hatte immer eine Flöte in der Hand. »Gibt es auch einen Beschützer vorwitziger Frauen?«, hatte er gelacht. »Oder sind sie ganz ohne Beschützer?«

Und das Ganze hatte funktioniert. Sie liebten einander. Er liebte seine Frau. Er war glücklich. Morgen, wenn der Rechtsanwalt kam, würde er deshalb großzügige Geschenke verteilen. Vor-Erbe-Geschenke. Wie lautete der Spruch? Gib's mit warmer Hand ...

Peter Freylingsdorff hatte aus seiner Leidenschaft für den Sport und für Wettbewerbe aller Art eine Tugend gemacht und eine Einlage für einen Laufschuh entwickelt, die optimal alles abfederte, Schweiß band und kühlte. Ein Wunder. Ein großer, nein, sehr großer Sportausstatter hatte ihm das Patent und die Firma abgekauft und Peter Freylingsdorff war richtig, richtig reich geworden. Später hatte er die denkende Jogginghose erfunden, hinter der der sehr große Sportausstatter her war wie der Teufel. Peter hielt sie hin. Er hatte sich eine Summe in den Kopf gesetzt und er würde warten, bis sie sie bezahlten. Es war ein Spiel. Sein Spiel.

Heute betrieb er aus lauter Lust am Konkurrenzkampf ein Fitnessstudio und ein exklusives privates Schwimmbad in Baden-Baden. Peter Freylingsdorf wusste, dass er intelligent war, und er liebte nichts so sehr wie den Kampf. Mann gegen Mann. Legendär waren seine Darts-Abende mit den Jungs. Im Tennis konnte er geradezu zum Tier werden. Heute war mal wieder sein Hochzeitstag. Nummer 24. Kein Problem für einen wie ihn.

Außerdem würde er bald 54. Kein Alter für einen gestandenen Kerl, der noch Wände und Mauern einreißen konnte. Der für seine Schläue, sein großes Allgemeinwissen und seinen Humor bekannt war. Und sein großes Herz. Wer ließ denn sonst schon seit Jahren eine ehemalige Mitarbeiterin mit Geldsorgen in einem Gartenhäuschen wohnen? Quasi umsonst und mit Familienanschluss.

Er schielte auf sein Handy. Schon wieder zehn Gratulations-SMS. Und drei Herausforderer im Handyspiel Quizduell hatten sich mit jenem typischen Zwitschergeräusch gemeldet: dass sie online waren und dass die erste Runde mit Fragen aus bestimmten Wissengebieten wartete. Es waren Pip98 und ArcheNoah sowie dieser verdammte Asterix, der ihn immer wieder besiegte. Er reagierte erst mal nicht. Wenn man nämlich die Fragen antippte, musste man sofort antworten. So ein Crack wie er war natürlich begehrt. Es gab noch zwei weitere Leute irgendwo in Deutschland, die mit ihm online Schach spielten, einer davon ein Chinese aus Berlin, und er musste noch ein Wörterpuzzle auf dem Handy lösen. Vier Bilder, ein Wort. Er war jetzt bei Bild 876. Knifflige Sache. Schaffte auch nicht jeder.

Doch Quizduell ging derzeit immer vor. Die Leute oben am Berg, im Fernsehen des SWR, planten eine Sendung und luden die oberen 500 im deutschlandweiten Ranking zu einem Duell vor laufender Kamera ein. Und ein Peter Freylingsdorff war ganz klar unter den ersten 500. Ein Riesenspaß das Ganze und ein bisschen Werbung im eigenen Revier dazu. Win-Win. Peters Lieblingswort.

Dieser Rang deutschlandweit war aber eine Sache, die es täglich zu verteidigen galt. Denn es gab jede Menge angeberischer Schlaumeier wie diesen Asterix, ohne den die Welt auch schöner wäre, oder andere Wichtigtuer, die irgendwas studiert hatten und arbeitslos waren und Bücher fraßen wie andere Leute Brot.

Peter runzelte die Stirn, spielte schnell noch gegen eine Gestalt namens Rautenkarle und gegen einen bärtigen Avatar, der sich Geisterfahrer06 nannte, gewann haushoch gegen die beiden Deppen, weil die keine Ahnung von Fußball und von Literatur hatten, und rückte prompt einen Platz nach oben.

Tirili. Asterix meldete sich. Er sah auf die Uhr. Noch ein Spielchen. Asterix zog ihn ab. Wie so oft. Wissensgebiet Biologie. Wie lange ist ein Kamel trächtig? Vier Möglichkeiten: 276 Tage, 360 Tage, 155 Tage oder 410 Tage. Kamele waren groß, die trugen lange. Also: 400 Tage!

Falsch. 360 Tage flammte auf und Asterix höhnte in einer Privatnachricht: »Na, willst du nicht endlich aufgeben, 007?«

»Klar weißt du, wie lange ein Kamel trägt, bist selbst eins!«, tippte Peter ein.

Im Wissensgebiet Biologie war er zu schwach. Musste er mehr lernen.

Na, er würde den Kerl schon erwischen. Alles Glückssache. Es gab da draußen immer welche, die besser waren. Irgendwelche Hirnis in Denkerstuben. Oder vertrocknete Professoren in Heidelberg, Männer, die ihr Leben lang nur gelesen hatten. Oder einsame Freaks, die den ganzen Tag Bildungsfernsehen glotzten.

Aber er wurde immer besser, weil er am Ball war. Die kaufte er sich alle noch.

Auch die Typen, die online Poker gegen ihn spielten, sollten sich besser warm anziehen. JunkieRed und PitBull beispielsweise, die keine Ahnung hatten, wie man ein mittelmäßiges Blatt ausreizt.

Das Leben war schön. Peter lachte guttural.

Draußen erstreckte sich der Garten seiner Villa, im Hintergrund leuchteten die Baden-Badener Battert-Felsen, die er kletternd schon so oft besiegt hatte. Unten hatten dann Dorit und die Kinder gesessen und hatten den verschwitzten Heimkehrer mit Wasser und Wein begrüßt.

Peter Freylingsdorff dachte zufrieden an den heutigen Abend. Ganz kleiner Kreis. Die rattenscharfe Susanne aus dem Tennisclub würde auch da sein. Er hätte schon ganz gerne mal was mit ihr gehabt, war ja kein Jünger Jesu. Die war vielleicht keine schöne und auch keine ganz junge Frau mehr, aber sie strahlte so etwas unwiderstehlich Fleischiges aus. Allein den Ausschnitt, die diese Dame immer zeigte. Man konnte den Blick nicht von diesem Busen wenden, selbst wenn er schon ein wenig faltig wurde. Das war eine Hexe, konnte bestimmt ein paar Kunststückchen extra und die brauchte einen richtigen Kerl.

Ihr Mann Rainer wusste nichts davon, und das war auch gut so, denn der war Architekt und Peter plante einen kleinen Immobiliendeal mit ihm. Stichwort: Indoor-Sporthalle. Wetten, dass ich eine Halle in einem Vorort von Rastatt zu einem Publikumsmagneten machen kann? Und außerdem: Wetten, dass ich bei Quizduell im Radio unter die ersten zehn komme? Vorausgesetzt, ich werde eingeladen, und das werde ich, denn ich stehe stabil unter 500. Können wir ja heute Abend mal vorführen. Wetten, dass ich euch immer noch alle im Toreschießen bei den alten Herren hole? Keiner hat noch nen Bumms wie ich. Aber ihr habt recht, Boys, wenn die Knie allmählich knirschen, ist es Zeit für die Intelligenzspielchen!

Peter war ein offener Typ, der auch mit seinem Pförtner ein Bier trinken ging, solange man ihm nur seine Siege ließ. So würde auch die langjährige Haushälterin der Familie, die Elsässerin Martine, als Gast mit am Tisch sitzen. Die schwarz-knopfäugige Martine mit ihrem ewigen Katzenfimmel. Nahm herrenlose Katzen auf und versorgte sie. Vier Stück hatte sie allein bei den Freylingsdorffs auf ihrem großen Grundstück hier in Baden-Baden untergebracht. Peter mochte Martine, denn sie war kompromisslos loyal ihm gegenüber, und das schätzte er. Die hatte so was Geradliniges. Tief drin hatte er allerdings den Verdacht, dass mit ihr nicht gut Kirschen essen war, wenn's mal drauf ankam.

Manchmal fragte er sich nämlich, ob sie auch wirklich so sanft war wie eine Elfe. Wenn es um ihre geliebten Katzen ging, konnte sie bestimmt ganz schön kratzbürstig werden. Und Dorit mochte die Katzen nicht. Aber sie würde einsichtig sein. Man würde Dorit schon überzeugen können, dass die Viecher notwendig waren, um die Mäuse in Schach zu halten.

»Mensch, Piet, du hast ein Glück mit deinen Frauen! Die fressen dir aus der Hand«, dröhnte Mario Meissner gerne, der heute Abend auch eingeladen war.

Ein alter Schulfreund von ihm, der in Politik gemacht hatte. Landrat gewesen und so weiter. Drehte jetzt ein mittelgroßes Rad bei der Partei und er hatte ihm ein paar Aktien geschenkt. Es hatte da natürlich ein bisschen Gerede wegen der Verflechtungen gegeben, hin und her.

Mein Gott, in Amerika war das normal.

»Du hast wenigstens nicht so eine trockene Emanze daheim wie die meisten von uns!«

Meissner tätschelte Dorit für Peters Geschmack allerdings ein bisschen zu oft. Sie hatte sich bereits mehrmals bei Peter über Zudringlichkeiten beschwert.

»Was soll ich denn machen, Peter? Ich möchte nicht unhöflich sein.«

»Lass mich mal machen.«

Da musste er mal ein Auge drauf haben. Keiner tatschte seine Frau an. Keiner!

Peter freute sich auf den heutigen Abend. Bestimmt hatte sich Dorit wieder eine Überraschung ausgedacht. Natürlich eine, die ihm gefiel. Nicht wie damals, als sie ihm eine Karte für »Hoffmanns Erzählungen« geschenkt hatte. Er hatte daraufhin gesagt, er liebe Kurzgeschichten im Theater mehr als lange Stücke. Das war natürlich am Anfang ihrer Ehe gewesen, als er noch nicht so viel gelesen hatte. Alle Gäste hatten gelacht, und er hatte mitgelacht. Was hätte er auch sonst tun sollen. Abends im Schlafzimmer hatte er ihr dann liebevoll bedeutet, dass dies nicht besonders nett von ihr gewesen sei.

Und leider habe er sowieso an dem betreffenden Abend keine Zeit. Sie war natürlich enttäuscht gewesen. Kulturelle Geschenke hatte es dann für lange Zeit keine mehr gegeben.

Wie hätte dieser vom Schicksal begünstigte Peter Freylingsdorff ahnen sollen, dass am Abend einer von ihnen tot sein würde, weil ihm jemand ein ziemlich langes Messer in den Leib gestochen hatte, ins Zentrum, ins Herz? Denn das Herz sollte sterben.

Und woher hätte der Mörder wissen sollen, dass sich ein paar Wochen zuvor im Leben einer grauen alten Jungfer Dinge abspielten, die für sich genommen ganz und gar harmlos waren und ihn letztlich doch den Kopf kosten sollten?

*Karlsruhe. Paulina. Im Februar. Nachmittags*

Paulina saß vor ihrem Computer an ihrem Schreibtisch.

Obwohl sie die solide Einrichtung aus der Zeit des Zusammenlebens mit Mama fast ganz beibehalten hatte, war dies ein neuer moderner Schreibtisch aus Glas, der sich gut reinigen ließ. Neben den üblichen Utensilien standen neben dem Locher und dem Glas mit Kugelschreiber, Bleistift und Schere auch ein Bild von ihr selbst im Bus-Urlaub am Gardasee, ein Foto von Papa, eines von Mama und eines von ihnen allen zusammen als kleiner Familie. Die unscharfe Schwarzweiß-Aufnahme von Oma hatte Paulina sicherheitshalber in ihr Hobbyzimmer verbannt, das von den Bären bewohnt wurde. Vorher hatte sie das sepiafarbene Foto aber fast scheu angeschaut, so als könne es auf einmal zum Leben erwachen.

Hübsche Frau. Braune Kringellocken, könnten fast auch einen kleinen Rotstich haben wie ihre eigenen. Und eine Stupsnase, die bei ihr immer kindlich und bei Oma irgendwie frech wirkte. Lag vielleicht am Blick. Oma guckte, als ob sie sagen wollte: »Na und! Hoppla, hier bin ich!«

Ab und zu warf Paulina einen Seitenblick auf das Bild von ihrer Mutter, die mit undefinierbar messingfarbener Dauerwelle blass und ladylike in die Linse lächelte und sich mit verbindlicher Höflichkeit vorstellte: »Sehr angenehm. Ackermann. Ja, verwandt mit den von Ackermann-Baumburgs in Baden-Baden.«

Mama war sehr stolz auf ihre Herkunft, denn ihre Vorfahren waren regelmäßig von höchster Stelle konsultiert worden. Bis zur Abdankung des letzten badischen Großherzogs und der Einführung der Republik. Papa – Verwaltungsbeamter im Schulamt – dessen etwas kernigere Familie aus Mannheim stammte, hatte ein Leben lang geglaubt, er habe eine Prinzessin ins Karlsruher Reihenhäuschen geführt. Mama hatte ihn klugerweise in dem Glauben gelassen und ein Leben auf der Erbse geführt.

Mit dem Terminkalender auf einem Computer wäre sie jedenfalls bestimmt nicht einverstanden gewesen. Gesellschaftliche Verpflichtungen trug man in Mamas Welt von vorgestern in einen ordentlichen Terminkalender ein. Mit zierlicher Handschrift am Sekretär sitzend, während das Mädchen den Tee aufträgt, das man mit einem würdevollen Lächeln wieder in seine unterirdischen Katakomben scheucht.

Ein Geräusch oder war es nur ein Hauch? Oder ein Kichern?

*»Oma? Du schon wieder?«*

*»Früher hast du immer gerne mit mir gesprochen. Aber da habe ich natürlich keine Widerworte gegeben. Was machst du denn da, Kind?«*

*»Ich bereite bekanntlich meine Rentenzeit vor. Was ich noch tun will und welche meiner Freundinnen ich dabei mitnehmen möchte …«*

*»Und das trägst du jetzt in eine Liste ein? Nehmen wir mal an, du planst, am Donnerstag schwimmen zu gehen und hast dann gar keine Lust dazu!«*

*»Oma, dann gehe ich trotzdem. Disziplin ist wichtig für die Gesundheit und die Erhaltung der Figur.«*

*»Figur wird überwertet. Dünn wirst du hinterher noch von ganz alleine. Ich war immer ein bisschen rundlich, an den richtigen Stellen, hinten und vorne. Hat mir nicht geschadet. Für Rundliche gab's in unserem Alter mehr gute Rollen. Puffmütter, Marktfrauen und die Miss Marple hätte ich als Bohnenstange auch nicht bekommen.«*

*»Puffmütter?«*

*»Ja. Gute Texte. Das sind kluge Frauen, denn die kennen die Männer. Und das mit der Disziplin: Paulina, wenn du aus meiner Warte auf dein Leben zurückschaust, ist das Letzte, was du bereust, dass du nicht diszipliniert genug warst. Lass dich doch einfach mal ein bisschen treiben.«*

*»Als reife und vernünftige Frau habe ich nun mal gerne einen Plan.«*

*»Vernünftig ist für mich nichts Erstrebenswertes und reif bist du auch nicht, denn du weißt nichts vom Leben. Macht nichts. Ich war auch schon erwachsen, als ich gemerkt habe, dass es an der Zeit für mich ist.«*

*»An der Zeit?«*

*»Meiner Leidenschaft zu folgen.«*

*»Welcher Leidenschaft denn?«*

*»Na, was kennst du denn wohl für Leidenschaften, Paulina? Trinken? Liebe machen? Essen? Reisen?«*

*»Ich trinke nicht. Und ich möchte einfach noch ein paar ruhige Tage erleben.«*

*»Immer dieses Noch! Ich höre immer noch, noch, noch von dir. Verbotenes Wort! Mensch, Paulina, du bist doch nicht tot! So wie du lebst, hast du weitere 30 gute Jahre vor dir. Du könntest doch mal was erleben! Dich verlieben! Was ganz Neues anfangen. Wie wär's mit einem Hobby, woran du immer schon Spaß hattest? Außer diesen Staubfängern da.«*

*»Das sind meine Bären!«*

*»Ich sehe, dass es Bären sind. Ich meine ein richtiges Hobby. Was Verrücktes. Was Wagemutiges.«*

*»Dafür ist jetzt nicht mehr die Zeit, Oma.«*

*»Warum nicht? Du bist doch lecker und knusprig. Und es macht Spaß, am Abenteuer zu naschen, Paulina. Warum hast du überhaupt so früh aufgehört zu arbeiten?«*

*»Man hat mir seitens der Behörde die Möglichkeit gegeben, aufzuhören, und jeder, der kann, macht es auch. So ist das in Deutschland. Heute!«*

*»Ja?Ausruhen kannst du dich später noch, glaube mir. Mit fünfzig bin ich endlich zum Theater gegangen. Ich hab die Bühne immer geliebt, das war in meinen Genen. Mamas Leute waren alle im Showgewerbe, wie man heute sagen würde. Schau nicht so!«*

*»Ich kann es nicht glauben!«*

*»Schon 1945 hat es hier in Karlsruhe mit dem Staatstheater wieder angefangen. Ich werde es nie vergessen. Das Stück hieß ›Jedermann‹. Hab's zweimal gesehen und auch alle anderen Premieren! Mann, das war eine schöne Zeit. Hast du auch einen Traum, den du nie wahr machen konntest und für den du jetzt Zeit hast?«*

*»Nein! Ich habe alles erreicht. Danke, Oma.«*

Paulina log. Seit Kindestagen hatte sie leidenschaftlich gerne Krimis gelesen. Vor allem englische Krimis, die auf gediegenen Landsitzen und in komplizierten Familien spielten. In England oder noch verwegener, in den USA. Doch für ihre Eltern waren die kleinen rot-schwarzen Bücher, die mehr Heftchen als Büchern glichen, natürlich keine Literatur gewesen.

Paulina hatte darauf verzichtet, sie heimlich unter der Bettdecke zu lesen. Doch die Lösung rätselhafter Morde mit dem Verstand allein, vom gemütlichen Sessel aus, hatte nie aufgehört sie zu faszinieren. Aber, so hatten ihre Eltern dem Kind amüsiert mitgeteilt: Rätselhafte Morde aufzuklären ist wohl kaum ein ernstzunehmender Beruf für ein Mädchen aus der badischen Beamtenstadt Karlsruhe, das bis zur Hochzeit in einem schönen Büro bestens aufgehoben war.

Paulina, sonst sehr fügsam, hatte dennoch ihr Taschengeld gespart und sich immer wieder ein Buch von Agatha Christie gekauft. Vor allem diejenigen mit Miss Marple hatten es ihr angetan. Die scharfsinnige alte Dame, die lächelnd und gutmütig inmitten ihrer Nachbarn und ihrem Garten und ihren Teestunden in einem kleinen Dorf lebte – die hatte ihr gefallen. Langsam war so eine Sammlung entstanden, die von ihren Eltern jedoch streng in den Kellerraum verbannt worden war. Bis heute hatte Paulina ein undefinierbares Schuldgefühl, wenn sie einen Krimi las.

*»Ich sehe, du träumst doch von etwas Bestimmtem! Miss Marple also, die mit dem guten Riecher. Deine Nase hast du übrigens von meiner Linie geerbt. Wir haben sie Abenteuernase getauft.«*

*»Ich möchte lieber nichts von diesem Teil der Familie hören.«*

*»Das waren aber gute Leute. Vor allem die Ghardinis.«*

*»Ghardini?«*

*»Ja man weiß nicht, warum die Großeltern von meiner Mutter so hießen. Irgendwas Exotisches. Muss aber ne Weile her sein. Mein Vater hat immer gesagt: Zigeuner! Vielleicht waren sie das, vielleicht auch nicht. Schausteller waren sie jedenfalls und da gab's viele Zigeuner drunter …«*

*»Oh Gott. Schausteller? Zigeuner? Sinti, meine ich vielmehr. Sinti und Roma! Oma!!!«*

*»Ja. Na und? Alte Dynastie von Fahrenden. Mindestens seit dem 19. Jahrhundert. 1865 haben wir den Reisegewerbeschein vom Großherzog ausgestellt bekommen. Siehste, wir hatten auch mit den Hochherrschaftlichen zu tun.«*

*»Ich kann es nicht glauben!«*

*»Gewöhn dich besser dran. In dir stecken auch die Ghardinis. Und dann hast du auch unsere Locken.«*

*»Ich habe keine Locken.«*

*»Weil du sie in eine scheußliche Welle und einen spießigen Haarschnitt gepresst hast. Lass sie doch frei. Du hast einen wilden Lockenkopf. Genau wie die Ghardinis.«*

*»Hör auf, von diesen Ghardinis zu sprechen.«*

Paulina schüttelte ungläubig den Kopf und wandte sich wieder ihrer Liste zu. Hör da gar nicht hin, dachte sie. Zurück zu deinen Plänen.

Die meisten Unternehmungen würde sie wohl allein machen müssen, doch das machte ihr nichts aus.

*Baden-Baden. Villa Freylingsdorff. 13. Juni. Vormittags*

Das Haus lag in erwartungsvoller Ruhe. Die eigentlichen Vorbereitungen für das Fest solllten erst in ein paar Stunden beginnen.

Irgendwo läutete im Haus ein Handy. Es dauerte eine Weile, bis jemand dranging.

»Nein, tut mir leid, Sie müssen sich verwählt haben.«

Worte am anderen Ende.

Es folgte die knappe Antwort: »Nein, diese Nummer existiert nicht.«

Der rote Hörer wurde gedrückt. Dann wurde das Handy ausgeschaltet.

Es war tot.

Bis zum nächsten Mal.

*Karlsruhe. Paulina. Im Februar. Nachmittags*

Paulina war 57 Jahre alt und bis auf eine unschöne Episode namens Ehe und eine schmerzliche Liebesgeschichte namens Jonas immer Single gewesen.

Manchmal grübelte sie schon, wie es geworden wäre. Mit Jonas, den alle Johnny nannten. Der es nicht immer mit der Wahrheit so ernst genommen hatte und der so frech gewesen war. Ein Hallodri, ein Leichtfuß, der immer damit durchkam, was er anstellte. Heute würde man cool dazu sagen.

Natürlich meldete sich wieder die Peinlichkeit namens Oma.

*»Hört sich spannend an. Vielleicht wäre dieser Jonas nicht schlecht für dich gewesen, Mädchen! Hatte offenbar einen Arsch in der Hose.«*

*»Oma! Dieser Mann hat nicht zu uns gepasst. Er ist sogar einmal beim Ladendiebstahl, ein Taschenmesser, ertappt worden.«*

*»Das ist doch nur ein Jungenstreich. Wenn so ein Bub bei meinem Papa im Laden geklaut hat, gab's eine Ohrfeige und dann ab mit ihm, Bierfässer rollen. Und er sollte ja auch nicht zu euch passen, sondern zu dir!!«*

*»Es geht nie gut, wenn der Partner nicht in die Familie passt, Oma. Hast du dich etwa mit Mama verstanden? Nach alledem, was ich höre, kann ich mir das wirklich nicht vorstellen.«*

*»Um Himmels willen, nein. Eine blasse Dame, nichts als Dünkel im Kopf. Früher hatten wir dies und das und verkehrten mit dem und jenem und konnten wir das und jenes. Nach dem Krieg hier in Karlsruhe hatte Madame aber erst mal nichts wie die meisten. Meine Eltern konnten aber wenigstens was zum Essen beisteuern. Ich hab immer zu ihr gesagt, wenn sie so madamig wurde: Mach die Augen zu und das, was du dann siehst, das gehört dir.«*

*»Das war aber nicht freundlich, Oma.«*

*»Paulina, es gehört uns sowieso nichts. Die Sachen gehören sich selbst, denn sie sind noch da, wenn du längst tot bist. Nimm mal dieses hässliche Dürerhäschen da. Wenn du genau hinsiehst, grinst es. Deine Mama ist tot, und es hat überlebt.«*

*»Das Häschen ist nicht hässlich.«*

*»Feine Dame mit der Nase in der Luft war sie, deine Mama. Aber solange sie meinen Sohn glücklich gemacht hat, war mir das egal. Er war ja Schulmeister geworden, der Himmel weiß, warum. Schlug vollkommen aus meiner Art. Ich wollte ihn in die Welt schicken. Nach Amerika oder nach Frankreich. Damals ging das ja noch. Aber er wollte nicht. Hat das Glück im Vertrauten gesucht. Hatte keine Abenteuernase, sondern den Beamtenzinken von Rudolf.«*

*»Oma!«*

*»Lass doch mal den Zufallsgenerator über dein Leben laufen. Und nichts ist so süß wie die Erregung, die du spürst, in einer fremden Stadt nachts im Sommer an einem Fluss zu sitzen.«*

*»Papa war …«*

*»Dein Papa war ein ewiger Schlaumeier. Wusste hinterher alles besser. Am liebsten hätte er alle Welt geprüft. Aber von mir aus. Ich habe keine Vorurteile. Leben und leben lassen. So denkt der Mannheimer.«*

*»Man muss schon Unterschiede machen, und Jonas war schon als Junge ein Tunichtgut, und dann wollte er auch noch zur Fremdenlegion!«*

*»Der hat wenigstens Feuer gehabt. Mit dem hättest du heute einen Stall voll Kinder und nicht ein Zimmer voller Teddybären.«*

Paulina schüttelte den Kopf, weil sie es besser wusste.

So ein Mann, der das Abenteuer mehr liebte als eine solide Existenz und der es mit der Wahrheit nicht immer so genau nahm, hätte ganz einfach nicht in das Leben von ihr und Mama gepasst. Wo hätte er hier sitzen sollen, wenn er sie besuchte? In einem der zierlichen Sesselchen? Auf der Recamiere, die sich Mama nach einem fotografisch festgehaltenen Modell aus dem Haus ihrer Kindheit hatte anfertigen lassen?

*»Ich muss bald gehen, Oma. Das Grab von Mama gießen. Es ist so trocken draußen.«*

*»Gut, dass ich mich über den Wolken verdünnisiert habe, hm? Koste ich schon keine Grabpflege.«*

*»Omas sind das gute Gedächtnis einer Familie. Jedenfalls im Normalfall. Ich pflege gerne Gräber. Der Karlsruher Friedhof ist voll von vornehmen Namen. Das tut mir gut.«*

*»Das glaube ich dir sogar, ist aber Quatsch. Geh lieber zum Tanzen als auf den Friedhof! Hier daheim bei deinen Bären wirst du niemanden kennenlernen.«*

*»Es gibt den jährlichen Teddybärenkongress …«*

*»Wie aufregend. Männer, die Teddybären sammeln, wären nicht in mein Beuteschema gefallen. Außerdem brauche ich*

*keine toten Haustiere. Ein schöner Pelzmantel hat mir immer gereicht. Von einem Verehrer geschenkt, versteht sich.«*

*»Oma. Beuteschema! Spricht so eine alte Dame?«*

*»Noch mal, Herzchen. Ich war doch erst 57, als dieser verdammte Flieger abstürzte. Ich stand gerade voll im Saft. Jetzt erst recht, hab ich gedacht, als mein letzter Sohn geheiratet hat und ich zu Hause alleine rumsaß. Opa immer am Radio und mit seinen Briefmarken beschäftigt. Als er dann davon sprach, einen Dackel anzuschaffen, dachte ich: Nee, danke. Ich habe dann einen Schlussstrich unter die langweiligste Ehe Badens gezogen und mir eine eigene Wohnung gesucht. In den spießigen 50er Jahren, wo alle mit Aufbau, Neubau und Kaufen beschäftigt waren und wo die Frauen die Schürze wieder fest umbanden, gar nicht so einfach. Die Zeiten waren prüde, aber ich war es nicht.«*

*»Ich kann nicht glauben, dass wir zur gleichen Familie gehören. Ich mag Dackel.«*

*»O je. Am liebsten würde ich dich wieder dir selbst überlassen, aber geht nicht.«*

*»Warum nicht?«*

*»Weil wir zwei zusammen anscheinend noch eine Aufgabe zu erfüllen haben.«*

*»Wir zusammen? Kann ich mir nicht vorstellen.«*

*»Wir werden sehen. Die behalten meistens recht.«*

*»Oma, was hast du nun mit dem Theater zu tun gehabt?«*

*»Ich hab als Souffleuse angefangen. Dann hat sich die Hauptdarstellerin, die mit dem Regisseur schlief, mit ihm verstritten, alles hingeschmissen und ich bekam die Rolle, weil ich den Text konnte. Natürlich war ich zu alt, aber wozu gibt es Maskenbildnerinnen. Also wurde aus mir ruckzuck eine Großfürstin in Camus' ›Les Miserables‹. Camus! Endlich durften wir so Französisches und was Anarchistisches spielen. Und dann war's passiert. Wenn du einmal Großfürstin warst, willst du nicht mehr stundenlang weiße Männerhemden für einen kleinen Beamten des Standesamtes bügeln.«*

*»Wie unvernünftig! Die Großfürstin war doch nur gespielt, Oma! Eine Rolle.«*

*»Egal. Wenn du es ernst meinst mit dem Theater, dann ist es eben nicht nur gespielt. Dann fühlst du es, dann bist du es. So wie ein Spieler, für den das Spiel das Leben ist.«*

*»Also, zwischen Spiel und Leben kann man wohl unterscheiden.«*

*»Nicht jeder. Geh mal nach Baden-Baden und schau dir die Leute im Casino an. Guck denen mal in die Augen. Die geben alles fürs Gewinnen.«*

*»Um Geld spielen ist unmoralisch.«*

*»Um was willst du denn sonst spielen? Um Smarties? Ich wollte immer spielen. Als Kind war ich einer Laienspielgruppe, dann als junges Mädchen draußen auf der Freilichtbühne in Mannheim. Dann kam der Krieg, erst einer, dann noch einer, der genauso idiotisch war, aber in den Jahren haben wir viel Kabarett gemacht. Unterm Adolf war gar nichts los bei all dem Kitsch, den die produziert haben, nur dass wir nicht merken sollten, was für Halunken die waren. Dann kamen die Bomben, wir räumen auf, die Männer kehren wieder heim, meist mies gelaunt, und dann hieß es marsch, ab an den Herd mit Schürze, Kind und Bausparvertrag.«*

*»Trotzdem. Mit fünfzig noch zum Theater, das finde ich einfach zu spät.«*

*»Zu spät? Gehst du nach einer strengen Liste vor, was man wann machen kann? Mit zwanzig ist es zu spät für's Seilspringen. Mit dreißig zu spät in eine Disko zu gehen und mit nackten Füßen zu tanzen? Mit vierzig keine roten Haare haben und mit fünfzig darfst du dich nicht mehr verlieben? Unsinn. Zu spät gibt es nicht. Nur, wenn du tot bist. Dann ist es wirklich zu spät.«*

*»Bisher kam ich gut zurecht.«*

*»Halt mal deine Hand auf dein Herz. Wie schlägt es?«*

*»Ruhig, Oma. Ganz ruhig.«*

*»Eben. Zu ruhig. Da müssen wir was tun. Es muss mal wieder springen und rasen und mal stolpern. Was lässt dein Herz*

*stolpern? Was für einen Traum hast du noch? Und erzähl mir jetzt nichts von diesen albernen Bären …«*

*»Also gut, wenn du so drängst. Ich habe mich wirklich immer für Krimis interessiert. Englische Krimis. So wie die, in denen Miss Marple auftritt. Und ich habe davon geträumt, einen kniffligen Fall vom Sofa aus zu lösen. Mit meinem Verstand.«*

*»Was für ein Zufall! Siehst du. Meine letzte Rolle war ja die Miss Marple in einem Stück nach einem Roman von Agatha Christie.«*

*»In welchem denn?«*

*»Ich weiß nicht mehr, wie es hieß. Es ging um eine Tote in einer Bibliothek bei braven englischen Leuten und um eine Eintänzerin und einen Eintänzer, um einen zwielichtigen Filmproduzenten und jede Menge Familienangehörige, die auf das Geld eines reichen Mannes scharf waren. Gab viele Rollen für uns alle in dem Stück. Kinder aus früheren Ehen, Affären, Liebhaber und Leute, die allesamt nicht die waren, die sie zu sein schienen.«*

*»Ja, das war ›Die Tote in der Bibliothek‹!«*

*»Donnerwetter. Du könntest ja bei einem Fernsehquiz auftreten mit dem Wissen.«*

*»Das gehört sich nicht. Mit ihrem Wissen protzen nur Leute, die es nötig haben.«*

*»Wieder ein Spruch von Mama? So hieß aber das Stück tatsächlich. Und weil ich die Älteste in unserer Truppe war, hab ich die Miss Marple gespielt und viele Male einen Mörder entlarvt. Bis kurz vor meinem Tod. Deshalb schicken die mich jetzt zu dir. Wir beide sollen offenbar auch ein Verbrechen aufklären.«*

*»Oma, das ist alles total absurd. Und es wird sich ja kaum jemand umbringen lassen, damit ich einen Mörder entlarven kann.«*

*»Irgendwo geschieht etwas. In absehbarer Zeit. Und du bist dabei!«*

*»Niemals. Nicht in meinem Leben.«*

*Baden-Baden. Villa Freylingsdorff. 13. Juni. Vormittags*

»Wir haben heute Abend eine private Einladung, Frau Heidenreich. Es wäre mir sehr recht, wenn Sie sich Ihr abendliches Mineralwasser also jetzt schon holen könnten.«

Monika Heidenreich hob die Hand wie ein genervter vielbeschäftigter Vorgesetzter, der von seinen Mitarbeitern belästigt wird, und checkte ihr Handy.

»Jetzt hat er es doch wieder gemacht, Ihr Mann, der Peter. Er hat mich doch direkt wieder geschlagen. Hier: dieses Handyspiel Quizduell. Wer ist der Schutzpatron der Architekten: Petra, Barbara, Josias oder Georg? Ich sag Petra, weil Petra … der Stein, ja, verstehen Sie, also rein gefühlsmäßig. Und, Mist, er sagt Barbara und das ist es. Ich geb auf. Man kann in diesem Spiel nämlich aufgeben, das bringt weniger Minuspunkte im Ranking … Also, was sagten Sie noch mal?«

Dorit warf einen misstrauischen Blick auf das Handy in der schmalen Hand der jungen Frau. Ihre Fingernägel waren sorgfältig manükiert, bemalt und mit einer Art Tattoo versehen. Beim Arbeiten am Computer trug sie häufig dünne Handschuhe, um sie nicht unnötiger Belastung auszusetzen.

»Dass wir heute Abend eine kleine private Feier haben.«

»Ja und?«

»Und es wäre gut, wenn Sie sich Ihr Wasser jetzt holten, denn heute Abend passt es nicht gut.«

»Ihr Mann hat aber gesagt, ich könnte gerne auch kommen.«

»Nun, Fräulein … hm … Frau Heidenreich. Sie gehören ja nun nicht direkt, auch nicht indirekt, also eigentlich überhaupt nicht zur Familie. Insofern sind Sie auch nicht eingeladen. Sicher wissen Sie auch etwas anderes mit Ihrem Abend anzufangen, vielleicht in der Stadt. Baden-Baden bietet ja so viel Kulturelles. Wenn man sich dafür interessiert.«

Monika Heidenreich rückte nahe an ihre Vermieterin heran und musterte sie mit ihren Katzenaugen.

»Oh, *ich* interessiere mich sehr für Kultur. Das Dasein eines Hausmütterchens wäre *mir* jedenfalls fremd. Aber ich denke, ich werde der Einladung Ihres Mannes folgen und heute Abend eine bisschen dabei sein. *Er* ist doch hier der Boss, oder?«

Dorit Freylingsdorff richtete ihre milchigblauen Augen auf die junge Frau ihr gegenüber. Provozierend nach oben wippende Augenbrauen und ironisch verzogene Mundwinkel. Die Kleine war ganz hübsch, aber es war eine billige kurzlebige Schönheit. Trotzdem überschritt sie eindeutig ihre Grenzen. Man würde dafür sorgen müssen, dass sie verschwand.

Monika verschränkte die Arme vor der jugendlichen Brust. »Also werde ich mal kurz reinschnuppern. Man lernt dann immer interessante Leute kennen.«

»Das«, sagte Dorit mit einer Stimme, so kalt wie die das Eis in den norwegischen Fjorden der Heimat ihres fernen fremden Vaters, »würde ich Ihnen nicht raten!«

»Hey, Sie können ja richtig unangenehm werden!«, sagte Monika, doch dann rückte sie nahe an Dorit heran und flüsterte zwischen ihren perfekten Zähnen, die an die eines Raubtieres erinnerten: »Ich aber auch!«

### *Karlsruhe. Paulina. Im Februar. Nachmittags*

Omas ein wenig heisere Stimme war für den Moment verstummt. Wahrscheinlich war die unsolide Person zu allem auch noch Raucherin gewesen. Getrunken hatte sie mit Sicherheit. Für die Rolle als grundsolide, konservative Miss Marple war diese Oma jedenfalls eine glatte Fehlbesetzung gewesen. Eigentlich sollte Paulina froh über die Ruhe aus dem Jenseits sein, doch schien es plötzlich seltsam still und eintönig in ihrer Wohnung zu sein.

Sie stellte das Radio an. Ein melodischer Popsong erfüllte den Raum. »You raise me up to more than I can be!«

Paulina, die jahrelang brav einen Englischkurs besucht hatte, versuchte den Songtext zu übersetzen: »Du machst mehr aus mir, als ich bin.«

*»Merk dir den Satz, Paulina.«*

*»Was? Warum?«*

*»Nichts. Merk ihn dir einfach! Ich hab da so ein Gefühl.«*

Oma war also wieder da. Paulinas Herz schlug einen Takt schneller. Es gab ihr zu denken, dass es ausgerechnet eine Tote war, die Leben in ihr Zuhause brachte.

*»Ja, Paulina. Auch wenn du dich nicht immer freust. Es gibt eine Regel: Bei dem, was du nicht hören willst, höre besonders gut zu. Dies ist ein Rat von mir, Kindchen. Und wenn dir meine Ratschläge nicht gefallen: Ich habe noch viel mehr davon auf Lager. Du änderst nämlich erst was, wenn es dir richtig unwohl in deiner Haut ist.«*

Kopfschüttelnd stand Paulina auf und begab sich in ihr Teddybärenzimmer. Ein Raum, der sie nie enttäuschte und kuscheligen Trost spendete. Mama, die lange ihrem wunderschönen Puppenhaus aus der alten Wohnung in der Sophienstraße nachgetrauert hatte, hatte irgendwann in den 60er Jahren mit der Sammlung der Felltiere begonnen, und Paulina hatte sie später perfektioniert.

Hunderte von Bären auf Regalbrettern, lässig in Sessel oder Sofa, wertvollere Stücke saßen in Vitrinen. Zwei lagen gemütlich in Puppenwägen. Paulina seufzte. Öffnete eine Glastüre zu den besonderen Schätzen.

Bei dem Knickerbocker-Bär aus dem Jahr 1927 war die Nase etwas abgeblättert. Sie musste sich dringend darum kümmern. Seufzend bettete sie den kleinen Mohairbären in eine Spezialschachtel und trug ihn in den Flur und legte ihn auf das kleine Schränkchen neben dem Eingang ihrer Wohnungstür. Lauschen. Im Hausflur war es still. Es war ein Uhr mittags.

Normalerweise wäre jetzt die Mittagspause im Büro zu Ende gewesen, aber nun gab es keine Pause für Paulina mehr, denn es gab ja auch kein Büro mehr.

*»Okay. Was machen wir jetzt mit der freien Zeit?«*

*»Ich werde mich ein bisschen hinlegen, Oma. Eine Dame ruht zwischen eins und drei sowieso. Das gehört sich. Und in dieser Zeit bitte keine Anrufe und keine Besuche.«*

*»Du bist ein bisschen aus der Zeit gefallen, kann das sein? Bist du denn überhaupt müde?«*

*»Nein. Deshalb legt man sich trotzdem hin. Eine Dame kann immer ruhen. Zwischen eins und drei haben bei Mama zu Hause die dienstbaren Geister das Haus für sich gehabt.«*

*»Du hast aber keine dienstbaren Geister. Du hast derzeit nur einen Geist und der tritt dir mal in die vier Buchstaben. Außerdem siehst du ganz munter aus. Geh Fahrradfahren … oder wirf den Computer an und such dir im Internet einen netten Mann.«*

*»Was weißt denn du vom Internet? Das gab es doch 1957 noch nicht. Außerdem war ich einmal verheiratet.«*

*»Und?«*

*»Ich möchte nicht darüber reden. Er hat nicht zu uns gepasst.«*

*»Zu wem hat er nicht gepasst? Zu den dämlichen Bären, zu dir oder zu deiner Mama?«*

*»Oma, du bist unmöglich.«*

Und Paulina scheuchte die alte Dame, die im richtigen Leben gar nicht alt geworden war, zurück in ihr Schattenreich.

*Baden-Baden. Villa Freylingsdorff. 13. Juni. Vormittags*

»Papa strahlt ja so …«

Dorit musterte ihre Stieftochter von der Seite. Noch sah man nichts. Sie war gertenschlank wie immer.

Fünfzig Kilo Raffinesse, dachte Dorit nicht zum ersten Mal. Schlank und sehnig wie ihre unheimliche Mutter Laila, die immer mal wieder um unser Haus herumschleicht. Glaubt sie, wir sehen das nicht, oder möchte sie gesehen werden und was will sie eigentlich von uns? Warum steht sie manchmal nur da und beobachtet unsere Eingangstüre? Es ist fast bedrohlich. Wie eine Vestalin steht sie da und manchmal sieht man nur ihre Augen. Leuchtende blaue Augen wie kalte Edelsteine.

Dorit faltete eine Serviette. Obwohl ein Catering-Service engagiert worden war, machte sie manche Dinge gerne selbst.

»Ja, Peter ist bester Laune. Diese Party heute Abend ist eine Feier nach seinem Geschmack. Und wenn sich abends noch ein paar Spielchen anschließen, dann sowieso.«

»Papas ewige Leidenschaft. Onkel Gunter hat mir erzählt, dass Papas ganzes Imperium mit einem Gewinn auf der Rennbahn in Iffezheim angefangen hat.«

»Hat er das erzählt?« Dorit runzelte die Stirn. »Dein Vater mag es nicht besonders gerne, wenn dieser Ursprung seiner Firma breitgetreten wird. Er spielt aber niemals mit dem Geld seiner Firmen.«

»Gunter mag Papa nicht besonders, glaube ich.«

»Mag sein. Doch er braucht mal wieder Geld. Und Peter könnte böse werden, sehr böse, wenn Gunter diese Geschichte erzählt. Wenn er nicht damit aufhört, muss ich Peter vor ihm warnen oder vielleicht besser Gunter vor Peter!«

Antonia lächelte ironisch. »In Gunters feinem Restaurant, dem stets entvölkerten ›F‹, gehen aber die Lichter aus, wenn er keinen Zuschuss bekommt. Weißt du, ich glaube, der einzige Grund, warum mein Vater nicht ins Casino hier in Baden-Baden geht, ist, dass die Bank auch manchmal gewinnt. Und das kann er nicht ertragen. Und den Croupier kann er nicht einfach so enterben.«

Dorit überlegte und nickte dann. »Da hast du recht. Aber beruflich hätte er es nicht so weit gebracht ohne diese Lust am Risiko. Keiner ist schlauer als er. Und wir alle profitieren davon.«

»Ja, wir alle. Blutsverwandt oder nicht.«

Dorit ordnete die Sitzkärtchen. Wieso hörte sich bei Antonia alles irgendwie boshaft an? Es war Zeit, sie ein wenig zurechtzustutzen.

»Nun, Antonia, ein weiterer Grund für seine gute Laune dürfte sein, dass heute immerhin der Vorabend unseres morgigen Hochzeitstages ist.«

»Ach ja, euer Hochzeitstag.« Antonia strich sich leicht über den Bauch.

Dorit graute es schon vor dem Moment, an dem man wirklich etwas von der Schwangerschaft sehen konnte. Peters erster Enkel. Musste ausgerechnet von dieser hinterhältigen kleinen Person geboren werden. Schade, dass man sie jetzt gar nicht mehr loswurde.

Oder vielleicht doch?

Antonia lächelte siegessicher. »Ich glaube, er hat was geplant für morgen früh. Irgendeine Überraschung. Wir könnten uns alle freuen, besonders aber ich, hat er gesagt. Beim Familienfrühstück möchte er uns allen ein paar kleine Zuwendungen machen … speziell natürlich seinem ersten Enkel.« Antonia bemerkte den Blick ihrer Stiefmutter. »Hat *er* gesagt, nicht ich. Es kommt nicht von mir!«

Dorit stellte eine Kaffeetasse unter die teure, eigens aus Italien angeschaffte Kaffeemaschine, betätigte routiniert ein paar Knöpfe und ließ zischend einen Espresso heraus. Sie drehte sich um, lehnte an dem Küchenschränkchen und betrachtete erneut Peters verwirrend schöne Tochter aus erster Ehe.

Regelmäßige Gesichtszüge, fast irreal leuchtende blaue Augen, die wie Diamanten aus dem leicht gebräunten Gesicht herausfunkelten. Schneeweiße perfekte Zähne und glattes, gut geschnittenes schwarzes Haar.

Dorit dachte wieder an die stumme Gestalt, die manchmal Wache vor dem Anwesen der Freylingsdorffs hielt. Da Laila häufig, selbst bei Sonnenschein, ein Kopftuch trug, wusste sie nicht, ob Antonia ihr schönes Haar und ihre rassige Attraktivität von ihrer Mutter geerbt hatte, die hatte weichen müssen, als Peter sie, Dorit, kennengelernt hatte.

Nur die Augen, die hatten die gleiche unheimliche blaue Kälte …

Diese Tochter von einer ihrer Vorgängerinnen in Peters Bett war immer schon ein Dorn in Dorits Auge gewesen, doch sie zeigte es nicht. Freundinnen hatten sie deshalb bewundert und vielleicht insgeheim auch ein bisschen bemitleidet. »Dass du die so akzeptierst. Toll!«

In Wahrheit hatte Dorit Antonia nie wirklich akzeptiert, doch war sie eine Meisterin in der Kunst der Selbstbeherrschung.

Nur einmal, als Antonia sie mit dem Fahrrad besucht und gesagt hatte, sie sei »per pedes« gekommen, hatte Dorit darauf hingewiesen, es wäre vielleicht besser gewesen, sie hätte in Latein besser aufgepasst, und per pedes bedeute, sie sei zu Fuß gekommen.

»Besserwisserin!«, hatte Antonia entgegnet, und da war wütende Abneigung in ihrer Stimme gewesen. »Das ist doch egal«, hatte Peter gedröhnt und Dorit mit einem kleinen Klaps auf den Po Richtung Küche gedrängt. »Hauptsache, sie ist hier! Noch keine Frau ist wegen ihrer guten Lateinkenntnisse geheiratet worden!«

»Warten wir es ab!«, sagte sie jetzt mit der ihr eigenen ruhigen Gelassenheit.

Vielleicht hatte sie diese Gelassenheit von ihrem norwegischen Vater geerbt, der Fischer gewesen war. Warten können, bis die Beute unvorsichtig wurde.

»Jedenfalls freut sich Papa wie verrückt auf seinen Enkel.«

Antonia sah aus dem Fenster hinaus in den parkartigen Garten, der die moderne Villa umgab wie ein Gemälde von Monet.

»Und er kann es nicht erwarten, bis er ihn standesgemäß versorgt. Die Rede ist von einem Aktienanteil an der Firma und einer beachtlichen Summe an Bargeld. Aber das muss dich nicht grämen, Dorit. Für dich und deine Kinder bleibt noch genug. Außerdem haben die ja noch keine eigenen Nachkommen. Und im Moment sieht es ja auch nicht danach aus, als ob bald welche kommen. Ich meine, Lilly ist …«

»Wenn er wüsste, Antonia, wie dieser Enkel aussieht, wenn er denn erst einmal da ist, wird er vielleicht nicht mehr ganz so begeistert sein.« Dorit lächelte freundlich wie immer zu ihren Worten, die wie reine Säure auf die junge Frau herabtropften.

Antonia erstarrte. »Was meinst du damit?«

»Nun, der Vater des kleinen Buben, den du da in deinem hübschen Bauch hast, dürfte nicht so ganz dem Farbschema entsprechen, das dein Vater sich für einen Enkel ausgedacht hat. Antonia, dein Kind wird schwarz sein, nicht wahr? Oder täusche ich mich und der stattliche Student aus Gabun, mit dem du dich triffst, ist nicht der Vater?«

Antonia zog die Luft ein. Dann gewann sie ihre Haltung zurück. »Wenn es erst mal da ist, das Kind, wird er es lieben.«

»Hm. Warten wir es ab. Dein Vater ist zwar ein Draufgänger, ein Spieler, ein Held und ein Abenteurer, aber wie viele dieser Menschen ist er auch sehr konservativ. Jedenfalls fällt dein Geschenk wesenlich geringer aus, wenn er jetzt schon davon erfährt.«

»Aber wer würde es ihm sagen?«

Dorit schmunzelte nur.

Antonia starrte sie an. Und in ihren blauen Augen lag der Hass in seiner reinsten Form.

## *Karlsruhe. Paulina. Im Februar. Nachmittags*

Egal was Oma aus dem Off meinte, Paulina war nicht wirklich traurig, dass sie jetzt im Ruhestand war. Ihre Arbeit war, weiß Gott, öde genug gewesen. Mehr als 25 Jahre hatte sie die Mieten der evangelischen Kindergärten in Nordbaden verbucht und hatte Hausmeistergehälter sowie Reparaturen überwacht, Renovierungen veranlasst oder die Klagen von Anwohnern über Kinderlärm weitergeleitet.

Es reichte. Man hatte sie natürlich manchmal zu den Festen der Einrichtungen eingeladen, doch in letzter Zeit war sie immer unwilliger hingegangen.

Kleine Kinder interessierten sie nicht. Eine Frau wie sie hatte ein Recht auf ein harmonisches, ruhiges und kinderfreies Alter.

Alter. Das erinnerte sie an eine weitere Aufgabe. Kosmetikerin.

Paulina begab sich zum Spiegel und besah sich in hellem Licht. Ihre Haut, fast faltenlos, was sie auf ihr regelmäßiges Leben und den Mittagsschlaf zurückführte, war ein bisschen dunkler als bei anderen Leuten.

Mama hatte immer angedeutet, die feine Verwandtschaft der Familie sei einst aus Frankreich gekommen: »Kind, Karlsruhe war ja immer eine internationale Stadt. Und im Gefolge von Prinzessin Stefanie, der Stieftochter von Napoleon, sind natürlich auch adelige Franzosen eingewandert. Beweisen? Also, direkt beweisen kann man es nicht, aber es spricht viel dafür. Mein verfeinerter Geschmack beispielsweise…«

*»Na ja, Frankreich. Ja, vielleicht sind die Ghardinis auch mal in Frankreich gewesen und haben dort ihre Hühner geklaut. Jedenfalls waren sie eine wilde Truppe. Taschenspieler, Preisringer und Wahrsager.«*

*»Ich möchte nichts von denen hören.«*

*»Das waren aber interessante Leute. Meine eigene Oma beispielsweise ist immer in roten Kleidern herumgelaufen, auch als sie schon älter war und alle anderen Schwarz mit Blümchen angehabt hatten.«*

*»Das hat sich doch damals erst recht nicht gehört.«*

*»Bestimmt nicht, aber sie hat gesagt: Marianne, das bin ich und keiner, der mich sieht, vergisst mich. Werde ja nie zu einer auswechselbaren Frau. Sei immer anders. Und trage niemals Kleider, die die kleine Fette da drüben im Nachbarhaus auch tragen könnte.«*

*»Oma!«*

Ghardinis. Schausteller. Nie hatte sie von ihren Eltern von solchen Leuten gehört.

Eigentlich hatte sie sich jetzt in der Rente ja mit Ahnenforschung beschäftigen wollen, aber das ließ sie nun wohl besser bleiben. Nicht dass da noch mehr solche Gestalten wie diese schräge Oma aus Mannheim auftauchten!

*»Die Ghardinis wurden fein unterschlagen bei der Hochzeit. Dein Vater war Beamtensohn, sah gut aus, war ehrgeizig und hatte eine Aussicht auf eine Karriere im Schulamt. Natürlich wusste deine Mutter besser, welches Besteck man zu welchem Fleisch nimmt und wie man Walzer tanzt und dabei noch aussieht wie die Sissi höchstpersönlich. Oder wann der Smoking sein muss und wie man eine Teegesellschaft gibt … Und dann hat sie ihn immer korrigiert, und das passte ihm natürlich nicht. Ich dachte schon, na, die Ehe geht schief. Sie war am Anfang zu vornehm und nicht schlau genug, um sich ein bisschen auf nette Art unwissend zu stellen. Das mögen die Männer nämlich.«*

*»Jetzt hab ich dich. Du bist also doch altmodisch. Heute ist das nämlich anders.«*

*»Du wirst deiner Oma doch nicht beibringen wollen, wie man mit Männern umgeht. Es gibt ein paar Sachen, die ändern sich nicht. Seit den Höhlenmenschen. Männer so, Frauen so. Kannst du dir einen Urwaldjäger vorstellen, der im Busch sitzt und heult oder auch nur Depressionen hat und mal drüber reden will? Was hätten die anderen Jäger mit ihm gemacht? Nein, nein. Männer sind Männer und Frauen bleiben Frauen. Und du bist doch sowieso noch grün hinter den Ohren. Wie viele hast du denn gehabt? Zwei? Drei? Na, da kann ich ganz gut mithalten …«*

*»Oma!«*

*»Oje, Kind, die Liebe ist nicht gestern erfunden worden. Ach, der Mike war mein Bester, er war auch deutlich jünger als ich, und ausgerechnet der musste so früh gehen.«*

*»Ein jüngerer Mann!«*

*»Na und? Wenn du willst, dass der Mann ein bisschen Erfahrung mitbringt, dann lass ihn mal mindestens vier Jahre älter sein. Oder die Frau ist zwanzig Jahre älter, das tut's dann auch!«*

Paulina versuchte diese peinlich sinnenfrohe Oma aus ihren Gedanken zu verdrängen und betrachtete nachdenklich das Foto von Mama, neben dem immer frische Blumen standen. Fresien oder Nelken. Niemals Rosen. Die gehörten sich nicht, weil das in Mamas Augen frivole Blumen gewesen waren.

*»Echt jetzt? Dann bin ich wohl sehr frivol. Mein erster Freund, der Mimmo, ein Fußballspieler aus der Schwetzinger Vorstadt in Mannheim, hat mir immer Rosen gebracht. Meistens waren es natürlich geklaute, weil er kein besonders erfolgreicher Fußballspieler war. Aus den schönen Gärten am heutigen Luisenpark, wo die feinen Villen standen. Aber die Geste zählt. Das haben alle meine Männer begriffen. Und Mike hat meine Hand gehalten, als das mit dem Absturz passiert ist, und mir noch rasch einen Kuss gegeben. Dann war Schluss.«*

*»Das ist traurig!«*

*»Nein, Paulina, das ist schön.«*

In diesem Moment beschloss Paulina, ab heute Rosen für Mama zu kaufen. Fette, lila Rosen.

Sie streckte sich auf dem Sofa aus, sah an sich herunter und versuchte sich nach langer Zeit wieder mit Männeraugen zu sehen.

Sie war noch immer schlank, wie es sich für bessere Kreise gehörte. Immer wenn Mama Lust auf eine Praline hatte, hatte sie stattdessen ein Gedicht gelesen.

*»Typisch für deine Mutter. Also, wenn ich die Auswahl zwischen ner schönen Praline oder einem Gedicht gehabt hätte, hätte ich immer die Praline genommen. Eine Frau in unserem Alter muss nicht gertenschlank sein. Wir sind ja keine Rennpferde. Und die Zeit, als ich mal versucht habe, aushilfsweise im Varieté als Schlangenfrau aufzutreten, ist lange her.«*

*»Was heißt jetzt – in unserem Alter?«*

*»Ist doch sonnenklar. Ich bin mit 57 gestorben, und du bist jetzt auch 57. Wir sind also gleich alt. Wenn du stirbst, wirst du nicht mehr älter. Eine gute Sache am Sterben. Wir beide sind also gleich alt. Aber du siehst altbackener aus als ich damals. Vor allem in den komischen Sachen da.«*

*»Das ist ein schickes teures Kostüm von Breuninger. 2. Stock. Abteilung Damen.«*

*»Das ist ein langweiliges teures Kostüm aus der Abteilung Damen. Mensch, wenn ich heute gelebt hätte! Enge Jeans aus Stretch. Flotte kurze Kleider. Bunte Blusen, freche Tops, wo man auch was sieht.«*

Tatsächlich war Paulina noch immer so korrekt gekleidet wie fürs Büro: Rock, Nylonstrümpfe, ein weich fallender Pullover mit Rundhalsausschnitt, Perlenkette. Die Nylonstrümpfe kratzten sie schon ein Leben lang.

Vielleicht könnte sie zukünftig ja wirklich mehr Hosen tragen. Jetzt, wo sie nicht mehr ins Amt gehen musste.

Dort war auch nichts mehr so wie früher. Kürzlich war sogar eine lesbische Mitarbeiterin eingestellt worden. Paulina schüttelte den Kopf.

*»Lass sie doch. Manchmal frage ich mich, wer von uns beiden tot ist. Paulina, jetzt muss ich aber doch mal fragen … hast du wirklich nie ein Verhältnis? Hast du keinen Sex?«*

*»Das ist privat, Oma!«*

*»Aha. Also nein!«*

*»Oma! Nur so viel: Sex wird überbewertet.«*

*»Bin ich ganz anderer Meinung!«*

*»Dachte ich mir beinahe. Und die Partner dauernd wechseln bringt auch nichts. Frage diese Frauen mal, ob sie wirklich glücklich sind.«*

*»Sind sie vielleicht nicht immer, aber bist du denn glücklich?«*

Paulina seufzte. Besser nicht drüber nachdenken. Bei alleinstehenden Damen über fünfzig konnte die Frage nach dem Glück manchmal verhängnisvoll sein.

Jedenfalls würde sie nun einen schönen Mittagsschlaf halten. Darauf hatte sie sich so lange gefreut. Ihre Arbeit bei der Kirchenbauverwaltung war sterbenslangweilig gewesen. Oft war ihr der Kopf nach der Mittagspause nach vorne gefallen vor Müdigkeit und Überdruss.

Ja, dachte sie, mein ganzes Leben lang habe ich Überdruss gefühlt. Aber ich habe es nicht bemerkt. Nur wenn ich meine

Krimis gelesen habe und hatte einen neuen und habe versucht, den Mörder vor Miss Marple zu erraten, dann war ich glücklich. Sonst war mir oft fad.

Bis jetzt.

Sie scheuchte diese verwirrende Oma weit weg. Ein Leben voll Ruhe und Harmonie, voll Frieden und regelmäßiger kleiner anständiger Freuden lag vor ihr. Und da würde sie sich bestimmt nicht von einer Mannheimer Ladenbesitzerstochter durcheinanderbringen lassen, die unbedingt im Alter noch hatte nach Paris fliegen müssen …

*»Ich meld mich noch mal ganz kurz, Paulina, und Tschuldigung für den Vergleich, aber ein todlangweiliges Leben liegt vor dir. Was soll denn da noch kommen, wenn du dein Glück darin siehst, Mittagsschlaf zu halten? Leben fängt da an, wo die Bequemlichkeit aufhört! Also, ich persönlich habe nie viel geschlafen. Hatte auch gar keine Zeit dazu. War immer ne Nachteule. Nach diesem scheußlichen Krieg hatten wir endlich wieder Lebenslust und Spaß. Alles ging los in Karlsruhe. Der erste Selbstbedienungsladen Ecke Kaiser- und Herrenstraße, wir bekamen 1954 Telefon und die Straßenbahnen fuhren alle wieder. Und wir durften am Theater alles spielen, was vorher verboten war. Nächtelang haben wir diskutiert und debattiert, und ich hab mich wieder jung gefühlt.«*

*»Wie hast du denn deinen Haushalt versorgt und dich um deinen Mann gekümmert, wenn du abends im Theater warst?«*

*»Haushalt und Mann waren mir noch nie besonders wichtig und erst recht nicht, als ich einmal fünfzig war. Willst du sterben und dich auf dem Totenbett dran freuen, wie sauber dein Herd immer war? Mensch, da draußen braust die Welt. Da tut sich was. Schlafen kannst du später noch in Ewigkeit. Amen!«*

*»Also bitte, Oma. Verspotte nicht die Ewigkeit. Und offenbar schläfst du auch jetzt nicht viel. Ich muss jedenfalls jetzt ruhen. Entschuldige mich bitte.«*

*»Hoffentlich geschieht jetzt bald mal was! Deshalb bin ich schließlich da.«*

*»Ich habe es dir schon mal gesagt, Oma. Bei mir geschieht nichts mehr!«*

*»Da wäre ich mir nicht so sicher. In mir steckt noch eine Wahrsagerin und die sagt mir, dass irgendwo gerade eben vielleicht ein Faden gesponnen wird, der bis zu dir führt.«*

*»Niemals.«*

*Baden-Baden, Villa Freylingsdorff. 13. Juni. Vormittags*

»Will, hast du Papa gesehen?«

»Vorhin war er noch in seinem Büro, was ich jetzt Spielezimmer nenne, und hat über seinem geliebten Quizduell geflucht wie ein Handwerker, weil er gegen irgendjemanden verloren hat, der besser wusste, was ein Axiom ist. Er arbeitet dran, parallel an zwei Handys zu spielen. Dann steigt er schneller im Rang und wird nun wirklich ins Fernsehen in diese blöde Show eingeladen. Mir rätselhaft, warum ihm das so wichtig ist.«

»Da gibt es verschiedene Erklärungen. Seine einfache Herkunft wäre eine davon. Aber ich denke, es ist was anderes: Unser Vater ist nun mal ein geborener Spieler. Einer, der sich messen muss. Backgammon hat er übrigens heute Morgen gegen sein tolles Töchterlein gespielt, und die lässt ihn natürlich gewinnen, die kleine schlaue Hexe. Dabei spielt er nicht besonders gut Backgammon.«

»Clever von ihr, aber die süße Antonia kriegt sowieso alles von Papa. Gestern hat er mich übrigens im Darts abgezogen, zweimal Black Bull getroffen – Darts spielt er richtig gut – und war deshalb so guter Laune, dass er mir den neuen kleinen BMW versprochen hat. Was willst du denn von ihm?«

»Ach, wegen heute Abend. Ich wollte mit ihm reden. Er soll sich nicht wundern, wenn Susannes Ehemann etwas kühl ist. Irgendwie hat der Wind gekriegt von ihm und Susanne. Ich bin doch mit der Nichte von den beiden befreundet. Mit der Amelie.«

»Ach die mit den vielen Tattoos? Unser Vater! Ein notorischer Eroberer. Aber die Flirterei mit Susanne ist doch harmlos.«

»Na, ich weiß nicht.«

»Wieso?«

»Seit Papa diesen Riesendeal mit den Franzosen gemacht hat und Adidas wegen der Hose anklopft, hat unsere verblühte Sexbombe verschärftes Interesse an ihm. Er erscheint ihr wohl als bessere Partie als ihr eigener Mann, der spinnerte Architekt, der zwar Preise gewinnt, aber kein Geld heimbringt. Und Susanne liebt bekanntlich den Luxus. Die kommt heute Abend direkt von der Kosmetikerin, das garantiere ich dir.«

»Und unsere liebe Mama ist natürlich nicht ausgekocht genug, um so etwas zu durchschauen. Die herzt noch ihre Feinde.«

»Trotzdem. Papa ist so ein konservativer Typ. Er würde Mama nicht verlassen. Ich glaube schon, dass er scharf auf diese Susanne ist, aber solange Mama da ist, hat sie außer einem kurzen Ausflug ins Bett keine Chancen. Denk daran, wie es mit Martine war …«

»Tja, Pech für Susanne. Zwischen ihr und dem sagenhaften Reichtum steht eine liebe, harmlose, aber entschlossene ehemalige Lehrerin. Da könnte man schon auf dunkle Gedanken kommen, was?«

»Sag so etwas nicht, Will. Das macht mir Angst.«

»Oh gewiss. Aber du hast in letzter Zeit auch Probleme mit Mama, nicht wahr? Erzähl mir nicht, dass du nicht manchmal ganz froh wärst, sie los zu sein, hm?«

»Schäm dich. So etwas sagt man nicht!«

»Ach nein?«

*Karlsruhe. Paulina. Im Februar. Nachmittags*

Paulina lag ausgestreckt da, die Beine 45 Grad nach oben, wie es für alte Damen empfohlen wurde, aber die süßen, behaglichen Träume wollten nicht kommen. Alles wegen Oma.

Sie stand auf, begab sich in das ruhige und aufgeräumte Bärenzimmer und drehte das Schwarzweiß-Foto von ihrer Großmutter sicherheitshalber aufs Gesicht.

*»Oma, du kannst ruhig jemand anderen besuchen. Vielleicht einen von deinen zwielichtigen Ghardinis. Du wirst dich hier nur langweilen. Bei mir passiert nichts. Und schon gar kein Mord.«*

Dann streckte sie sich wieder genüsslich aus. »So. Das wäre erledigt.«

Sie irrte sich ganz fürchterlich.

Unweit ihrer Wohnung, in der Bernhardstraße Nummer 1, wurde in diesem Moment gerade das Schicksal aktiv ... Dort stand ein Mann, der trotz der Aprilwärme seltsamerweise einen langen Mantel trug, und blickte konzentriert auf einen mit unordentlicher Handschrift beschriebenen Zettel.

»Nummer 13. Zweiter Stock rechts. Warum habe ich mir den Namen aber auch nicht aufgeschrieben. Na ja, die Angaben reichen ja. Also los, alter Junge. Hast du alles? Süßigkeiten – die Blagen werden schon nicht auf das Verfallsdatum achten –, Luftballons, Konfetti, Luftschlangen, die quietschende Maus, die Handpuppe mit dem Hundegesicht und das Blasrohr. Also greifen wir an.«

Paulina lag gemütlich da, die Füße mit einer Decke bedeckt, und sie hatte ein wenig frivol die Schuhe neben das Sofa plumpsen lassen, was Mama überhaupt nicht gefallen hätte. Eine Dame, so hätte Mama gepredigt, zeigt niemals ihre Füße, das ist meistens kein schöner Anblick.

*»Du hast übrigens schöne Füße, Paulina. Lackier mal deine Nägel knallrot und zieh Sandalen an, damit man sie auch sieht. Mit dünnen Riemchen und Absätzen. Hast dann einen ganz anderen Gang als in den platten Gesundheitsschuhen da. Da wackelt der Popo wie bei einer richtigen Frau.«*

*»Da bist du ja wieder. Das sind hochwertige Schuhe, Oma. Es ist Schuhwerk, das auf Naturmaterialien basiert und einen gesunden Gehkomfort schenkt.«*

*»Du hörst dich an wie eine Verkäuferin in einem Geschäft für Sanitätsbedarf. Gesunden Gehkomfort? Wie unerotisch. Die Dinger sehen aus wie bei einer Krankenschwester in Lambarene.«*

*»Schon gut, Oma, ich kann mir ja mal ein paar offene Sandalen mit höherem Absatz kaufen. Aber ich möchte jetzt ruhen. Mittagsschlaf ist gesund. Schenkt langes Leben.«*

*»Was will eine wie du denn mit einem langen Leben? Mach's lieber wie ein Vogel. Schlüpfen, eine Weile gefüttert werden, sich kopfüber aus dem Nest ins Leben stürzen und die Eltern verlassen, essen, trinken, singen und keinerlei Vorräte sammeln. Sich einfach vom Wind tragen lassen, bis es vorbei ist.«*

*»Das ist für mich kein Vorbild. Ein Vogel! Oma! Bitte geh und lass mich in Ruhe.«*

Es klingelte schrill an der Tür. Paulina schreckte auf. Blick auf die Uhr.

Die Post? Nein, die war schon durch.

Eine Nachbarin? Hm, die meisten arbeiteten um die Zeit. Und die alte Frau Russhold oben würde niemals zwischen eins und drei klingeln. Mama hatte immer lobend gesagt: »Die Frau Russhold weiß sich noch zu benehmen.« Aber zu einem Tee oder Kaffee eingeladen werden sollte sie natürlich nicht. Der Mann war Bäcker gewesen, also nicht die Klasse von Paulinas Mutter. Freundlich grüßen, aber bitte keine Einladung. Die würde sich auch gar nicht wohl fühlen.

Blablabla, Mama, dachte Paulina plötzlich, ohne dass sie es verhindern konnte.

Hörte sie da ein rauchiges Kichern im Hintergrund?

*»Mach auf, Paulina. Jetzt geschieht ein Wunder, pass auf.«*

*»Ich lege keinen Wert auf Wunder, Oma.«*

*»Schade! Glücklicherweise stören sich die Wunder daran nicht und passieren trotzdem.«*

Paulina stand auf, strich den Rock glatt, schlüpfte in die Schuhe, fuhr sich übers Haar, seufzte und begab sich zur Wohnungstür.

Sah durch den Spion und erschrak. Ein riesiges weißes Auge sah sie an. Und darunter eine ebenso riesige rote Nase. Ein unheimlicher Anblick.

Es klingelte nochmals.

Paulinas Herz klopfte. Wer konnte das sein? Unangemeldeten Besuch erhielt sie niemals.

Da hörte sie von oben Schritte. Die junge Frau, die alleinerziehend unter dem Dach hauste, und ihr zweijähriges Mädchen liefen von oben gerade die Treppe hinunter. Mama hätten die beiden nicht gefallen. Die Kleine hatte keine sonnige Jugend wie die in einer richtigen, normalen Familie und deshalb eine vorgezeichnete Karriere als Bettnässerin, Sitzenbleiberin und Ladendiebin.

Seltsamerweise konnte sich Paulina ihrerseits gar nicht an so furchtbar viel Sonne in ihrer Kindheit erinnern. Nur an die dezent leidende Miene ihrer Mutter und das langweilige graue Antlitz ihres Vaters, während sie sich anschwiegen.

Sie öffnete die Tür einen Spalt breit und sah eine fantastische Erscheinung vor sich: Weiß-rot karierter Kittel, riesige Schlappen, die rote Nase, ein Hut und große, traurig ummalte Augen.

Ein leibhaftiger Clown!

»Ja, hallöchen, hallöchen, bin ich hier richtig bei einem Geburtstagskind?«, rief es aus dem grellroten Mund und dazu erscholl der Ton einer billigen roten Trompete. »Ist hier die brave Sahra-Marie?«

Die junge Mutter von oben kicherte und zog ihre widerstrebende Kleine weiter nach unten.

»Mama, wer ist das?«, schnatterte das Kind.

»Weiß ich nicht. Besuch für die Frau Teuffel!«

»Wer ist das? Frau Teuffel?«

»Die ältere Frau, die unter uns wohnt.«

Ältere Frau! Paulina erschrak. Sich selbst älter zu nennen oder es von jemandem laut gesagt zu bekommen war zweierlei.

»Darf man wohl mal reinkommen, wenn man gaaaaanz viel Spaß mitbringt?«, knarzte der Clown und beförderte aus seiner Hosentasche noch ein totes Gummihuhn, das nur noch altersschwach quiekte. »Wo ist denn das Geburtstagskind?«

Er setzte einen riesigen Latschen vor den anderen und bevor es sich Paulina versah, stand er in ihrem kleinen Flur mit Garderobe, Kommode und Schirmständer.

»Wer sind Sie? Was wollen Sie?«

»Ich bin Mister Lulu, der große Lustig, der Bruder vom kleinen Lustig, hahahaha, und ich habe eine Menge Überraschungen für liebe Kinder dabei!«, behauptete das Wesen namens Mister Lulu.

»Hier sind keine Kinder«, sagte Paulina sachlich.

*»Stimmt auffallend. Das ist übrigens wirklich schade, Paulina. Hast du dich denn nie nach Nachwuchs gesehnt?«*

*»Mama hat immer gesagt, dass in jeder feinen Familie mal eine Dame kinderlos bleibt.«*

*»Soso, hat sie das gesagt? Naja, bei meiner Sippe mütterlicherseits in Mannheim gab es Kinder in allen Größen und allen Farben. Meine Schwestern und deren Brut haben sich vermehrt wie Feldmäuse. Hat dir dein Vater nie davon erzählt?«*

*»Nein! Er hat immer nur gesagt, in Mannheim gebe es wohl noch Verwandtschaft, aber die hätten kein Interesse an uns und wir nicht an ihnen.«*

*»Das stimmt sogar. Mit einem Besserwisser von Lehrer und seiner Etetepetetefrau hatten die nix im Sinn. Die feiern lieber und streiten sich und dann das Ganze noch mal in umgekehrter Reihenfolge.«*

*»Oma! Dieser Teil der Familie interessiert mich wirklich nicht. Schausteller und fahrendes Volk sind kein Umgang für die Nachkommen von Hofbeamten.«*

*»Waren sie aber für deine blutleere Mutter und wenn die keinen Umgang mit meinem Sohn gehabt hätte, wärst du nicht da, Paulina. Obwohl: Pass auf, dass man dich nicht glatt übersieht. Was tust du für die Welt? Wodurch wirst du einzigartig? Wo bist du unbequem und wo eckst du mal gründlich an? Ich wette, dass man dich in deinem Amt schnellstmöglich ersetzt und schon vergessen hat!«*

»Nicht?« Der Clown äugte in das totenstille superordentliche Wohnzimmer. »Wo sind denn die Kinder?«

»Hier jedenfalls nicht. Gehen Sie bitte wieder. Ich hatte mich gerade etwas hingelegt.«

Der Clown bückte sich nach seiner Tasche, wobei er den Schirmständer umwarf, und als er sich wieder aufrichtete, wischte er die Schachtel mit dem Knickerbocker-Bär von dem Schränkchen. Der Bär fiel heraus und sah seine Herrin vorwurfsvoll aus bernsteinfarbenen Glasaugen an.

»Passen Sie doch auf!« Paulina hob den Bär auf und strich ihm das gesträubte Fell glatt.

Der Clown nestelte aus seiner Tasche ein schwarzes kleines Handy, klappte es auf und suchte ungeschickt mit seinen großen Tatzen darauf herumdrückend darin herum.

Er hielt Paulina triumphierend das Display unter die Nase. »Hier, meine Dame … Bernhardusstraße 13. Zweiter Stock links. Kind: Sahra-Marie, sieben Jahre. Zu bespaßen sind fünf weitere Kinder zwischen fünf und acht. Eine Stunde 40 Euro.«

Paulina schüttelte tadelnd den Kopf. »Sie haben nicht aufgepasst. Dies ist die Bern*hard*straße. Benannt nach dem Urvater des Hauses Baden, Bernhard von Baden. Die andere Straße ist dem Heiligen Bernhar*dus* gewidmet und heißt deshalb auch so.«

»Was? Kenn ich alle nicht, die Herrschaften.« Der Clown schüttelte sein Handy, als falle die Antwort auf dieses Rätsel aus ihm heraus. »Um Himmels willen.« Er blickte auf eine riesige Uhr an seinem haarigen Handgelenk, die wie ein Spiegelei geformt war und wild tanzende Zahlen aufwies. Die Uhr gehörte offenbar zur Show.

»Und wo ist diese andere Straße?«

»Weit weg. In Malsch. Ich kann Ihnen ein Taxi rufen.«

*»Auf welchem Planeten lebst du denn, Paulina? Und du glaubst, des Männel hat Geld fürs Taxi? Der kann einem Taxi bestenfalls hinterhergucken!«*

»Ein Taxi? Was verdien ich denn da noch? Das kostet mich das ganze Honorar und ich war um 13.30 Uhr gebucht. Vor dem Kuchenessen. Und die haben eine Eisbombe bestellt. Auf genau 14.30 Uhr. Da komm ich nicht mehr rechtzeitig. Wenn die Kinder die Eisbombe sehen, bin ich doch abgemeldet. Mist!«

Der Clown stöhnte. Er rieb sich über die Augen, die Farbe verlief und er sah nun aus wie ein missglückter Schornsteinfeger.

»So können Sie nicht unter die Leute. Gehen Sie ins Bad und waschen Sie sich die Schminke ab. Sie sollten hochwertigere Produkte benutzen«, sagte Paulina streng.

»Danke, gute Dame. Und dürfte ich um ein Glas Wasser bitten?«

»Sie rauben mich aber nicht aus oder fallen über mich her? Nur … weil ich von diesem Glas-Wasser-Trick gehört habe.«

Der Clown rollte die Augen. »Nein, ich raube Sie nicht aus und falle auch nicht über Sie her. Gestatten: Hämmerle. Gernot Hämmerle.«

Aus den Untiefen seiner Tasche förderte der Clown eine zerknitterte Visitenkarte hervor.

»Spaß für alle Lebenslagen. Der badische Clown Hämmerle«, las Paulina. »Was macht denn aus einem Clown einen badischen Clown?«, erkundigte sie sich.

Paulina, die alles Badische gerne zum Großherzoglichen hochstilisierte, reichte ihm indigniert die schmuddelige Karte zurück.

»Nix. Aber alles, was badisch heißt, geht hierzulande gut. Weiß der Himmel, warum. In Wahrheit bin ich sowieso Franke.« Bei dem letzten Wort rollte er das R als Beweis.

»Gut, Herr Hämmerle, dann … dort ist das Bad.«

*»Hihihi. Paulina, das hätte jetzt deiner Mama richtig gut gefallen. Ein fremder Kerl in deinem keuschen Bad! Könntest ihn ja gleich in dein Schlafzimmer lassen. Nee, lass mal, das ist schon in Ordnung, der ist harmlos wie ein evangelischer Pastor. Und an die Wäsche will der dir auch nicht, da ist der drüber.«*

*»Ich auch, Oma!«*

*»Hihihi! Bei der Unterwäsche, die du anhast, glaub ich das sogar. Schiesser-Baumwolle! Kauf dir mal was Freches mit viel Spitze und wenig Stoff. Mit Speck fängt man Mäuse.«*

*»Oma!«*

Gernot Hämmerle begab sich nun seufzend in ein tipptopp sauberes Frauenbad, in dem Zahnbürsten, Zahnpasta, eine Dose Nivea und eine weitere Creme wie die Soldaten aufgebaut waren. Zartgelbe Gästehandtücher sowie kleine gelbe Seifchen warteten auf Gäste, die eher selten kamen. Waschbecken und Toilette waren blitzblank, und alles duftete nach einem zartherben Verbenenduft, der Hämmerle an seine Tante Ria erinnerte.

Er wusch sich das Gesicht und sah, wie die schwarze Farbe im Becken einen Wirbel machte und schließlich gurgelnd im Abfluss verschwand. Ungeschickt wischte er ein bisschen hinterher, doch erzeugte er nur grau-schwarze Schlieren.

Schließlich empfing ihn im Wohnzimmer Paulina mit einem Glas Fachinger in der Hand. Hämmerle schluckte hastig das offensichtlich eher ungewohnte Getränk.

»Und jetzt, Herr Hämmerle?«

»Ein Job weg. Kann man nichts machen, aber das ist schon schlimm. Aufträge sind dünn gesät. Viel Konkurrenz bei den Kindergeburtstagen.«

»Aber das ist doch nicht ihr Beruf? Clown?«

Hämmerle streckte das Glas nach einem Nachschlag aus. Er stöhnte leise.

Paulina seufzte und bot Hämmerle einen Platz an ihrem Esstisch an. Er ließ sich auf den auf alt getrimmten zierlichen Stuhl fallen und machte dort einen eher deplatzierten Eindruck.

»Nein, ich habe einen Kiosk. Beim ECE-Center hier in Karlsruhe. Schützenstraße. Aber der geht nicht mehr gut, seit die Baustellen überall sind. Kaum noch Laufkundschaft. Und da hab ich von meinem Bruder dieses Clownskostüm geerbt. Er hat das früher mal für seine Anglerkumpels gemacht. Späßchen. Und mit Kindern kann ich umgehen. Ist ja am Kiosk meine beste Kundschaft.«

»Hm.«

*»Aha. Ein Kollege meiner Eltern. Schön. Komm, Paulina, dem helfen wir!«*

*»Ganz bestimmt nicht. Was habe ich mit einem vergesslichen Kioskbesitzer zu tun?«*

*»Das werden wir jetzt sehen. Er taucht plötzlich auf wie ein bunter Fleck in deinem Leben. Das ist kein Zufall. Erinnere dich, warum ich hier bin. Irgendwas wird sich verändern.«*

*»Ich will nichts verändern. Oma, ich bin sowieso … naja … in den gewissen Jahren, wo sich Dinge verändern. Weißt du, was ich meine?«*

*»Nee. Ach, Moment mal. Du meinst die Wechseljahre. Die hab ich ignoriert. Das Einzige, was ich in der Zeit gewechselt habe, war mein Mann.«*

*»Oma!«*

*»Dein Opa Rudolf war leider ein Ewiggestriger. Er konnte nicht verstehen, dass ich kein kleines biederes Frauchen mit Dauerwelle und Einbauküche sein wollte. So wie ›Bauknecht weiß, was Frauen wollen‹. Also, in meinem Fall wusste es Bauknecht nicht. Ich war ein Wildling. Im Jahr 1950 hat das Kammertheater in Karlsruhe wieder aufgemacht und, Mann, hatten wir nach diesem Scheißkrieg einen Hunger auf Kultur. Theater. War doch immer mein Traum. Schon als Kind. Ich also gleich hin und mich beworben. Proben. Vorstellungen. Und hinterher nächtelang im Kaiserhof, als er noch gemütlich war. Meinst du, ich hatte Zeit für die Wechseljahre? Sei mal das, was du als kleines Mädchen sein wolltest, und damals haben alle gesagt, du bist noch zu klein dafür. Mach's jetzt! Fang was Neues an, und die Wechseljahre sind ein Spaß. Und dieser Mann da, der ist ein Zeichen.«*

*»Ich werde ganz bestimmt nichts für diesen Mann tun, Oma, außer ihm jetzt sofort die Tür zu weisen.«*

*»Sei nicht so eine Spießerin. Lass ihn lieber rein und warte, was passiert. Denk dran, am Ende wirst du einen Mord aufklären. Und ich, Miss Marple, werde dir dabei helfen.«*

*»Oma …«*

»… naja, und dann hab ich das den Kindern, die bei mir kaufen, erzählt, und ab und zu kommt ein Auftrag. Aber selten. Es ist schwer, an Kindergeburtstage zu kommen. Was die heute alles machen! Europa-Park Rust. McDonalds. Zoo. Malaktion im Museum. Da ist ein einfacher Clown nur die Notlösung.«

»Aber, wenn Sie doch Ihren Kiosk haben, dann …«

*»Davon kann der arme Kerl kaum leben.«*

*»Deine Eltern konnten doch auch davon leben.«*

*»Ja, weil das ein paar Jährchen her ist, Süße, und weil Mama im Laden stand und ihre Kunden Schiffersleute und Hafenmalocher waren. Und Fabrikarbeiter beim Benz gegenüber. Und weil deine Urgroßmutter genau wie ich eine propere Figur hatte und es gut mit ihnen konnte. Aber ein alter Mann und ein paar Kinder… was verkauft der schon in den Zeiten von Discounter und Internet?«*

*»Oma, woher kennst du das alles eigentlich? Du kommst mir wirklich sehr modern vor.«*

*»Wahrscheinlich muss man erst tot sein, um das Leben ganz zu verstehen. Und ich bin die Paulina, die du eigentlich sein möchtest. Und ich habe ewig Zeit, mich damit zu beschäftigen. Das kannst du wörtlich nehmen.«*

*»Ich will aber das Leben verstehen, bevor ich tot bin!«*

*»Hoppla, das war jetzt der erste vernünftige Satz von dir. Könnte direkt von mir sein. Lass mal, du wirst schon noch recht.«*

»Davon kann ich kaum leben. Und ich hab zwei Geschiedene zu unterhalten. Wenn ich meine kleine Rente nicht hätte. Ganz früher war ich mal Hausmeister, aber nach dieser Sache, da haben sie mich rausgeworfen.«

Paulina verzichtete lieber darauf zu fragen, um was für eine »Sache« es sich gehandelt haben könnte.

*»Siehst du, Oma. Dieser Mann ist ein Vorbestrafter und ein Haltloser. Er betreibt ein Erfrischungshäuschen, und er ist geschieden. Mit solchen Menschen umgibt man sich normalerweise nicht. Man nickt, lässt ihm vom Mädchen ein paar Mark zustecken und weist ihn hinaus.«*

*»Ein Haltloser! Donnerwetter, wer bist du denn? Die heilige Hedwig? Und du hast doch gar kein Mädchen, Paulina. Hör endlich mal auf, eine Gestalt in der Puppenstube deiner Mama zu sein. Diese Welt gab's schon nicht mehr, als ich noch da war. Wie kann man denn als junge Frau derart altmodisch sein? Und er ist doch ganz nett, dieser Hämmerle. Oder?«*

*»Finde ich nicht. Zweimal geschieden und …«*

*»Du bist auch geschieden. Und warum? Hast dich geirrt, hm?«*

*»Ja, allerdings!«*

*»Und die traurige Gestalt da hat sich halt zweimal geirrt. Also nimm dich seiner an. Ich hab so ein Gefühl, als ob dieser Clown da der Anfang der Kette ist, an deren Ende ein Verbrechen steht. Schnall dich an, jetzt wird's spannend.«*

Spannend. Abenteuer.

Es war, als drücke man einen Knopf.

Plötzlich hörte Paulina eine Welle, roch Tang und schmeckte Salzwasser. Sie hörte Klatschen in einem Zirkuszelt, sie hörte Lachen, eine Fanfare und das Geräusch trampelnder Hufe.

Abenteuer.

Paulina dachte über das Wort nach. In ihrem Leben war, seit sie ihren Ehemann kurz nach der Hochzeit mit der polnischen Hähnchenbraterin auf deren Wasserbett erwischt hatte, nichts Spannendes mehr passiert. Nicht mal die Scheidung war besonders aufregend gewesen, denn Bruno hatte sich mit allem einverstanden erklärt. Er hatte lediglich gefleht: »Schick mir nur deine Mutter nicht vorbei!«

Der Clown wischte ungeschickt seine rote Lippenstiftfarbe vom Glasrand ab.

Immerhin schien der Mann Sinn für Anstand zu haben, auch wenn die Socke, die aus den riesigen, vorne offenen Latschen herauslugte, ein großes Loch aufwies und ein krummer gelber Nagel zu sehen war.

»Wie viel verlangen Sie denn für einen Auftritt?«, erkundigte sich Paulina.

Der Clown namens Hämmerle richtete sich etwas auf. »40 Euro!« In seiner Stimme schwang eine Unsicherheit mit, als wolle er fragen: Ist das zu viel?

»Das ist zu wenig!«, verkündete Paulina zu ihrer eigenen Überraschung. »Zu billig!«

»Was?«

»Ja. Das ist dann nichts wert. 40 Euro!«

Stille im Raum. Paulina konnte ihre eigenen Worte nicht glauben. Sie war die einzige Mitarbeiterin der Evangelischen Bauverwaltung gewesen, die niemals wegen Höhergruppierung bei ihren Vorgesetzten vorstellig geworden war. Dafür hatte man sie stets gelobt und gepriesen.

Warum hätte sie auch mehr Geld verlangen sollen? Wofür? Sie verreiste nicht viel und nicht weit. Sie lebte alleine, in einer Eigentumswohnung, die ihre Mutter nach Papas Tod sanft, aber bestimmt von den in ihr wohnenden Mietern befreit hatte, um mit Paulina da einzuziehen, und sie hatte keine extravaganten Hobbys, die viel Geld kosteten – außer den Bären, die sie von Mama übernommen hatte. Und für deren Bedürfnisse reichte ihr Gehalt allemal. Paulina kam der Gedanke in den Sinn, dass man sie in der Behörde zwar gelobt, aber vielleicht insgeheim auch für ein bisschen blöd gehalten hatte.

*»Also, das ist gut. Er soll ein bisschen mehr verlangen. Ein guter Clown muss viele Kunststücke können. Das ist sein Geld wert. Bei uns gab es ganze Clownsfamilien. Über Jahrhunderte hinweg haben die ihre Fähigkeiten weitergegeben.«*

*»Ich kann ihm da keinen Rat geben. Ich bin niemals wegen Gehaltserhöhung vorstellig geworden.«*

*»Warum denn nicht?«*

*»Ich brauche nicht mehr Geld. Meine Mama …«*

*»Deine Mama hat dir überwiegend Fotos von eurem Herrenhaus in Sichtweite des Schlosses, bestickte Taschentücher und Erinnerungen hinterlassen …«*

*»Vergiss nicht, auch gute Manieren!«*

*»Die kannst du aber nicht gegen eine Flugkarte nach New York umtauschen. Warum reist du denn nicht ein bisschen in der Welt herum?«*

*»Was soll ich da alleine!«*

*»Aha. Da liegt der Affe begraben. Warum bist du denn nun wirklich allein?«*

*»Weil mein Mann mich nach der Hochzeit betrogen hat. Ich denke, er kannte diese Person schon vorher und …«*

*»Und du hast ihn, mit Hilfe deiner Mutter, hinausgeworfen. Wahrscheinlich gar nicht mehr angehört. Ich hätte das anders gemacht. Ich wäre ihm mit der Bratpfanne hinterher und hätte ihm das Fremdgehen gründlich abgewöhnt. Männer muss man sich ziehen.«*

»Mehr wollen die Leute aber nicht bezahlen!«, erwiderte der Clown nach einer Weile, in der er wohl seine Situation etwas schwerfällig bedacht hatte.

Paulina musterte ihn. »Vielleicht nicht für *diese* Art von Clown. Sie müssten sich halt ein bisschen anders anziehen. Moderner. Schicker. Und sich was Originelles einfallen lassen. Und Sie sollten bessere Visitenkarten drucken. Haben Sie überhaupt eine Website?«

Paulina hörte sich selbst sprechen, doch sie erkannte sich nicht. Jedenfalls konnte sie sich nicht erinnern, dass sie das Wort Website jemals bewusst ausgesprochen hatte. Für diese Dinge waren in der Behörde die jungen Männer zuständig gewesen.

»Nein! Das lohnt sich nicht. Und so moderne Sachen, ich weiß nicht.«

Paulina überlegte. Es kam ihr in den Sinn, wie sie kürzlich in einem Spielwarenladen herumgeirrt war und nicht wusste, was sie für den unsympathischen Kevin kaufen sollte. Sie war zwar Jahrzehnte für Kindergärten zuständig gewesen, doch hatte sie die Einrichtungen meistens außerhalb der Öffnungszeiten besucht und konnte mit Kindern sowieso nicht das Geringste anfangen.

Paulina gab sich einen Ruck. »Passen Sie auf, Herr Hämmerle. Ich habe eine entfernte Verwandte. Die Tochter einer

Tante mütterlicherseits. Deren kleiner Sohn, ein Ungeheuer namens Kevin, wird nächste Woche sieben. Fünf Kinder seien eingeladen. Ich müsste auch kommen. Können Sie auch Siebenjährige?«

»Siebenjährige? Gebongt.«

»Ich werde Sie diesem Kevin schenken. Es sind wohlhabende Leute; man weiß ja nicht, was der Kleine noch braucht.«

Hämmerle rollte die Augen. »Ja, ja!«, kam es abgeklärt. »Die haben heute alles, die Kinder, und mach mal Programm in Konkurrenz zu einer Playstation.«

Er sagte »Plaistazion«.

»Also schenke ich Sie dem Kleinen zum Geburtstag. Umso besser. Brauche ich nicht mal selbst hinzugehen. Nehmen Sie eine Glückwunsch-Karte von mir mit für das rothaarige Ungeheuer. Ziehen Sie sich aber was anderes an. Ich glaube, der Bub spielt Fußball. Vielleicht ein KSC-Kostüm. Sie kennen bestimmt Leute aus Ihren Kreisen, die so was haben. Müssen Sie sich irgendwo leihen. Sie sind doch ein Mann.«

*»Paulina, jetzt gehst du aber ran!«*

*»Oma, das war nur eine Feststellung.«*

*»Als ich jung war, kurz nach der Begegnung an jenem Bahnhof, da hab ich auch diese Feststellung gemacht. Das Ergebnis, dein Onkel Alfred, wäre jetzt schon bald 100 Jahre alt, wenn er nicht mit 88 von einer Straßenbahn überfahren worden wäre. Er hatte zu viel getrunken und ist auf die Gleise gefallen. Traurig.«*

*»Papas Bruder? Von ihm wurde nie gesprochen.«*

*»Wundert mich nicht. Die zwei hatten ja auch nicht viel gemeinsam. Alfi ist später nach Mannheim zurückgezogen, zu meiner Schwester, seiner Tante, und hat ihr Tanzcafé in den K-Quadraten übernommen, als es hierzulande noch Tanzcafés gab. Ach, wenn ich noch an das Konzertcafé Brauer hier in Karlsruhe denke, was habe ich da nette Bekanntschaften gemacht. Naja, das ist vorbei. Das Musische, das hatte er jedenfalls von mir. Dein Vater hatte damit gar nichts im Sinn. Der geriet nach Rudolf, dem Standesbeamten.«*

*»Oma, eigentlich will ich das alles gar nicht wissen.«*

*»Schade. Du kommst mir vor wie dieser Typ in der Sage, der den alten Kerl nie fragt, wie es ihm geht …«*

*»Parzifal.«*

*»Genau der. Aber gut. Dann sprechen wir eben jetzt nicht davon. Jedenfalls war dein Großvater einer der wenigen seriösen Männer, die ein Mädel aus meinen Kreisen damals in Mannheim-Neckarstadt zu fassen kriegen konnte.«*

*»Immerhin!«*

*»Meine Mutter war aber gegen ihn. Passt nicht zu dir, hat sie gesagt. Du hast Hummeln im Hintern und hast was Künstlerisches in dir.«*

*»Du hast ihn trotzdem genommen?«*

*»Ja, weil ich schwanger war. Sonst hätte ich auf einen gewartet, bei dem mir das Herz bis zum Hals klopft und ich nachts nicht schlafen kann. Einer, wegen dem ich nichts mehr essen mag und wegen dem ich mir die Haare lang wachsen lasse, nur damit er mir einen Zopf daraus flechten kann … so einer, den ich immerzu anfassen will.«*

Der falsche Mann für Oma, und Uroma hat sie gewarnt, dachte Paulina. Und mir hat meine Mutter noch zugeredet, den falschen Mann zu heiraten, nur weil er für *sie* der Richtige war!

Sie gab sich einen Ruck.

»Wie gesagt, Herr Hämmerle, Sie sind ein Mann. Kaufen Sie sechs Fußbälle.«

Hämmerle legte die Stirn in schwarz-weiße Falten.

»Ich zahle das alles. Denken Sie sich Fußballspiele und Fußballwitze aus. Für diesen Mittag sind Sie eben der Fußball-Clown. Üben Sie ein bisschen, mit den Fußbällen Blödsinn zu machen, und dekorieren Sie den Raum mit Bildern von bekannten Fußballern.«

»Sie sind noch jung, Sie haben noch Energie, aber wie soll ich das denn alles schaffen?«, klagte Hämmerle trübe.

»Indem Sie jetzt gleich anfangen und nicht hier herumhängen. Und ziehen Sie sich ja ordentliche Socken an. In den Farben von diesem KSC. Blau-weiß, kann das sein? Ich will keine Klagen hören. Schicken Sie mir eine Rechnung.«

Als er davongetrottet war, fiel Paulina auf, dass zum ersten Mal seit sehr, sehr langer Zeit jemand sie als jung bezeichnet hatte.

*»Oma, bin ich eigentlich alt?«*

*»Ja. Du siehst jedenfalls altbacken aus. Hast du eigentlich auch noch was anderes im Kleiderschrank als dieses taubenfarbene Zeugs da? Wie ist es mit Rot? Rot hebt! Enger roter Pulli, eine schöne Jeans und hohe Schuhe. Kurze Röcke, ausgeschnittene Kleider. Dann sollste mal sehen, wie die Lampen angehen.«*

*»Ich habe Stil und Würde und Niveau. Das ist wichtiger als aufzufallen.«*

*»Und wovon träumst du nachts, Paulina? Der Mann, der auf Stil und Würde steht, muss noch geboren werden. Ich wette, dass sie in deinem Büro wild durcheinanderpoussiert haben, nur keiner mit dir. Stil und Würde!«*

*»Oma, wir sind eine evangelische Behörde.«*

*»Und die Evangelischen vermehren sich durch Handauflegen, oder was?«*

*»Lassen wir das! Ich habe dem Mann, also diesem Herrn Hämmerle, jetzt geholfen und damit ist die Sache erledigt.«*

*»Glaub ich nicht.«*

*»Was sollte denn noch passieren?«*

*»Da kommt noch was. Jetzt geht's erst los. Verlass dich drauf.«*

*»Ach, Oma!«*

*Baden-Baden. Villa Freylingsdorff.*
*13. Juni. Früher Nachmittag*

»Peter, darf ich dich mal kurz stören?«

Peter Freylingsdorff sah hoch. Kräftiges Gesicht, blaue Augen, ein wenig wässerig, energischer Mund, Eintagsbart. Sein Mund verzog sich zu dem für ihn typischen jungenhaften

Grinsen. Es war wie eine Maske, änderte sich nie. Sogar Mitarbeiter entließ er mit diesem Grinsen. Viele fürchteten dieses Grinsen und manche hassten es.

»Wir feiern morgen Hochzeitstag. Wenn man das Standesamt mitrechnet, sogar heute schon. Wenn du mich nicht stören darfst, wer dann, meine Beste? Das ist das verbriefte Recht der Ehefrau!«

Dorit betrachtete ihren Mann nachsichtig. Wie verrückt hackte er jetzt wieder auf die Tastatur seines Smartphones ein. Eine Melodie erklang.

»Ich bin auf Level 23 000. Hab ich noch nie geschafft.«

»Bei was denn jetzt wieder?«

»Diamond Tap. Hier, schau, diese farbigen Kugeln. Du musst immer Pärchen oder Dreier oder Vierer und so weiter antippen. Die verschwinden dann und ergeben Punkte und alles löst sich auf.«

»Solltest du dich nicht lieber ein wenig ausruhen?«

Aus Peters Handy zwitscherte es. Er streifte es mit einem Seitenblick.

»Hast recht, es wird ein langer Abend. Und wir feiern natürlich rein. Moment. Quizduell meldet sich. Warte, ich mach noch schnell die Partie gegen BenHure, komischer Name … fertig. Hast du eine Ahnung, was die erste Sure des Korans ist: die Ziege, die Kuh, das Vieh oder der Tisch?«

Dorit lächelte. »Oh je, vom Koran habe ich nun wirklich keine Ahnung, mein Lieber.«

Peter lachte und zog seine Frau an sich. »Musst du auch nicht, denn du hast ja einen Mann, der sich mit dem Koran bestens auskennt! Und mit allem anderen.«

Peter drückte auf B: die Kuh.

Auf dem kleinen Bildschirm flammte etwas auf.

»Guck. Richtig.«

Dorit lächelte stolz. »Unglaublich, Peter. Du bist wirklich ein Crack. Du, ich wollte mit dir über die Katzen sprechen. Die Schwarzweiße hat schon wieder Junge bekommen. Wir müssen Martine sagen, dass sie sich auf drei Katzen beschränken soll. Katzenhilfe hin oder her, die Tiere nehmen einfach überhand.«

Peter Freylingsdorff seufzte. »Das Grundstück ist groß und die Katzen halten uns die Mäuse vom Hals.«

Das Handy piepste. »Ich bin dran. Autokennzeichen von Tansania: EAT, TAE, TAR oder TAN?«

»Oh Gott! Keine Ahnung, Schatz. Ja, das Grundstück ist groß, aber trotzdem. Die verwildern doch und werden zur Bedrohung.«

»Ich sage, es ist EAT, und es *ist* EAT und was hat Herr Apfelkarle geschrieben: TAN. Oh, Junge, wo auch immer du lebst, steh doch früher auf.«

Dorit seufzte. »Wie kannst du das alles nur wissen, Peter? Man glaubt nicht, dass du noch Zeit für so etwas hast.«

Peter klopfte auf seine teure Uhr, die sein Handgelenk beherrschte. »Dorit, der Tag hat für einen Peter Freylingsdorff neunzehn Stunden. Energie, Fortbildung und Kombinationsgabe. Die Formel für Gewinner. Keine 20-Stunden-Woche wie eine kleine Dorfschullehrerin.«

Dorit seufzte, nicht die Spur beleidigt. Ihre Lehrerinnenzeit lag so lange zurück und sie hatte sie gegen etwas viel Besseres eingetauscht. Oder vielleicht doch nicht?

»Okay. Wir sind alle immer wieder beeindruckt, aber übernimm dich nicht. Ich will schließlich keine frühe Witwe werden. Aber die Katzen …«

»Also gut. Ich rede mit Martine. Sie muss sich drei von den Biestern aussuchen und den Rest irgendwie vermitteln.«

»Hoffentlich kratzt sie mir nicht die Augen aus. Du weißt, wie sie an den Tieren hängt …«

»Ich werde dich schon beschützen, Dorit. Ich habe dich immer beschützt, nicht wahr? Und dir ein angenehmes Leben bereitet? Du brauchtest nicht mehr zu arbeiten, konntest dich um die Familie, die Kinder und ein wenig auch um mich kümmern. Mit einem Urviech wie mir nicht immer einfach, hm?«

Dorit lächelte.

Peter lachte dröhnend. »Aber du hast es gern gemacht, oder? Du warst nie jemand für die Bühne. Mehr für den Zuschauerraum.«

»Ja. Gewiss hab ich das gerne gemacht.« Dorit lehnte sich kurz an ihren Mann.

Er streichelte ihr übers Haar.

Keiner von beiden wusste, dass es ihr letzter Nachmittag miteinander sein würde …

### *Karlsruhe. Paulina. Im Februar. Vormittags*

An sich hatte Paulina gedacht, dass die Sache mit Herrn Hämmerle erledigt wäre. Er meldete sich nicht, und von Oma hörte sie auch nicht viel. Im Grunde war sie froh, doch sie fragte sich, warum. Waren Tote zu beschäftigt, um sich regelmäßig zu melden, oder war es nur ihre eigene innere Stimme, die im Moment nichts zu sagen hatte? Oder wurde sie vielleicht verrückt? Ihre tote Oma sprach mit ihr und sie, Paulina, wunderte sich nicht einmal besonders darüber! War das noch normal? Hatte sie vielleicht doch zu lange alleine gelebt?

Energisch schob sie diesen Gedanken beiseite.

Das mit dem Mord schien sich jedenfalls erledigt zu haben. Paulina lächelte. Es wäre auch zu weit hergeholt gewesen. In ihrer Welt gab es keine Morde.

Und Oma schwieg.

Nur gelegentlich, wenn Paulina in die Stadt ging und um den Kleiderständer mit den fliederfarbenen hochgeschlossenen Pullovern herumstrich, meinte sie ein leises *»Tststs, Paulina. Das kannst du noch im Betreuten Wohnen tragen. Guck mal das nette, flotte Hängerchen da hinten. Ja, genau das rote …«* im Hintergrund zu hören.

In den nächsten Wochen mied Paulina die nähere und weitere Umgebung ihres früheren Büros, obwohl sie manchmal schon die Versuchung spürte, ihrer Nachfolgerin Gitte ein bisschen auf die Finger zu sehen. Im Grunde hatte Paulina nichts gegen Gitte. Sie sah lediglich ein bisschen wunderlich aus mit ihren langen Leinenkleidern. Angeblich sang sie in ihrer Freizeit. Und das nicht mal im Kirchenchor, was man noch akzeptieren könnte, sondern sie tirilierte irgendwelche Küchenlieder und trug zusätzlich Gedichte vor, die sie selbst geschrieben und mit eigenen Zeichnungen versehen hatte. Außerdem hielt sie zu Hause einen Hund und zwei Katzen sowie drei Kaninchen.

*»Typisch für eine Sitzengebliebene. Wallegewänder und ein Streichelzoo. Wahrscheinlich isst sie kein Fleisch und trinkt keinen Alkohol und geht auf Kräuterwanderungen. So was haben wir früher nicht gebraucht. Als ich jung war, wuchsen überall Kräuter am Straßenrand, sogar in der Stadt, und die konnte man essen. Gab ja kaum Autos. Und Alkohol? Ach, wie gern hab ich immer mein Eichbaum-Bier, mein Mannemer Wasser getrunken.«*

*»Hallo, Oma. Alkohol ist auch in geringen Mengen bekanntlich schädlich. Vor allem für Frauen und vor allem regelmäßig. Deshalb trinke ich nicht.«*

*»Kann sein. Aber man kann nicht immer nur vernünftig sein. Ein Schuss Verrücktheit steht jedem Leben. Das hat so ein alter Holländer gesagt, sinngemäß. Erasmus von irgendwas.«*

*»Von Rotterdam, Oma!«*

*»Vielleicht auch der. Mir hat der Alkohol jedenfalls nicht geschadet. Ein Gläschen hat mir geholfen, die schwersten Stunden und die schlimmsten Enttäuschungen zu überstehen. Zumindest bis zum nächsten Morgen und dann sah man weiter. So haben es alle unsere Leute gemacht.«*

*»Woher weißt du denn überhaupt, dass Gitte, wie sagtest du, sitzengeblieben ist?«*

*»Küchenlieder singen. Gedichte schreiben. Zeichnungen und dazu Viecher halten, die auf den Bauernhof und nicht ins Bett gehören. Ich bitte dich. In unserer Familie gab es mal ein*

*Fräulein, die auch sitzengeblieben war, und sie hat auch ganz schöne Bilder vom Wasserturm gemalt und sieben Katzen gehabt. Natürlich hatte sie einen Buckel.«*

*»Oma, das siehst du zu engstirnig. Malen und singen könnte Gitte doch auch als Ehefrau.«*

*»Könnte sie, macht sie aber nicht. Sie singt und sie dichtet und sie tritt hier und dort auf, und irgendwann wird der Pascha von Göttergatte sich vernachlässigt fühlen und es nicht mögen, im Hintergrund herumzustehen. Mein Letzter, der Mike, war ein begeisterter Schwimmer. Immer in den Rhein, bei jedem Wetter. Damals hat man sich nicht so viele Gedanken gemacht, was in dem Wasser alles drin war. In den 50ern gab's nur Fortschritt und Wohlstand. Wenn er rauskam, hab ich ihn bewundert und abgerubbelt. Du glaubst nicht, wie zufrieden der Mann war. Besser als Sex war das für den. Ich konnte natürlich genauso gut schwimmen wie er. Bin mit Neckarwasser getauft. Aber ich musste es nicht unbedingt beweisen. So ticken halt die Kerle.«*

*»Ein Einzelfall!«*

*»Nee. Lebenserfahrung. Und an der mangelt es dir. Mach endlich den Fernseher aus, klapp dein Buch zu, dreh deinen Bären die Hälse um und geh raus.«*

Paulina blieb absichtlich zu Hause.

*»Das wollen wir doch mal sehen, Oma!«*

Ruhig und zufrieden arbeitete sie weiter ihre To-do-Liste ab.

War sie all die Jahre schweigsam gewesen, so redete sie jetzt umso mehr, diese Oma, und gab ungebetene Ratschläge. Man hätte es sich denken können. Bei dieser Nase. Abenteuernase!

Paulina ging ins Bad und sah sich ihre Nase von der Seite an. Oma hatte recht. Sie hatte die gleiche Nase. Abenteuernase!

*Baden-Baden, Villa Freylingsdorff.*
*13. Juni. Früher Nachmittag*

»Du hast bestimmt wieder eine deiner reizenden Überraschungen geplant für meinen lieben Bruder?«

»Ja, hab ich!«, meinte Dorit gleichmütig und stellte die Champagnerflaschen in das Kühlregal im Eisschrank, wobei sie leise mitzählte. »Werden sechs Flaschen reichen? Wir sind etwa zwölf Personen. Aber Antonia trinkt nichts. Sie ist bekanntlich schwanger.«

»Ja, das wissen wir alle mittlerweile. Also, du hast eine Überraschung parat?«

»Sicher. Habe ich doch meistens, wenn Peter feiert.«

»Na, eigentlich feiert ihr ja beide. Er sollte also auch dich überraschen, aber der Typ ist er nicht. Und was ist es diesmal?«

»Sonia, es soll doch eine Überraschung sein.«

»Mach wenigstens eine Andeutung!«

Dorit betrachtete ihre Schwägerin. Sie war so ganz anders als Peter. Kaum zu glauben, dass die beiden Geschwister waren. Er so voll Kraft und kampfeslustiger Vitalität, immer mit neuen Ideen unterwegs, sie war bereits heute eine hagere, alt und verhärmt wirkende Person.

»Es ist was Kulturelles!«

Sonia lachte spöttisch. »Ihr beide und was Kulturelles! Mein lieber Bruder hat das Karlsruher Theater bestimmt noch nie von innen gesehen. Er tut nur so, als wüsste er alles. Klug zwar nicht, aber schlau ist er, das muss ich sagen. Man muss sich vorstellen, dass er tatsächlich unter den 1000 Besten in diesem Quizduell-Spiel ist. Mein Bruder, der in der Schule nie lernen wollte und nur mit Glück, naja, lassen wir das …«

Schritte vom Garten über die Terrasse in die Küche. Peter erschien in der Küchentür und wischte sich den Schweiß mit einem Tennishandtuch vom Gesicht. Seine kraftvollen Beine steckten in schicken Tennishosen.

»Gewonnen gegen deinen lahmen Göttergatten, Sonia. Wann gibt er endlich auf? Puh, es könnte mal wieder regnen, knochentrocken draußen. So heiß war es selten im Juni schon. Na, ihr zwei Mädels. Wofür haben wir heute Abend eine Köchin engagiert? Was macht ihr denn noch am Herd? Wollt ihr euch nicht hübsch machen? Die Konkurrenz ist groß. Diese Susanne ist ein scharfer Kracher.« Peter legte seine großen Pranken gleichzeitig um Frau und Schwester.

Dorit lächelte etwas gezwungen. »Ich habe den Champagner kalt gestellt. Meinst du, sechs Flaschen reichen?«

»Denke schon. Ich mag das Zeug nur pro forma und Antonia trinkt nichts, denn Schwangere in den ersten Monaten können nicht vorsichtig genug sein. Meine liebe Sonia, so was wisst ihr nicht, du und Gunter, ihr zwei trüben Tassen. Ich hingegen habe das mit meiner lieben Frau zweimal hinter mir. Nicht wahr, Dorit?«

»Ja, Peter, aber das Kinderkriegen war es wert. Es ist das Schönste, das es gibt.«

Sonia betrachtete das Ehepaar böse. Mussten sie sich immer wie die heilige Familie höchstpersönlich inszenieren? Und ihr Bruder? Ein ewiger Gewinner. Erfolgreiche Firmen. Frauenheld. Gesund wie ein Stier. Natürlich Tennis. Darts, dann dieses Quizduell, wo er alle Welt triumphierend vorführte, Backgammon zocken die halbe Nacht. Und jetzt noch Großvater.

Manchmal könnte sie die beiden umbringen.

### *Karlsruhe. Paulina. Im Februar. Vormittags*

Der Höhepunkt von Paulinas erster Zeit als frischgebackene Rentnerin war der Aufenthalt des nasenkranken Bären in der Klinik in Sasbachwalden.

Celina Teiss betrieb ihre kleine Reparaturwerkstatt in einem reizenden alten Häuschen unweit der sich kurvenreich durch den blumengeschmückten Ort ziehenden Hauptstraße, die schließlich nach oben auf die Schwarzwaldhochstraße mündete. Man konnte den Weg der Autos nach oben verfolgen, wenn man sich einen der glitzernden Punkte aussuchte, der sich steil hinaufwand, bis er im Wald verschwand.

Die Teiss'sche Werkstatt war zu Paulinas Bedauern keine spezielle Bärenklinik – für einen solchen Spezialisten hätte sie nach München reisen müssen. Celina Teiss hatte zwar ein Behandlungszimmer für Bären reserviert, reparierte allerdings in ihrer Klinik auch andere Dinge. So leimte sie Puppenköpfe, fügte Ärmchen wieder an, nähte und strickte Puppenkleider, vertrieb Puppenhäuser sowie Puppenmöbel und originalgetreu aussehende englische Cottages in Miniformat aus bemaltem Betongips. Für letztere Stücke aus der sogenannten »Petticoat Lane«-Reihe fungierte sie als Agentin, das heißt, sie suchte Interessenten für bestimmte Cottages, die man ihr brachte.

Paulina hob eines dieser wunderschönen Cottages hoch. Es hieß »Honeysuckle Cottage«, war überraschend schwer und sah so originalgetreu aus, als könne man sofort einziehen. Fensterchen, Bäume, ein Garten mit Brunnen, eine Bank mit altem Mann und ein Beet mit einer Katze darin. Schornstein, Türmchen, Erkerchen.

Paulina ertappte sich bei einem Traum, der sie ungebührlich weit aus ihrer Vierzimmerwohnung in einer ordentlichen badischen Wohngegend heraus in dieses Cottage trug. Es könnte am Meer liegen oder irgendwo ein bisschen außerhalb eines reizenden kleinen Dorfes in England. Ein Dorf mit einem Postboten auf einem Fahrrad, mit einem kleinen Laden, mit Leuten, die Zeit zum Gärtnern und zum Tratschen hatten und die den Wert eines schönen grauen Kostüms zur Teestunde noch zu schätzen wussten. Ein Dorf, in dem sich auch Miss Marple wohlgefühlt hätte.

Doch Miss Marple hatte in solchen Idyllen immer wieder mit Mördern zu tun gehabt. Konnte hinter solchen blank geputzten, reizend geschmückten Fensterchen das Böse, der Tod, lauern? Paulina dachte an die Prophezeiung ihrer Großmutter, es werde ein Mord in ihrem Leben geschehen. Unvorstellbar.

Paulina stellte das schwere Cottage wieder zurück und murmelte: »Bestimmt nicht in solch einem schönen Haus! Hier möchte ich leben. Vielleicht wäre es hier nicht passiert. Die Sache mit Bruno-Ernst-Albert.«

*»In diesem Haus und in einem Dorf voll solcher Häuser wollte ich persönlich nicht mal tot über dem Zaun hängen.«*

*»Oma!«*

*»Langweilig und die Leute werden böse. Wie kann man denn überhaupt einen Mann heiraten, der Bruno-Ernst-Albert heißt?«*

*»Mama kannte seine Mutter noch von früher vom Damenkränzchen und wir waren Nachbarn in der Bismarckstraße. Wir hatten eine wunderbare Villa und die Familie Teuffel hatte auch ein eigenes Haus. Unser Grundstück grenzte an seins, deshalb konnten wir bei der Heirat die Grundstücke zusammenlegen und die Familienwappen passten auch wunderbar. Wir haben einen Bär und sie einen Greif …«*

*»Ich glaube es nicht! Du hast wegen eines Fantasievogels und eines verdammten Gartens geheiratet!«*

*»Grundbesitz! Der Garten war schon ziemlich groß.«*

*»Machst du denn überhaupt gerne Gartenarbeit?«*

*»Nicht so sehr.«*

*»Und warum ging das jetzt noch mal schief?«*

*»Oma, Bruno hatte ein Verhältnis mit einer polnischen Hähnchenbraterin. Er hat da manchmal Hähnchen für uns alle geholt, weil sie so knusprig waren.«*

*»Na, offenbar waren nicht nur die Hähnchen knusprig. Gut, da kann man nichts machen.«*

*»Nein.«*

*»Und die Polinnen, die wissen mit Männern umzugehen. Das war schon zu meiner Zeit bekannt. Die Männer sind dort Kavaliere und die Frauen echte Weibchen. Die hat ihn*

*bestimmt angehimmelt. Und war er wenigstens ordentlich schuldbewusst, dein Galan mit den drei Vornamen?«*

*»Das weiß ich nicht. Ich lag mit einem Nervenzusammenbruch in meinem Kinderzimmer. Meine Mama hat mit seiner Mama gesprochen. Ich bin dann ausgezogen und er auch und dann haben wir uns scheiden lassen. Seither habe ich ihn nicht mehr gesehen.«*

*»War vielleicht ein Fehler, Paulina. Es ist leichter, sich einen bereits vorhandenen Ehemann zu ziehen, als einen neuen zu finden.«*

*»Ich wollte nichts weiter als eine glückliche Ehe!«*

*»Das Geheimnis einer glücklichen Ehe bleibt ein Geheimnis. Deshalb heißt es so. Aber meistens leben zwei Feinde in einem Haushalt zusammen, und das Ganze wird dann Ehe genannt.«*

*»Ich hatte nun mal Erwartungen.«*

*»Illusionen hattest du! Sonst nichts.«*

Paulina hatte gehört, das Hähnchenlokal am Stadtrand hätte bald darauf geschlossen und in stillen Stunden erfreute sie sich an dem Triumph, dass der untreue Bruno-Ernst-Albert wahrscheinlich in Polen irgendwo Gockel am Straßenrand für West-Touristen briet.

*»Ja, und seither bin ich eben allein.«*

*»Und nie … ich meine, wirklich nie …«*

*»Was?«*

*»Na, hast du nie, du weißt schon. Ha, jetzt wirst du rot. Also doch!«*

*»In einem Urlaub, aber sag es nicht Mama, wenn du sie … dort oben oder ist es unten … triffst.«*

Schwamm drüber. Versonnen spazierte Paulina durch die drei oder vier Räume, musste sich mehrmals ducken, weil die Decken dunkel und niedrig waren. Geduldig wartete sie, bis sie an der Reihe war. Geduld war sowieso eine ihrer herausragenden Tugenden.

*»Geduld. Na ja. Eine zweifelhafte Tugend. Liegt vielleicht auch daran, dass du nicht viel zu versäumen hast. Ich war im-*

*mer ungeduldig, immer auf dem Sprung. Es gab noch so viel zu entdecken und zu machen. Und siehst ja – ich hatte recht. Hätte ich gedacht, dass es mich schon mit 57 erwischt? Aber ich hatte vorher wenigstens ein bisschen Spaß. Denk daran, Paulina. Ich bin deine Oma, und Omas haben sich eigentlich in der Tugend des Schweigens zu üben. Man sollte die Nachkommen die eigenen Fehler machen lassen, aber mit meiner Neutralität war es halt leider noch nie weit her. Wir haben Rasse und Feuer. Deshalb misch ich mich ein.«*

Paulina gab keine Antwort.

Vor ihr stand ein Ehepaar und wickelte eine Meißener Tasse umständlich und sehr vorsichtig aus einer Zeitung aus. Celina schrieb einen Zettel und heftete ihn an das zerbrochene Stück. Man konnte ihr auch wertvolles Geschirr bringen, außerdem verkaufte sie diverse andere selbstgemachte Dinge wie etwa Taschen mit Hunde- und Katzenmotiven darauf, sie handelte auch mit Hunden und Katzen aus Plüsch …

»Unsere Bärenstube«, hatte sie Paulina einmal anvertraut, »war die Keimzelle des Ladens. Mit meiner Schwester Viola zusammen habe ich sie aufgebaut, damals haben unsere Eltern noch gelebt. Aber dann ist meine Schwester ausgestiegen und hat einen anderen Weg eingeschlagen, und ich habe den Laden so ausgebaut, dass ich halbwegs davon leben kann.«

Und stolz hatte sie erzählt: »Meine Schwester Viola ist nämlich Schriftstellerin. Sie schreibt Krimis und unheimliche Geschichten und lebt in Freiburg.«

Krimis! Das hatte damals in Paulina eine gewisse diffuse Sehnsucht ausgelöst. Es wäre schön, eine echte Schriftstellerin kennenzulernen, doch Paulina, Angestellte der Evangelischen Kirchenverwaltung, und eine Krimiautorin aus dem Schwarzwald bewegten sich nun mal auf getrennten Planeten.

So hatte Paulina Schwester und Hintergrund bald wieder vergessen oder besser verdrängt. Geblieben war ihr das Wissen, dass hier in Sasbachwalden kranken Teddybären geholfen werden konnte.

Jetzt gerade strebte Celina, klein, braun, ein wenig hutzelig wie eine Nuss und irgendwie alterslos, eifrig auf Paulina zu. Sie nahm den kleinen Kerl freundlich in die Arme. Er brummte verhalten.

»Die Nase? Oh, ich sehe es. Der arme Spatz kann kaum atmen. Gut, ich werde sie behutsam ablösen und mit einem zeitgenössischen Stückchen Leder ersetzen. Ja, genau, die Farbe hab ich da. Ein reiner Zufall. Noch im Lager aus Violas und meiner, also aus unserer Anfangszeit. Von dem Knickerbocker 30er Jahre … ja, der mit der eingesetzten Spieldosennase – meine Schwester mochte den besonders –, aber die Form und das Material waren ähnlich. Lassen Sie den kleinen Kerl ein paar Tage da. Das kriegen wir schon hin. Der hat bald eine Schnuppernase wie neu.«

»Das ist wunderbar. Wann kann ich ihn abholen?«

»Kommen Sie in zehn Tagen!«

»Fein.«

Paulina fragte nicht nach den Kosten. Sie führte zwar ein Haushaltsbuch bis auf jeden Cent, hob alle Quittungen, Rechnungen, Belege und Kassenzettel jahrelang auf, fein sortiert in Ordnern und Klarsichtfolien, doch bei den Bären galt das nicht. Es würde kosten, was es wert war.

Beim Hinausgehen bemerkte sie ein Büchlein an der Tür. »Schwarzwälder Krimi-Geister! Unheimliche Kurzgeschichten von Viola Teiss.«

»Ja, das ist das neue Buch von meiner Schwester. Unsere Mutter war eine Musiknärrin. Drei Mädchen. Eine Celina, eine Mozarta und eine Viola. Hübsch, nicht?«

Mozarta? Dass der Name bei den Standesbeamten durchgegangen war! Er war sehr exotisch. Mama als Pfeiler der Residenzgesellschaft hätte den Namen für eine ganz normale Schwarzwaldfamilie reichlich anmaßend gefunden.

Paulina wog das Buch in der Hand. »Das ist doch keine Literatur«, hätte Mama gesagt.

*»Und wahrscheinlich hat sie da sogar recht! Kauf es dir trotzdem. Nicht jedes Lied muss eine Opernarie sein.«*

*Baden-Baden. Villa Freylingsdorff.*
*13. Juni. Früher Nachmittag*

»Arschloch!« Peter warf das Handy auf den Schreibtisch. »Das kann kein normaler Mensch wissen.«

»Was denn, Papa?« Lilly hatte sich auf den Schreibtischrand gesetzt und beugte sich vertraulich zu ihrem Vater vor.

Bedauerlicherweise war sie kein schönes Mädchen. Ihre Nase war zu groß und großporig, ihr Kinn zu lang und ihre Augen zu klein, um diese Nachteile vergessen zu machen. Was bei ihrem Zwillingsbruder als durchschnittliches Aussehen durchging, würde man bei ihr fast als hässlich bezeichnen. Lilly litt darunter. In einer Familie von Machtmenschen, ruhigen, sanften Schatten wie ihrer Mama und gleißenden Schönheiten wie ihrer Halbschwester fühlte sie sich als Versagerin. Dabei hatte sie seltsamerweise und ganz unpassenderweise für ihre Generation nur einen einzigen brennenden Wunsch und den hatte sie schon seit langem: Sie wollte unbedingt heiraten und Kinder haben.

Ihr Vater hielt das Handy ein Stück von sich weg. »Mal sehen. Kannst mir ja helfen. Was ist ein Tiviano? A: eine Automarke, B: ein italienischer Wein, C: ein Nachtwind am Comer See und D: ein Maler der Renaissance.«

»Und?«

»Wir müssen schnell sein, sonst läuft die Zeit ab. Also, Automarke war es nicht, die kenne ich alle. Maler hätte sein können. Ich hab den Wein getippt, aber es war der Scheißwind.«

»Papa, man kann nicht alles wissen. Wer hat dich geschlagen? Wieder Asterix?«

»Nein. Eulenkind. Alle Arschlöcher im Netz unterwegs.«

Lilly war versucht zu lachen, doch sie wusste, wie ernst ihr Vater seine vielen Spiele nahm. Er war jetzt nicht in der Laune, dass sie mit ihm über das heikle Thema reden konnte. Aber sie versuchte es trotzdem, denn viel Zeit blieb ihr nicht. Und viele Chancen blieben ihr auch nicht.

»Papa, ich würde gerne ein Jahr oder vielleicht auch länger ins Ausland gehen.«

»Ja, und?«

»Wärst du einverstanden?«

»Und was ist mit deiner Stelle in der Firma? Du hast doch gerade erst im Controlling angefangen. Das sieht nicht gut aus, wenn du sofort wieder aussteigst. Gerade als Tochter des Chefs.«

»Ihr könntet sie mir doch freihalten. Vielleicht jemanden einstellen. Mein Gott, die Firma gehört doch dir!«

»Ich weiß nicht recht. Man nutzt so etwas nicht aus. Gleiches Recht für alle. Was sagt deine Mutter dazu?«

Lilly hatte nicht gerade das beste Verhältnis zu ihrer Mutter. Sie hatte sich ihr Leben lang eingebildet, dass Dorit ihren Zwillingsbruder vorgezogen hatte. Vielleicht stimmte das sogar.

»Sie ist nicht unbedingt dafür.«

»Wenn sie es so sagt, dann ist sie dagegen. Und dann machen wir es nicht. Deine Mutter ist Mitgesellschafterin bei Happy Trousers und stille Teilhaberin, und das kann man Gott sei Dank wörtlich nehmen. Aber wenn sie es nicht für gut befindet, machen wir es nicht. Warum muss es denn auch unbedingt das Ausland sein?«

»Nur so.«

Lilly sagte nicht die Wahrheit. Sie hatte übers Internet einen Mann kennengelernt, einen Arzt in Dublin. Er konnte nicht fort, denn er hatte eine Stelle am dortigen Krankenhaus. Der Arzt schien sehr nett zu sein. Lilly lachte mit ihm am Computer, sie flirtete mit ihm. Donnie schrieb, sie solle für eine Weile in seine Heimat kommen. Man würde sich langsam kennenlernen.

Ihre Mutter hatte es rundheraus abgelehnt. Sie sei zu jung und habe gerade erst in der Firma angefangen. Natürlich könne man sie nicht halten, denn sie sei ja bekanntlich erwachsen, aber ihr Job sei dann weg. Wie kam sie dazu? Nur weil sie hier zu Hause klebte und alle und alles unter Kontrolle haben wollte. Auch wenn sie so nett und so süß tat. Nie, nie wollte sie werden wie ihre Mutter.

»Keine Sonderrechte für die Tochter!«

»Warum willst du mich hierbehalten, Mutti?«, hatte Lilly geschrien. »Du machst dir doch sowieso nichts aus mir. Gönnst du mir mein Glück nicht?«

»Ich gönne dir alles Glück auf Erden, doch du kannst hier nicht alles hinwerfen und dich davonmachen. Das gibt ein schlechtes Beispiel für die Kollegen.«

Lilly wurde wütend, als sie daran dachte.

Peter Freylingsdorff runzelte die Stirn. »Wenn Mama dagegen ist, warte noch ein Jahr.«

»Seit wann gibst du so viel auf die Meinung von Mama? Eigentlich hältst du sie doch für ein Dummerle.«

»Wie kannst du so etwas sagen?«

»Erinnerst du dich noch, als du von deiner Segeltour erzählt hast? Du hast vom Bora gesprochen und sie sagt, du warst doch nicht in der Karibik, und du hast sie ausgelacht, weil sie keine Ahnung hatte, dass Bora der Name eines kalten Windes in der Adria ist. Nicht Bora-Bora, nur Bora, aber woher soll eine so nette kleine Landratte wie dein ›Frauchen‹ das wissen. Es war ihr ein bisschen peinlich.«

»So etwas wie den Namen eines Windes muss eine Hausfrau nicht wissen, Lilly. Lass deine Mutter in Ruhe.« Er fügte hinzu: »Vorsicht, junge Dame. Deine Mutter und ich, wir haben einen Weg gefunden, miteinander auszukommen, und dieser Weg passt für uns beide.«

»Du meinst, *du* hast einen Weg gefunden.«

»Nein, Lilly, *wir*. Sie ist, wie sie ist, ich bin, wie ich bin, und so funktioniert es. Wenn sie sagt, du sollst noch ein Jahr warten, dann machen wir es so.«

»Weißt du was!« Lilly beugte sich vor. »Manchmal hasse ich sie. Manchmal hasse ich meine eigene Mutter! Und dich auch!«

*Karlsruhe. Paulina. Im Februar. Nachmittags*

Paulina telefonierte mit Kristine, ihrer engsten Freundin, die ihre Jugendjahre als Geliebte ihres Chefs vergeudet hatte. Jahrelang hatte er sie hingehalten, dann hatte er seine Bankberaterin geheiratet, die – das machte es noch schlimmer – drei Jahre älter als Kristine war. Er schob sexuelle Gründe vor.

Seit einem Jahr war Kristine in Rente. Sie hatte ein eher düsteres Gemüt und brachte ihre Zeit damit herum, zu warten, bis sie noch älter wurde.

»Es geschieht handstreichartig, Paulina. Die Jungen übernehmen die Herrschaft in diesem Land wie die Russen auf der Krim. Wir haben abgewirtschaftet, wir werden ausgelöscht. Ab 40 stehst du auf der Liste, ab 50 rangierst du ganz oben und wenn die 6 herannaht, musst du weg. Du störst das Bild. Du vergraulst den Erfolg. Am liebsten würden sie uns alle mit spätestens 59 ins Betreute Wohnen stecken, den Platz in der Pflegeabteilung schon vorgebucht und einen riesigen Zaun drumherum, damit wir gar nicht mehr im richtigen Leben auftauchen.«

»Vielleicht ist es doch nicht ganz so schlimm«, murmelte Paulina betroffen und dachte an Oma. »Es gab doch zu allen Zeiten ältere Menschen, die …«

»Es *ist* so schlimm. Die sind nur Vorzeigestücke. Du hast es gut, du hast wenigstens deine Bären.«

»Kristine, ich muss auflegen, es klingelt!«

»Wer klingelt bei dir denn um diese Zeit?«

Kristine war neidisch. Bei ihr klingelte niemand. Nur der Paketmann für das Mädel nebendran, die sich alles aus dem Internet kommen ließ, was nicht schnell verderblich war.

»Ich schau mal. Bleib dran.«

Paulina eilte zum Spion und ein seltsamer, aber eigentlich schon vertrauter Anblick erwartete sie.

Weiß und schwarz ummalte Augen, greller breiter Mund, karierter Kragen, dicke rote Nase. Nur dass diesmal nicht eine Gestalt vor ihrer Tür stand, sondern es schienen mehrere zu sein.

»Kristine, ich muss aufhören. Es stehen mehrere ...«

»Ja? Mehrere was ...?«

Paulina seufzte: »Mehrere Clowns vor der Tür!«

»Wie bitte?«, kreischte Kristine. »Mach nicht auf! Clowns sind gefährlich. Liest du keine Krimis. Paulina? Clowns sind meistens irrsinnige, verkleidete Mörder!«

»Das muss ich riskieren. Ich glaube, es gibt auch ein paar Clowns, die keine Mörder sind. Ich rufe zurück!«

»Riskieren? Ich wusste nicht, dass du dieses Wort überhaupt kennst. Überhaupt hast du dich verändert. Hast du jemanden kennengelernt?«

»Ja!«

»Und wen? Kannst du mir diese Person auch mal vorstellen?«

»Leider nein. Sie wohnt zu weit weg. Sehr, sehr weit weg.«

»Paulina! Paulina!«

Paulina legte den Hörer auf und öffnete die Tür.

Sie sah tatsächlich fünf sehr verschiedene Clowns an ihr vorbeimarschieren, direkt in ihr ruhiges, geordnetes Wohnzimmer hinein.

In Gedanken, ganz schnell wie ein Blitz, zog das Bild ihrer Mutter an Paulina vorüber, wie sie höflich lächelnd da auf dem Sofa saß. Bluse, Rock, anständige Schuhe. Eine kleine, gepflegte Frau mit Haaren wie angeklebtes Eisen, dunklen lebhaften Äuglein, einem festgebackenen verbindlichen Lächeln und aufrechter gerader Haltung, eine Handarbeit neben sich sowie ein gutes Buch und auf dem Plattenteller was Klassisches, die Familienbibel in Griffbereitschaft. Das gehörte irgendwie zu dem Gesamtbild von Mama, die eben jetzt in der verblassten Version den Kopf schüttelte, ohne dass sich ein Härchen rührte. Man sah ihr die Verwunderung an: Was war nur aus ihrer Paulina geworden? Aber eine Welt, in der Frauen Kanzlerin wurden, Karlsruher Mädels in den Boxring stiegen und Farbige in Amerika Präsident wurden, war sowieso nicht mehr ihre.

*»Na endlich, endlich tut sich mal was hier in der Bude. Ich wette, so viel Besuch hast du noch nie auf einmal in diesem Mausoleum gehabt, was?«*

*»Auf solche Gäste konnte ich ganz gut verzichten, Oma. Ein Haufen Clowns. Und sie riechen nicht gut.«*

*»Ich finde, sie riechen wie lebendige Menschen. Die Clowns sind ein Teil von dir, Paulina. Von deiner Geschichte. Atme mal tief ein. Ja, so. Spürst du den Geruch von Holzspänen auf dem Boden, muffig wie der alte Stuhl da, rieche den zerschlissenen roten Vorhang und sieh den muskulösen Körper in einem engen Trikot von der Zirkuskuppel schweben. Schaustellerfamilien haben eine lange Tradition, denn die hohe Kunstfertigkeit muss von Kindesbeinen an trainiert werden und wer könnte das besser als die Mutter und der Onkel.«*

*»Ich habe andere Traditionen kennengelernt, Oma.«*

*»Ja, und die haben aus dir eine alte Jungfer gemacht. Und schau mal ... sie tragen Masken, deine Clowns. Der Mord, den du aufklären sollst, hat mit Masken zu tun. Diese Clowns sind ein Zeichen, Paulina.«*

*»Lass mich in Ruhe, Oma.«*

*Baden-Baden. Villa Freylingsdorff. 13. Juni. Nachmittags*

Der erste Besucher traf um die Kaffeestunde bei den Freylingsdorffs ein.

Mario Meissner, ein halber Südtiroler mittleren Alters mit entsprechendem Äußeren entstieg einem alten Maserati und gab ein Bild ab wie in einem Film: dunkle Locken, feurige Augen. Eine Büroausgabe von Reinhold Messner.

Mario, stiller Teilhaber in einer der kleineren Firmen von Peter Freylingsdorffs Imperium, hatte in Wien studiert, was bedeutete, dass er überdies einen Schmäh sowie eine charmante Küss-die-Hand-Ausstrahlung hatte.

Ohne mehr als ein paar Aktienpakete anzustreben, hatte er weder Peters Zielstrebigkeit noch seine Ausdauer oder den Kampfgeist. Dafür hatte der Genießer eine ausgeprägte Schwäche für Peters Frau. Und hielt damit bei den Treffen im Büro nicht hinter dem Berg.

»Diese Frau ist viel zu gut für dich, alter Schwede! Vor allem ist sie klug. Du bist schlau, aber sie ist klug.«

»Meine Frau ist nicht klug, meine Frau ist weise, du Schwerenöter. Und einfach nur eine gute Gattin. Solche Exemplare gibt's heute nicht mehr. Keine Emanze, die ihrem Mann was zum Aufwärmen hinstellt und selbst auf Dienstreise geht. Und du suchst dir lieber eine eigene Frau und baggere nicht die meine an.«

Dennoch brachte Mario stets ausgesuchte Blumen mit, die er der Hausfrau mit tiefem Blick überreichte, ihr die Hand dabei küsste und sie einige Sekunden länger festhielt als notwendig.

So auch heute wieder. Er betrat das ausgedehnte Freylingsdorff'sche Anwesen unterhalb des Merkurberges mit seinem wiegenden Verführerschritt, duftete nach einem teuren Herrenparfüm, durchquerte die große Halle, von der die geschwungene Treppe in den oberen Stock und in die Privatgemächer führte. Von dort kam Dorit herunter, in ein einfaches blaues Kleid gehüllt, welches seine Raffinesse erst auf den zweiten Blick verriet. Es fiel an ihr fließend herab wie das Gewand einer Vestalin.

Eine erfahrene Gastgeberin, lächelte sie mit perfekter Freundlichkeit wie immer. Mario ergriff ihre Hand und hielt sie etwas zu lange. Und heute hatte er erstmals das Gefühl, dass sie ihn tiefer ansah, dass eine Botschaft in ihrem Blick lag.

Peter lungerte auf dem Sofa im Salon, das unvermeidliche Handy in der Hand. »Hey, Mario, hilf mal, mit welcher Zahl wird ein schwerer Sturm beziffert: 7, 8, 10 oder 12?«

»Machst du immer noch dieses kindische Ratezeugs? Dass du dir für so etwas Zeit nimmst! Da müssen unsere Geschäfte ja wirklich blendend laufen, wenn der Chef im Sandkasten spielt.«

Peter war nicht empfindlich. Unter Männern konnte es rau werden, das war immer schon seine Welt gewesen.

»Jetzt erst recht. 22 Millionen Deutsche spielen es und ich stehe heute unter 450. Das musst du erst mal schaffen. Also, los, schnell.«

»12!«, sagte Dorit.

»Hahaha, 12, mein Schatz. Das wäre ja ein Orkan. Nee, nee, ich sage 10.«

Peter starrte auf das Handy. »Richtig! Apfelkarle, da musst du früher aufstehen. Möchte wissen, wo der Kerl lebt. Hinter dem Mond. Willst du was zu trinken, Mario? Schampus steht schon kalt. Ich mach noch schnell einen Typen fertig. Wollen alle mit mir spielen, aber ich muss auswählen. Dorit, machst du mal?«

»Er steht schon in der Küche im Eisschrank.«

»Ich folge errötend Ihren Spuren, Schöne.«

Mario begleitete Dorit in die Küche, hielt ihr galant die Tür auf.

Dorit holte unbeeindruckt eine Flasche aus dem Kühlschrank, presste sie kurz an ihre Wange, um zu prüfen, ob sie kalt genug sei. Eine zarte, eine weibliche Geste. Mario war wie immer von ihr hingerissen.

»Moment, ich mache die Flasche auf«, sagte er bestimmt.

»Das kann ich doch …«

Mario griff nach Dorits Hand. »Bitte, nicht mit diesen zarten Fingern. Das ist keine Frauenarbeit.« Er küsste einen nach dem anderen. »Dorit, du bist die Frau meiner Träume. Du bist eine Taube, die mit einer Krähe verheiratet ist.«

Dorit versuchte, es leicht zu nehmen. »Die Krähe ist eine Elster. Und bringt viel Gold nach Hause, Mario. Lass gut sein. Wenn ich die Wahl hätte zwischen dir und Peter, würde ich immer das Original nehmen.«

»Aber der Typ ist nichts als ein großes Kind. Ich hingegen bin ein Mann. Ein Gentleman. Ich könnte dich ernst nehmen. Theater. Konzerte. Ich weiß, dass du diese Dinge schätzt. Du sagst es nur nicht.«

Mario trat auf Dorit zu, hob ihr Kinn in die Höhe und näherte seinen Mund dem ihren.

Da erklang von der Tür eine Stimme in ätzendem Ton: »Sie ist ganz zufrieden hier, nicht wahr, Dorit? Und du, Mario, verlässt sofort unser Haus. Ohne Umweg. Durch den Dienstbotenausgang. Und zwar hier durch die Küchentür in den Garten und dort nimmst du bitte das kleine Tor zum Wald hin. Das Personal muss nicht unbedingt sehen, mit was für Leuten wir uns abgeben. Raus! Und komm nicht mehr wieder. Mein Rechtsanwalt wird sich mit deinem in Verbindung setzen.«

Mario sah von einem zur anderen. Aus dem Spaß war plötzlich Ernst geworden, der sein behagliches Schürzenjägerdasein bedrohte. Und seinen männlichen Stolz kränkte.

»Dorit, was sagst du? Ich weiß, dass du mich gerne magst.«

Peter Freylingsdorff wandte sich an seine Frau. »Sag, was du von ihm hältst. So, wie du es mir schon oft gesagt hast.«

Dorit wandte sich Mario Meissner zu. Fixierte ihn mit ihren milchigfarbenen Veilchenaugen.

»Mario, ich mag dich nicht.«

»Sag, wie du ihn immer nennst.«

»Dorit!«

»Mario«, sagte Dorit ruhig. »Du bist nichts als ein Schmierenkomödiant.«

Mario zog die Luft ein. Sein Mund wurde schmal. Seine schwarzen Augen funkelten. Er sah nun wirklich aus wie ein Italiener.

Die Worte kamen gepresst aus seinem Mund. »Aha. Das werdet ihr noch bereuen. Ihr habt meine Ehre gekränkt.«

Und er riss die Terrassentür auf, so dass sie fast aus den Angeln brach, und seine wütende Gestalt verlor sich in den Büschen des Gartens.

Rückwirkend konnte niemand genau sagen, ob er das Grundstück wirklich verlassen hatte.

## *Karlsruhe. Paulina. Im Februar. Nachmittags*

Jetzt bemerkte Paulina, dass die Clowns alle unterschiedlich aussahen. Einer war schwarz-weiß wie ein Harlekin und trug eine Maske über den Augen, einer anderer war bunt wie ein Papagei; seine Maske glitzerte in Grün. Manche hatten rote Schnuten, andere nur dezent bemalte Lippen, einer einen gezwirbelten Bart.

Der schwarz-weiße Harlekin hatte Sektgläschen und Kussmünder auf seinen Handschuhen aufgestickt – er schien also mehr die Version für Erwachsene zu sein –, der Bunte trug einen ausgestopften Papagei auf der Schulter. Paulina sah genau hin. Mein Gott, das Viech war ja echt! Die schwarzen Augen rollten hurtig hin und her, der Schnabel klappte auf und zu, die Vogelbrust hob sich vom ängstlichen Atmen. Paulina sah noch schärfer hin und sah an eindeutigen Merkmalen, dass einer der Clowns eine Clownin war. Sie war klein, pummelig, mit stämmigen Beinen und einer Nase, die offenbar naturrot war.

»Darf ich fragen, wer Sie alle sind?«

»Wir sind durch Empfehlung von Clown Hämmerle bei Ihnen!«, verkündete der schwarz-weiße Clown. »Er sagt, es gibt hier Jobs.«

»Wieso denn das? Ich habe ihn nur ein einziges Mal vermittelt, weil er mir leidgetan hat.«

Der Schwarzweiße war offenbar der Wortführer: »Ja, aber inzwischen hat er sieben Jobs gehabt, weil ihn diese Leute alle weiterempfohlen haben. Macht jetzt auf KSC-Clown. Er sagt, die Idee und die Bälle sind von Ihnen.«

»Das war ein Einzelfall.«

»Wir sind alle Einzelfälle. Und wir möchten auch gute Jobs. Es ist nicht einfach. Clowns sind nicht mehr sehr gefragt. Und wenn, dann müssen wir nehmen, was wir kriegen, und man bezahlt uns nicht gut. Die Kneipen und Vereine geben uns ja kaum Geld. Ein Getränk, ein Freiessen und ein paar lumpige Euros, die das Anfahren nicht lohnen.«

»Warum machen Sie es dann?«, fragte Paulina deutlicher, als es eigentlich ihre verbindliche Art war.

»Wie meinen Sie das?« Es klang böse. Der Spaßmacher richtete sich auf.

*»Oma, jetzt haben wir es. Deine Prophezeiung. Einen Haufen Zirkusleute. Aber wer weiß, was sich hinter ihren Masken versteckt. Und sie sind in der Überzahl. Ich habe Angst.«*

*»Paulina, nichts lähmt so sehr wie die Angst. Es handelt sich nicht um Schillers Räuber, mein Kind. Entspann dich. Mit denen wirst du etwas erleben. Anders als mit diesen späten Mädchen mit ihren verbitterten Mienen, mit denen du dich sonst triffst.«*

Wie in einem Stummfilm sahen sich die Clowns gegenseitig an, rollten ihre Augen, die wie Spiegeleier aussahen, zuckten ihre gepolsterten Achseln.

Schließlich antwortete wieder der schwarz-weiße Kollege. »Wir machen es, weil wir unsere Arbeit lieben. Wir mögen es, Spaß zu machen und Leute zum Lachen zu bringen. Ihnen eine andere, eine verrücktere Welt zu zeigen. Ich zum Beispiel, immer der Klassenclown. Kennen Sie den? Eine Kuh ging zum Polizisten und sagte: Mein Mann ist auch ein Bulle!«

Die Clowns lachten herzlich.

Paulina starrte.

»Verstehen Sie das nicht? Das ist einer für Kinder ab 12!«

»Ich hätt auch was Christliches, wenn es gewünscht wird. Zwei Mäuse sitzen in der Scheune. Fliegt eine Fledermaus vorbei. Guck mal, sagt die eine Maus zur anderen, wie schön: ein Engel!«

»Ich mache nicht gerne Witze über Heiliges.«

*»Oh, glaub mir, da kenn ich mich besser aus. Das können die Heiligen verkraften, Paulina Teuffel. Und biete den Kollegen jetzt mal einen Sitzplatz an.«*

Lachen.

»Gut, nicht wahr? Und dann machen wir das hier alles …«

Eine Nase quietschte, eine Art Stock leuchtete, aus großen Schuhen spritzte seitlich Wasser, ein Hut wurde gehoben und eine Taube flog durch Paulinas sauberes Wohnzimmer und kackte auf den Tisch.

Ein Clown setzte sich und machte dabei ein unschönes Geräusch.

»Nicht, echt, meine Dame, nicht echt. Riechen Sie was? Nicht, gell? Aber die Kinder lachen.«

»Ha!«, machte Paulina und fragte sich eine Mikrosekunde lang, wer wohl darüber im 21. Jahrhundert noch lachte. »Gut, aber Sie sind hier trotzdem falsch. Ich habe keine Jobs zu vergeben.«

»Aber Sie haben doch dem Hämmerle auch was verschafft. Warum also nicht uns?«

Paulina sah in die Runde von lauter umrandeten Augen. »Warum? Nun, ich bin doch keine professionelle Clownvermittlerin. Ich bin Rentnerin. Ich will meine Ruhe.«

»Echt, ey?«, warf die weibliche Clownsfigur ein. »Sie sind schon Rentnerin? So alt sehen Sie aber gar nicht aus. Ich meine, mein Vadder ist Rentner, aber der ist echt richtig alt.«

»Ich bin auch richtig alt!«, erwiderte Paulina streng. »Echt.«

»Nee«, befand die Clownin, nachdem sie aus lila Augen einen Blick über Paulinas Erscheinung geworfen hatte. »Sie machen sich nur alt. Ich bin im richtigen Leben Friseurin. Kommen Sie mal zu uns in den Salon in der Amalienstraße. Ich mach noch was aus Ihnen.«

*»Paulina, wunderbar. Geh zu ihr. Sie weiß, wie man auffällt. Und lass dich ja nicht mehr bei dieser Frau Triskow blicken, wo dich deine Mama immer hingeschickt hat, weil sie ein Bild von der Großherzogin in ihrem Salon hängen hatte und sich Hoffriseurmeisterin nannte. Mit der Frisur da kannst du in der Gefängnisaufsicht arbeiten. Lass die Haare wachsen, befreie deine Locken und lass den Pony keck in die Augen fallen.«*

»Die Frisur, die Sie da haben, sieht ein wenig zu streng aus. Sie macht Sie älter.«

»Ich bin ganz zufrieden, wie es ist. Und nun gehen Sie bitte. Alle. Ich habe heute Mittag etwas vor.«

»Was?«

»Also, ich …«

Ja, was eigentlich, dachte Paulina. Was mache ich mit mir selbst eigentlich den ganzen Tag? Die Bären und ich. Ich und die Bären. Zahnarzt. Bärenklinik. Autoinspektion. Alle Vorsorgetermine. Nein, Sorge-Termine.

»Ich habe zu tun!«, verkündete sie streng. »Immer was zu tun. Heute muss ich zum …«

Alle sahen sie an.

»… zum Friedhof. Zum Hauptfriedhof in der Haid-und-Neu-Straße. Mich um das Grab meiner Mutter kümmern.«

»Echt? Aber, wenn sie e Grab hat, isch se doch wohl schon dot. Und sieht's net, ob du heut oder morge kommsch. Die Tote sin tot. Die kümmert's net mehr. Die kriege nix mehr mit.«

»Hast du eine Ahnung«, dachte Paulina.

*»Hat die eine Ahnung!«*

»Und mir, die Clowns, mir lebe noch. Und mir wolle besser lebe als bisher, wo uns keiner richtig wertgschätzt hat. Kümmer dich um uns und net um e Grab mit ner leblose Figur drin.«

*»Wo sie recht hat, hat sie recht. Ganz vernünftig, die Kleine.«*

»Das kann man kaum gegeneinander aufrechnen.«

»Schade«, sagte ein älterer Clown traurig. »Kommt, Leute, sie will keine Agentin sein. Lassen wir sie in Ruhe und machen weiter wie bisher. Es wird schon manchmal Leute geben, die uns brauchen können. Sonst tingeln wir halt wieder über die Stadtfeste und zu den Kindernachmittagen im Stadtgarten und im Karlsruher Zoo. Auch wenn's nichts einbringt.«

Die Gesellschaft scharrte mit den Füßen. Einem Clown fiel sein Gummihuhn aus der Hand, umständlich bückte er sich, hob es auf und steckte es in die Tasche.

»Wenn Sie gutbezahlte Auftritte bei wohlhabenden und schicken Leuten haben wollen, sollten Sie vielleicht etwas ordentlicher daherkommen!«, sagte Paulina plötzlich. »Sie sehen ja allesamt aus wie von der Altkleidersammlung. Und haben Sie schon einmal etwas von chemischer Reinigung gehört? Ihre Kostüme könnten es jedenfalls brauchen.«

»Das ist alte Clownstradition, meine Dame. So sieht man halt aus als Clown.«

»Ein Clown ist lustig, aber nicht schmutzig.«

»Das sind Familienkostüme.«

»Und Sie müssen mit der Zeit gehen. Heutzutage hat doch zur Unterhaltung jeder Fernsehen und DVD und Handy. In der Straßenbahn machen alle Spiele am Handy, beispielsweise dieses … wie heißt es noch … Quizduell? Da gibt es immer Fragen aus verschiedenen Wissensgebieten und es tauchen vier Antworten auf, man muss blitzschnell reagieren und die richtige antippen. Auf dieses Spiel waren meine Kollegen ganz verrückt und wurden richtig ehrgeizig. Veranstalten Sie doch mal so ein Quizduell mit den Leuten, vielleicht mit Scherzfragen … aber natürlich so, dass es keinen Streit gibt!«

Kein Streit. Das war die Maxime ihrer Mama gewesen. Frauen waren zum taktvollen Schlichten da, wenn wirklich mal einer der Herren beim Kartenspiel über die Stränge schlug.

*»Spielen ohne Streit ist doch fad, Paulina. Man muss schon gewinnen wollen. Sonst macht es keinen Spaß!«*

*»Man spielt wegen der Zerstreuung und des geselligen Beisammenseins. So war es bei uns zu Hause.«*

*»Falsch. Man spielt, weil man siegen will. Sonst kann man es gleich sein lassen. Bei uns zu Hause …«*

*»Schon gut, Oma. Ich kann es mir denken.«*

»Wär mal was anderes!«, stimmte der schwarz-weiße Clown zu. »Kennt ihr den? Einer fragt den Ehemann: Wie ist deine Frau im Bett? – Antwortet der: Die einen sagen so, die anderen so.«

Alle prusteten und sahen dann Paulina an. Die musterte den Witzbold streng, der wurde rot und zuckte die Achseln.

»Ich weiß, er ist alt. Aber ich bin halt der Clown fürs Erotische. Die Triangel-Bar holt mich einmal im Monat. Samstags. Wenn ich Glück habe. Die andere Zeit holen sie Adam, den Zauberer, und den Feuerschlucker Toni. Und natürlich die Schlangentänzerin.«

Paulina dachte an einen Kindergarten, dessen Leiterin ihr sehr sympathisch gewesen war. Eine gewisse Frau Burger, hager, hässlich, mit einem Gebiss wie ein fröhliches Pferd, aber sehr tüchtig und effizient. Die Einrichtung wurde demnächst zehn Jahre alt. Vielleicht könnte man dort eine kleine Feier mit Clowns ausrichten. Natürlich nicht mit dem Erotikspaßmacher.

Bevor sie es verhindern konnte, war der Vorschlag auf dem Tisch.

»Keine schlechte Idee«, murmelte ein etwas jüngerer Clown mit weißblonden Augenbrauen. »Wenn das klappen könnte … vielleicht kämen dann auch noch andere Kindergärten auf uns zu.«

»Hören Sie, lassen Sie in Gottes Namen Ihre Telefonnummern da. Ich schau mal, was ich machen kann. Aber ich verspreche nichts.«

Die Clowns förderten allesamt Zettelchen mit ihren Namen zutage.

Der Schwarzweiße schrieb mit umständlicher Handschrift »1 Stunde ab 17,50« drauf. Der ältere Clown reichte Paulina einen uralten Flyer, auf dem »10 Mark« durchgestrichen und durch »10 Euro« ersetzt worden war. Keiner hatte eine Homepage.

Paulina schüttelte den Kopf. »Was ist denn das hier? Sie brauchen anständige Visitenkarten. Und Flyer. Und Homepages. Und feste, untereinander abgestimmte Preislisten. Sie müssen teurer werden. Und Sie müssen Referenzen haben, einen Pressespiegel, wenn Sie in Artikeln erwähnt werden …«

»Wir machen es ja nur nebenher!«, maulte die Friseurin und warf einen eher feindseligen Blick in Paulinas Richtung.

Typisch, dachte Paulina. Immer machen die Frauen Ärger.

*»Schatz, da geb ich dir ausnahmsweise mal recht. Ich habe noch nie etwas von dieser allzu engen Vertrautheit mit anderen Frauen gehalten. Die Geheimnisse der Nacht ausplaudern und sich gegenseitig die Unterwäsche zeigen. Nee, nee. Sowie dein Kerl auftaucht, ist alles vergessen. Die beste Feindin einer Frau ist immer noch ihre beste Freundin.«*

*»Das glaube ich nicht. Kristine ist …«*

*»Kleben geblieben, frustriert und alleine. Nur deshalb existiert sie mit dir in einer Notgemeinschaft. Eine Freundin ist gut, solange es keine Versuchungen gibt. Merk dir das!«*

»Aber Sie üben dieses Gewerbe nun mal aus. Und was man im Leben anfängt, bringt man ordentlich zu Ende.«

Verblüfftes Schweigen in der Runde.

»Wie heiße Sie noch mal?«, erkundigte sich der alte Clown mit badischem Zungenschlag.

»Teuffel! Sie haben doch bei mir geklingelt. Da müssen Sie doch wissen, wie ich heiße!«

»Das ware die annere. Ich lauf halt immer so mit. Wege der Kunscht und aus Freundschaft.«

»Teuffel und Kunst?« Die Clownin runzelte die Stirn, auf der Herzchen aufgemalt waren. Die Herzchen knitterten, ein Goldstäubchen segelte zu Boden. »Das ist ein toller Name für eine Agentur: ›Teuffel's-Kunst‹!«

»Eine Agentur? Wofür?«

»Für Clowns. Und für unsere Kollegen, die Zauberer.«

»Ich möchte nicht …«

*»Lass ihn ausreden. Unterbrich niemals einen Clown. Denn das Beste kommt manchmal zum Schluss!«*

»Ich kenne auch noch eine, Joanna, die tanzt klassisches Ballett und zwar auf dem Tisch. Die hat bei einem Institut in Paris gelernt, wie hieß das noch mal … Ecole de Danse, harte Sache, viel Disziplin, und die war auf dem Weg, *Étoile* zu werden, das heißt Solotänzerin, aber dann wurde sie schwanger von dem männlichen *Étoile*, der eigentlich als schwul galt, und … naja, jedenfalls, die kann ich Ihnen auch noch bringen. Und wird die froh sein! Bisher war sie immer nur in der ›Red

Light Bar‹ für 15 Euro engagiert. Ist das eine anständige Location für eine klassische Balletttänzerin, frag ich?«

Atempause in der Runde.

Paulina seufzte. Mama hatte das klassische Ballett sehr gemocht. Perfekte Körper, festgefrorenes Lächeln auf Einheitsgesichtern. Vielleicht hatte man nur die Fassade gesehen.

»Nein. Das ist natürlich viel zu billig.«

»Also. Und dann hab ich noch den Kumpel mit dem Hund, der Englisch kann. Bring das mal nem Hund bei. Des is was Wertvolles. Und die Katze, die sich totstellt. Die trete auch zusammen auf, man glaubt es kaum. Und den bucklige Akkordeonspieler. Aber am beschte is die lebende Jukebox. Aus Offeburg.«

»Was ist denn das?«

»Des Mädle sitzt in einem Kaschte aus Sperrholz, angemalt natürlich, ganz bunt, und da stehe die Name von Titel und die Leut drücke und dann öffnet sich der Kaschte und die Frau erscheint und singt den gewählte Titel.«

»Ich weiß nicht. Das kommt mir ausbeuterisch und leicht sexistisch vor.«

»Wieso? Des macht alle Spaß! Die is der Kracher auf Parties. Warum also net? Sie habe doch nix zu tun, oder? Und mir könnte alle so jemand wie Sie brauche.«

»Ich wollte aber eigentlich für die restlichen Jahre meines Lebens meine Ruhe haben und …«

»Ihr Ruh habe Sie noch lang. Sehr lang, wenn Sie erscht mal auf dem Karlsruher Hauptfriedhof liege.«

»Ich werde in einem Friedwald bei Annweiler in der Pfalz liegen und nicht auf dem Hauptfriedhof. Ist alles schon geregelt. Und vorausbezahlt. Die Pfalz war günstiger und dort liegen viele Akademiker und ein paar andere gebildete Damen.«

»Wolle Sie sich über Goethe unterhalte, wenn Sie tot sind? Also gut, wem's Spaß macht. Aber warum es nicht mal ein bisschen krache lasse vorher? Und mal was riskiere, wenn Sie für hinnerher alles schon geregelt habe?«

Paulina sah von einem zum anderen. Clownsgesichter.

»Ich werde es mir überlegen!«, sagte sie. »Ich werde es mir überlegen.«

*»Paulina, du bist ein gutes Mädchen. Und jetzt mach mal einen Kopfsprung in dein neues Leben. So wie ich damals. Lohnt sich. Irgendwo wartet deine Aufgabe auf dich. Auf uns …«*

*»Hat es sich für dich gelohnt, Oma? Du bist früh gestorben.«*

*»Paulina, ich würde immer wieder so entscheiden! Gut, mit 57 war finito. Ein Rumms und es war vorbei. Aber besser, als an Langeweile an der Seite von Rudolf eingehen. Der wollte unbedingt sein Weibchen am Herd behalten und hat dadurch eine echte Frau verloren. Und du? Du wolltest einen großen Garten und ein Familienwappen und Sicherheit. Stattdessen hast du einen Fremdgeher bekommen und vielleicht aus Spießigkeit die Liebe deines Lebens verloren.«*

Irgendwann war die bunte Gesellschaft abgezogen. Nur ein paar Konfetti auf dem Boden und ein etwas seltsamer Geruch nach Farbe und nach einem eher preiswerten Parfüm, um es gelinde zu sagen, war von ihnen geblieben.

Paulina begab sich in ihr geheiligtes Teddybärenzimmer.

»Was meint ihr?«

Merrythought, ein sitzender Bärenjunge mit vorspringender Schnauze, der aus den 30er Jahren stammte und ein bisschen wie Mickymaus aussah, blickte Paulina ernst an.

»Ich hätte dann weniger Zeit für euch. Darüber seid ihr euch klar, oder?«

Ein Zotty aus den 50er Jahren schien ein bisschen zu grinsen.

»Wir kommen schon alleine klar«, ließ Paulina ihn sagen. »Mach du mal was Verrücktes. Und nicht so wie damals mit Jonas, wo du gekniffen hast, als es ernst wurde.«

Paulina ging nachdenklich von Bär zu Bär. Stumm saßen sie da und sahen sie an.

Sie waren nicht lebendig.

Und es war nicht ernst geworden mit Jonas. Im Gegenteil: Es war auseinandergegangen.

Jonas. Jonas im Bauch des Walfisches. Jonas im Bauch eines Flugzeuges, das unvernünftigerweise nach Amerika unterwegs war. Jonas, der ihre erste große Liebe gewesen war. Größer als die Liebe zu Bruno-Ernst-Albert, den alle ihren Ehemann nannten, eine Liebe, die nur ein Entgegenkommen gewesen war.

Nach Amerika gehen, nach Chicago. Für ein Jahr. Das Studium unterbrechen, um am Hafen zu arbeiten, Englisch zu lernen und die Welt aus anderen Augen zu sehen. Das war doch eine verrückte Idee gewesen. Kein Mensch machte so etwas. Und dann war er sowieso länger geblieben. Jonas hatte es nie so richtig ernst gemeint mit dem, was er sagte.

*»Paulina, wahrscheinlich war es ein Fehler, aber einer von denen, die man heute nicht mehr ändern kann. Hör also auf, dir deswegen Gedanken zu machen. Sinnlos, sich über Gewesenes zu sorgen. Bei uns hier gibt es eine Frau, die ging zweimal jährlich zu Vorsorgeuntersuchungen, sie hat so viele Versicherungen gegen alles Mögliche gehabt, dass sie sich nichts mehr gegönnt hat. Keinen Urlaub, keine schicken Kleider. Immer nur putzen und bei den Nachbarn guten Eindruck machen. Und dann ist sie eines Tages vor ihrem Haus von einem Müllwagen überfahren worden, als sie die Tonne auswaschen wollte.«*

Jonas war damals nach Amerika gegangen und hatte bestimmt seine Karriere damit ruiniert. Solche Leute waren nichts für Paulina.

Zwei Männer und beide gescheiterte Existenzen.

Paulina schüttelte den Kopf. Nichts für sie, die aus besten Kreisen kam und die sie sich ein Berufsleben wie eine Pyramide aufgebaut hatte. Steinchen für Steinchen zur Sicherheit.

Und jetzt, als Rentnerin, einen Haufen Clowns vermarkten. Das war auf jeden Fall verrückt und gehörte sich keinesfalls. Man konnte nur hoffen, dass es Mama nicht sah.

Sie sah es nicht, denn sie war tot.

Wie sagte Hamlet in seinem Monolog über die Welt der Toten: »Das sind die, von denen wir keine Nachrichten haben.«

Warum konnte sich Oma nicht mal an Shakespeares ewige Wahrheiten halten? Starrköpfige Person.

Und plötzlich war Paulina ein bisschen stolz auf ihre Großmutter.

*Baden-Baden. Villa Freylingsdorff. 13. Juni. Nachmittags*

Peter schleuderte wütend einen Pfeil auf seine professionelle Turnier-Dartscheibe. Er war schlechter Laune.

Die Sache mit Mario war ärgerlich und würde Anwaltskosten nach sich ziehen. Und Asterix hatte ihn beim Quizduell schon wieder abgezogen. Das hatte ihn mehrere Ränge gekostet.

»Spiel doch einfach nicht mehr mit ihm!«, hatte Dorit besorgt vorgeschlagen, doch er hatte sie nur fassungslos angesehen. »Ein Freylingsdorff kneift nicht. Der Kerl weiß alles über Scheiß-Musik und Literatur.«

Sie hatte gelacht und ihn untergehakt. »Peter, ich bin froh, dass ich mit meinem Handy nicht ins Internet gehen kann. Schon eine Versuchung weniger.«

»Ja, ich bin schon froh, dass du damit telefonieren kannst. Technik ist nun mal nicht deine Welt. Aber das macht nichts. Hauptsache, du weißt, wie man den Backofen ein- und ausschaltet. Ich liebe deine Linzertorte. Apropos, wann machst du sie mal wieder?«

Dorit hatte nicht geantwortet.

Sie hat heute wohl andere Sorgen, dachte Peter.

Er warf jetzt den zweiten Pfeil mit zusammengekniffenen Augen und verfehlte das Board knapp. Der Pfeil konnte sich am harten Rand nicht halten und fiel kraftlos zu Boden.

Von der Tür hörte er Schritte.

»Vater, kann ich dich kurz sprechen?«

Peter sah sich um. Sein Sohn stand mit betretener Miene im Raum. Er wirkte verlegen.

»Es geht aber nicht wieder um Geld, Willard?«

Willard hob die Schultern. »Das letzte Mal. Und Papa, ich habe die Spiellust schließlich nicht geklaut. Hab sie von dir geerbt.«

»Nein, nein, so kommst du mir nicht. Mein Lieber, wir sind grundverschieden. Ich gewinne und du verlierst. Und ich spiele nicht um Geld. Ich spiele um die Ehre. Kein Cent mehr von mir. Lass dich sperren im Casino und geh nicht mehr zum Rennen. Und such dir Mädels, denen du mit anderen Sachen imponieren kannst als mit Chips und schnellen Gäulen. Von mir gibt's nichts. Und wenn du so weitermachst, friere ich die Anteile ein, die ich dir morgen schenken wollte.«

»Papa, ich habe Schulden und diese Leute können richtig eklig werden, wenn sie ihr Geld nicht bekommen.«

»Dein Problem, Junge. Und ... ich kenne den Ausdruck auf deinem Gesicht. Geh ja nicht zu deiner Mutter mit diesen Geldsorgen. Wann werdet ihr Kinder endlich begreifen, dass ihr uns nicht auseinanderdividieren könnt? Sie denkt wie ich und sie handelt wie ich. Deshalb läuft der Laden hier. Und an dein Erbteil von ihr kommst du so bald nicht, so gesund wie sie Gott sei Dank ist.«

»Erben? Von Mama? Daran würde ich niemals denken.«

»Umso besser für dich.«

Peter wandte sich ab und zielte. Er sah den Gesichtsausdruck seines Sohnes nicht. Denn er hatte Bull Eye getroffen. Er war ein Sieger. Und er hatte eine wunderbare Frau. Eine, die gelernt hatte, es mit ihm auszuhalten. Er war nicht immer einfach. Er konnte schon manchmal dominant sein. Doch bis auf wenige Ausnahmen hatte ihn Dorit immer unterstützt. Ja, sie war eine wunderbare Frau.

*Karlsruhe. Paulina. Im Februar. Nachmittags*

Nachdem sie sich einmal entschlossen hatte, musterte Paulina ihre Clown-Truppe streng. Wie die aussahen!

Sie müssten alle erst einmal saubere, neue, originelle und flotte Kostüme haben. Und deutlicher die unterschiedlichen Typen von Clowns darstellen. Ein Weißclown, ein Kinderclown, einer mit Anzug und Fliege, der wie Charlie Chaplin aussah. Man könnte ihm eine entsprechende Marylin-Monroe-Figur zur Seite stellen.

»Wer von euch macht den Krankenhausclown? Da besteht Bedarf. Ich habe gehört, bei Reha-Stationen und Seniorenheimen werden Clowns gebucht.«

Alle scharrten mit den Füßen.

»Im Krankenhaus, das ist eine traurige Sache«, sagte einer. »Da ist einem oft zum Heulen.«

»Man kann sich das eben nicht immer aussuchen!«, belehrte Paulina streng. »Traurigsein gehört zum Lustigsein nun mal dazu.«

Die Clowns sahen sich erstaunt an. Sie hatten das immer schon gespürt, aber niemals in einen Satz gefasst.

»Und dann die Visitenkarten und die Flyer, professionell gemacht, und eine einheitliche Preispolitik. Ein Clownspool, aus dem sich der Kunde das Passende aussuchen kann!« Paulina geriet in den ungewohnten Rausch des Tatendrangs.

Die Zauberer mussten sich genauso organisieren. Wichtig war, dass die Kunden genau wussten, was sie erwartete. Mit Programmbeispielen auf YouTube. Präsentationen bei Interessenten am Computer mit einem Beamer.

Paulinas Gedanken und Ideen, von denen sie nicht mal wusste, woher sie auf einmal kamen, rasten schneller, als sie sie fassen konnte. Und deshalb merkte sie gar nicht, dass sie schon längst dabei war, sie zu gründen: die Agentur »Teufel's-Kunst«.

Doch nun hatte das Schicksal schon seinen Lauf genommen. Nicht mehr lange, und Paulina würde endlich auch Gelegenheit haben, Miss Marple zu spielen.

*Karlsruhe. Evangelische Gebäudeverwaltung.*
*Anfang März. Vormittags*

Manuela, genannt Manu, Sachbearbeiterin, verkündete eine Neuigkeit: »Leute, ihr glaubt nicht, wer heute angerufen hat.«

»Der Papst! Er will evangelisch werden«, sagte Theo, der Spaßmacher der Abteilung.

»Fast. Die Teuffel.«

»Welche Teuffel?«

»Na, unsere Teuffel. Die Kindergarten-Teuffel.«

»Was will die denn jetzt schon? Uns besuchen? Das machen die alten Leutchen ja gerne. Seufz. Dabei haben wir für so was keine Zeit.«

»Nee, von Besuchen hat sie nichts gesagt. Sie wollte die Telefonnummer von dem Mann, der unsere Website betreut.«

»Website? Was will die denn mit einer Website? Ich dachte nicht mal, dass die das Wort kennt. Die lebt doch noch in der Vergangenheit. Was ist mit der denn passiert?«

»Keine Ahnung. Vergiss sie. Von der vertrockneten alten Jungfer werden wir nie mehr was hören. Was kann in so einem Leben schon passieren!«

*Karlsruhe. Paulina. Im März. Nachmittags*

Paulina hatte einige der Teddybären auf den Schrank oder in die Besenkammer in vorübergehendes Asyl gescheucht, um Platz für ihre Clowns zu haben, die heute in Zivil bei ihr aufgetaucht waren.

Eine hübsche dralle Friseurin. Ein älterer Herr mit weiß umrandeten Triefaugen und einer langen Nase. Ein kräftiger blonder Mann mit blauen Augen und Bürstenhaarschnitt, ein schlaksiger Studententyp und ein kleiner runder molliger Mann mit roten Bäckchen wie Äpfel, dessen Alter schwer zu schätzen war.

Die Friseurin hatte noch einen vierschrötigen Bären von Mann mitgebracht. Er zog ein Wägelchen hinter sich her, auf dem ein kleiner Elefant aus Pappmache saß.

»Guten Tag, gute Dame!«, sprach der Elefant, rollte selbstständig voran und blinkte mit den Augen.

Seufzend bemerkte Paulina, dass der Große recht ungeschickt und selbst für allergläubigste Kinderaugen sichtbar in ein Mikrophon sprach, das ihm um den Hals hing. Das konnte man bestimmt anders und etwas raffinierter machen.

Eine kleine, unglaublich dicke Frau schnaufte hinter den Clowns die Treppe hoch.

»Darf ich auch reinkommen? Ich bin die Schasmin. Handleserin und Wahrsagerin! Und der Toni kommt später auch noch!«

»Wer ist denn der Toni?«

»Toni ist offiziell ein Feuerschlucker, kann aber auch auf Stelzen auftreten und jonglieren. Ein echtes Multitalent. Und das mit 72.«

*»Donnerwetter. Der Toni würde mich interessieren. Obwohl ich ja eigentlich nichts mit älteren Männern am Hut hatte. Heute noch ein flotter Stenz im Nadelstreif, aber ums Rumgucken werden sie alt und riechen komisch. Nimm dir lieber was Junges. Aber ein feiner älterer Herr kann natürlich auch was hermachen und ist dankbar für ein bisschen Streicheln. Man muss ihn sich halt mal genauer anschauen.«*

*»Oma, ich werde mich doch nicht mit einem betagten Feuerschlucker einlassen.«*

*»Es wäre mal ein Anfang, Paulina. Und allemal besser als diese verknöcherte Kristine, mit der du dich triffst. Wo die hinguckt, wird ja die Milch sauer. Die trauert nur einem verpass-*

*ten Leben hinterher. Willst du so werden? Ich hab's nicht bereut, dass ich richtig gelebt habe. Keine verbitterte Alte und keine gütige Großmutter. Das waren sowieso Rollenfächer, die mir nicht lagen.«*

*»Aber du hättest länger leben können, wenn du vorsichtiger gewesen wärst.«*

*»Sicher. Aber wir haben eine Menge Leute bei uns, die abends vor dem Fernseher eingeschlafen und nie mehr aufgewacht sind. Was ich bei dem Programm auch verstehen kann. Trotzdem. Besser über der Champagne sterben.«*

»Also, ich habe mir Gedanken gemacht«, verkündete Paulina in die Runde. »Was ihr alle könnt und tut und was ihr anbietet, reicht nicht. Ihr müsst besser werden. Professioneller. Mit der Leistung, die ihr momentan bringt, kann euch jeder ausnutzen, weil ihr nirgendwo eine Chance habt.«

»Leider!«, sagte der Student trübe.

»Ihr müsst euch grundsätzlich mehr spezialisieren. Einer, das hatten wir besprochen, gibt den Klinik-Clown für Kinder, einer unterhält kranke Erwachsene, wir brauchen einen Clown für ... hm ...gewisse Parties, ihr wisst schon, und einen weiteren für Firmen, die Jubiläen haben oder Weihnachtsfeiern begehen. Firmen haben mehr Geld zur Verfügung als Familien oder Kirchengemeinden. Oder als miese Kneipen, die nichts ausgeben wollen für euch.«

»Weihnachten? Das ist ja noch eine Ewigkeit!«, meinte die Friseurin kritisch.

»Die Ewigkeit ist relativ, wie ich seit Neuestem weiß!«, entgegnete Paulina sachlich. »Mit der Planung einer Feier kann man nicht früh genug anfangen. Bei uns in der Behörde gab es eine Person, die bestimmt wurde, die Weihnachtsfeier vorzubereiten, und diese Person hat im März mit den Überlegungen angefangen. Also müsst ihr euch jetzt bald bewerben.«

»Echt, ey?«

»Ja. Das Geheimnis ist die Zukunft: Ihr habt alle eure Spezialität, aber ihr haltet zusammen! Gebt euch einen Namen: Baden-Entertaining. So was in der Art. Wenn man euch buchen will, hat zwar jeder sein Programm, aber alle haben die gleichen Preise und die gleichen Standardverträge. Man kann euch nicht gegeneinander ausspielen, was im Moment bestimmt der Fall ist.«

Die Clowns nickten alle und lauschten andächtig.

Es klingelte an der Tür und ein würdevoller, sehr kleiner und sehr drahtiger alter Mann kam herein, über und über mit nicht jugendfreien Tätowierungen bedeckt.

»Sie müssen Toni sein!«

»So steht's in meinem Pass. Und Sie sind die schöne Agentin!« Toni beugte sich über Paulinas Hand und küsste sie.

*»Wenigstens scheint der Manieren zu haben! Keine Frau, die nicht auf so was steht. Und er nennt dich schön. Und recht hat er. Heute leuchtest du von innen.«*

»Nehmen Sie Platz, Herr Toni. Sie schlucken also Feuer!«

»Wie's verlangt wird!«

»Gut! Da müssen wir sehen, wer sich dafür interessiert. Ich plane, mit einem Catering-Service oder mehreren zusammenzuarbeiten. Bei Gelegenheit werde ich mir eine Darbietung von Ihnen anschauen.«

Paulina wunderte sich schon wieder über sich selbst und plötzlich stand eine Szene aus ihrer Kindheit, die sie lange verdrängt hatte, vor ihren Augen: Mama und Papa unterhielten sich über sie. Und sie, Paulina, lauschte verbotenerweise an der Wohnzimmertür.

»Wir müssen vor allem aufpassen, dass sie nicht endet wie deine *(geflüstert)* Tante. Du weißt … wie peinlich wäre das, wenn das die Nachbarn herausfänden. Hat in einer Bar in Frankreich gesungen. Paris. Trinkt. Raucht. Ist nicht verheiratet, kennt *(geflüstert)* Männer. Unsere Paulina soll ein ruhiges, liebes Mädchen werden und einen ordentlichen Beruf lernen, den sie ausübt, bevor sie einen verlässlichen Mann aus guter Familie heiratet.«

Niemals hatte Paulina sich getraut, die Eltern auf diese »Tante« anzusprechen, doch irgendwo tief drin war sie immer da gewesen, diese geflüsterte Person.

*»Willst du jetzt endlich mehr wissen, Paulina? Über deine Großtante, über mich, über die Vergangenheit?«*

*»Nein, Oma. Ich will es nicht hören. Keine Vergangenheit. Zumindest nicht deine. Ich will es nicht wissen. Ich will zumindest teilweise mein Bild von der Familie erhalten.«*

*»Um jeden Preis? Vielleicht ist das neue Bild aber interessanter.«*

Paulina gab sich einen Ruck, wobei sie merkte, dass das Kostüm an den Schultern ein wenig spannte und sie einengte. Vielleicht sollte sie in Zukunft wirklich etwas bequemere Sachen tragen!

Sie wandte sich zu den Clowns.

»Ich war kürzlich bei einer Clownsvorführung in einem Kabarett, hier in Karlsruhe.«

Alle hörten aufmerksam zu.

»Da ist mir klar geworden: Ihr müsst neue Sachen lernen. Zusatzqualifikationen erwerben: Akrobatische Clowns können mehr Geld verlangen. Lernt jonglieren, zaubern, Kartentricks, benutzt Musikinstrumente. Verteilt Neonlichter an die Kinder. Legt euch einen Irokesenschnitt zu. Seht einfach anders aus. Traut euch das zu sein, was sie anderen sich insgeheim wünschen. Ihr seid die Brille, durch die sie die Welt anders sehen können.«

*»Sehr gut, Enkelin!«*

*»Danke, Oma!«*

»Vor allem nehmt Schauspielunterricht. Eure Mimik und eure Körpersprache muss überzeugend sein.«

»Hey?«, sagte die Friseurin schwach.

»Ja, ihr müsst schauspielern können. Ihr müsst ein Kopfkissen auf dem Arm halten können wie ein echtes Kind. So etwa …« Paulina schnappte sich eines von Mamas Sofakissen, wiegte es in den Armen und liebkoste es.

Der jüngere Clown grinste, wollte was sagen, doch die anderen stupsten ihn an und betrachteten Paulina mit Respekt. Ein Respekt, den sie in ihrer Behörde oft hatte schmerzlich vermissen müssen.

»Nicht mehr erlaubt sind: Wassereimer ausschütten, stolpern und hinfallen, auf Bananen ausrutschen und den Partner treten, so dass er hinfällt, und solche lächerlichen Sachen. Das will doch heute niemand mehr sehen. Ansonsten könnt ihr mit ganz einfachen Mitteln alles verfremden, was man an euch sieht: Geigen, die ganz winzig sind, und Messer und Gabel, die ganz groß sind. Ein einfacher roter Vorhang kann zu einem wunderbaren Requisit werden. In Amerika gibt es Clownsschulen und Clownszubehör, wo ihr ausgefallene Stücke kaufen könnt, die hier nicht jeder kennt. Ich habe eine Seite im Internet entdeckt. Dort werden wir bestellen. Und hört nie auf, euch fortzubilden. Ihr seid nämlich alle irgendwann in den 60er Jahren stehen geblieben ...«

Paulina hielt inne. Die Clowns sahen sie stumm und fragend an und wanderten mit den Blicken an ihr hoch und runter.

Von ferne war ein Kichern und ein *»Chapeau, Paulina!«* zu hören.

»Ja, es stimmt. Ich ...«, fuhr Paulina tapfer fort, »bin auch stehen geblieben, aber das ist nicht gut.«

Und dann stand sie auf, ging zu dem Regalbrett, auf dem die zahllosen Fotos ihrer Mama standen, und legte sie sanft auf den Rücken. Nur eines, wo Mama in die Sonne lachte und fast aussah, als zwinkere sie, behielt sie.

»So«, meinte sie. »Gehen wir es an.«

*Baden-Baden. Villa Freylingsdorff. 13. Juni. Nachmittags*

»Martine, wir sollten uns wieder einen Hund anschaffen.«

»Was sagst du da?«

Martine Greiner hatte als Dolmetscherin in Peters Firma begonnen, als er den Deal mit Frankreich eingefädelt hatte. In der Funktion war sie ihm bald unentbehrlich geworden, denn er bildete sich zwar fort und las hungrig wie ein Wolf alles, was ihm in die Finger kam, um seine einfache Herkunft und seine mangelnde Schulbildung wettzumachen, doch Französisch … das schaffte er einfach nicht.

Später hatte er sie nicht mehr so oft gebraucht und für Martine traf es sich ungünstig, dass ihr Mann sie verließ, keinen Unterhalt zahlte und auf seine Heimatinsel, eine der Antillen, verschwand. So war sie mittellos zurückgeblieben.

Peter hatte ihr dann angeboten, im Hause Freylingsdorff die Funktion einer wie zur Familie gehörenden Hausdame einzunehmen. Seither, das waren nun zwölf Jahre, lebte sie bei den Freylingdorffs, kümmerte sich um vieles, was Büro und Haushaltsführung anging.

Mitgebracht hatte sie ihre enorme Leidenschaft für herrenlose Katzen.

»Ein Hund wäre nicht gut für die Katzen, Peter. Manche von ihnen sind sehr scheu. Sie trauen sich nicht mehr an ihre Futterstellen, wenn ein großer Hund im Haus ist.«

Peter seufzte. Er schätzte Martine sehr, denn sie war immer loyal gewesen. Er konnte alles verzeihen, denn er hatte bei aller geschäftlichen Brutalität ein großes, kindlich gebliebenes Herz, doch illoyales Verhalten war in seinen Augen ein Vergehen, das er nicht verzieh.

»Trotzdem, Martine. Wir brauchen eine weitere Einbruchssicherung. Allein schon die Bilder. Meine Rizzis. Mein Oliviero Masi. Und die kleine Picassozeichnung.«

Martine nickte. Sie kannte die Kostbarkeiten in diesem Haus nur zu gut und auch das Flämmchen der Gier, das sie manchmal ersticken musste. Gelegentlich staubte sie die schönen Dinge so andächtig ab, als seien es ihre eigenen.

»Martine, die Küchentür in den Garten ist praktisch ungesichert. Wir haben nicht mal Läden dort, weil Dorit die Sonne und das Licht, und sei es das Mondlicht, zu jeder Zeit dort liebt. Und eine Überwachungskamera ist an dieser Stelle auch nicht hundertprozentig. Alles wächst so dicht dort, dass sie versagen könnte. Ich will wieder einen Hund im Haus.«

Martine, die eigentlich nicht schön war mit ihren schwarzen kleinen Vogelaugen, dem spitzen Gesicht und den dünnen Lippen, durchbohrte Peter mit ihrem scharfen Blick.

»Ist das deine Idee oder die von deiner lieben Frau, Peter?«

Peter Freylingsdorff war nicht ängstlich.

»Und sage mir, bei wem ich mich … bedanken kann.«

Als Peter diese Worte hörte, die wie Eiskugeln aus Martines zusammengepresstem Mund schossen, da erschrak er.

### *Karlsruhe. Paulina. Im März. Nachmittags*

Der Homepagespezialist, der am folgenden Nachmittag um 14 Uhr bei Paulina auftauchte, erwies sich als ein dürrer, hässlicher Typ namens Messing, blass und ohne schätzbares Alter, der offenbar selten das Tageslicht sah.

Schweigsam nahm er zur Kenntnis, was gebraucht wurde, und verlautbarte dann: »Homepage für Clowns und andere Kleinkünstler. Das kostet aber. Je nachdem, wie viele Seiten und wie viele Bilder von den Leuten, Kritiken und Hörbeispiele draufsollen und wie komfortabel die Benutzeroberfläche …«

»Wie viel?«

»1000!«, sagte Messing. »Mindestens!«

»Das ist zu teuer. Dann frage ich meinen …« Paulina gönnte sich die Sünde des Lügens, die sie noch niemals im Leben begangen hatte, »… Neffen!«

»Der kann das nicht!«, behauptete Messing hochnäsig.

»Der kann das sehr wohl. Ich wollte ihn nur nicht fragen. Familie, Sie wissen.«

»Dann frag ihn doch! Frag ihn doch.« Messing wechselte unvermittelt zum Du.

Paulina starrte vor sich hin. »1000 Euro nur für die Clowns, das ist zu viel. Das holen die nicht rein.«

»Aber Sie wollen doch bestimmt auch andere Künstler vermarkten, oder? Nicht nur Clowns!«, presste Messing zwischen Kaugummi und Zähnen hervor.

»Eigentlich …«

»Nur Clowns, das lohnt nicht. Also, ich mach dir ein einmaliges Angebot. Ich selbst bin zufällig nämlich auch Künstler. Jetzt staunst du Bauklötzchen, was? Richtiger Künstler, kein Schmierenkomödiant. Hab in Pforzheim an der Fachschule studiert, bis … naja, reden wir nicht drüber, aber das bisschen Stoff. Mein Gott. In Holland nennen die das Medizin. Jedenfalls kann ich Leute in Sekundenschnelle abmalen. Ich bin ein Schnellzeichner.«

*»Traditioneller Schaustellerberuf. Wenn er gut ist, lohnt er sich, Paulina.«*

*»Aber er nimmt bestimmt Drogen, so wie er aussieht!«*

*»Wenn er einen Job für dich macht, muss er clean sein. Der Rest geht dich nichts an. Sag das deinen Kleinkünstlern: kein Alkohol, keine Drogen, während sie auftreten. Und keinen Sex untereinander.«*

»Äußeres, Persönlichkeit, alles. 60 Sekunden maximal. Und dann mach ich Sprechblasen dazu, die typisch für sie sind. Der Kracher auf Partys. Wenn du mich in deiner Agentur mitvermarktest, kriegst du deine Seite für 250. Wart, ich zeig's dir.«

Messing zauberte einen Block hervor, eine Rolle mit Stiften und wählte einen aus – es war eine Art Stift, wie Paulina ihn noch nie gesehen hatte.

»Aus Spanien. Patent. Gibt's gar nicht in Deutschland«, sagte Messing stolz.

Und dann fing er an, wie irre auf dem Papier herumzukritzeln.

»Sechzig Sekunden!«, sagte er schließlich.

Und tatsächlich. Paulina sah verblüfft auf das Bild. Es zeigte, in einer Art fluoreszierendem Grau, eine ältere Frau mit spießiger Frisur und Falten um den Mund. Mit strengen Augen und Brille.

Die Sprechblase sagte: »Alles in Ordnung!«

*»Das ist gut, Paulina. Ja, solche Zeichner müssen Menschenkenntnis haben. Wir hatten einen, den nannten wir nur*

*Toulouse-Lautrec, der saß bei uns immer am Schauspielerstammtisch, leider ein hoffnungsloser Trinker, hat sogar die Reste von den Gläsern leergetrunken. Aber der Mann hat wunderbar gemalt, auf Servietten und auf alles, was ihm unterkam. Bilder mit Gefühl, verstehst du? Vom alten Karlsruhe und von den leichten Mädchen im Dörfle. Irgendwann ist er dann einfach nicht mehr gekommen. Aber ich war ja auch mit Mike so beschäftigt, vielleicht habe ich nicht mehr darauf geachtet, verstehst du?«*

*»Ich möchte nichts von diesem Mike hören, Oma!«*

*»Warum nicht? Ich war verliebt. Ist in deinem Bauch kein Platz für ein paar Schmetterlinge?«*

Abends lag Paulina auf dem Sofa. Dachte an das, was passiert war und was noch passieren würde. War sie eigentlich verrückt geworden? Hatten die Gene der geflüsterten Großtante sich urplötzlich unkontrolliert vermehrt?

*»Kann schon sein. Würde mich freuen. Das war eine nette Person, die Anni. Und so begabt. Kam an bei den Männern. Und wie. Ganz schlank. Anders als ich.«*

*»Ich höre heraus, dass es kein gutes Ende mit ihr genommen hat.«*

*»Im Gegenteil. Die hat 1930 einen steinreichen Mann aus der Schweiz geheiratet, den sie kennengelernt hat, als sie im Hotel Mack am Theater Frühstücksmamsell war. Hat mit ihm eine Tochter gehabt. Die Tochter lebt sogar noch. Uralt, aber quietschfidel inmitten ihrer bunten Sippe. Irgendwo an der Côte d'Azur.«*

Côte d'Azur. Das hatte schon irgendwie einen anderen Klang als die sture Verwandtschaft mütterlicherseits in der längst untergegangenen Residenz Karlsruhe oder die steinreichen Vettern in Baden-Baden, die nur zu Zeiten des Pferderennens in der richtigen Welt zu besichtigen waren und ansonsten ihr altes Geld zählten.

Paulina warf einen kritischen Blick zu ihren stummen Gefährten. Die ältesten Bären saßen hinten, angelehnt, die wertvollsten standen in Vitrinen. Alle waren katalogisiert und kategorisiert. Jeder hatte eine Karte in einem Karteikasten.

Beunruhigend war, dass der Bingie-Wachmann und der Holland-Teddy ihre Stammplätze hatten räumen müssen, um Platz für den Computer und die Ordner zu machen. Ordner, die ordentlich beschriftet waren: »Clown: Auftritte!« »Feuerschlucker!« »Englischsprachiger Hund!« »Tote Katze«.

Dieses zweifelhafte Duo hatte sie noch nicht gesehen. Das musste bei Gelegenheit nachgeholt werden.

Es stand zu befürchten, dass noch mehr Ordner hinzukommen würden, denn ihre Clowns hatten massenweise Verbindungen zu anderen Kleinkünstlern, die gerne bei »Teufel's-Kunst« unterkommen würden.

Telefonisch hatte sich ein einarmiger Schlagzeuger (»Ich bin so schnell, als hätt ich drei Ärm!«) aus Mannheim und eine Bauchtänzerin (»Ich habe auf großen Bühnen getanzt, doch seit dem Bandscheibenvorfall mache ich nur noch Seniorennachmittage und Kegelausflüge«) gemeldet.

Messing richtete gerade die Homepage ein und brauchte Raum zum Stöhnen und Sich-die-Haare-Raufen. Für Kabel, die Daten und Bilder überspielten, für einen Scanner und für zwei Handys.

Paulina zählte nach. Mit Hämmerle hatte sie nun sechs Clowns und einen Schnellzeichner im Programm. Dazu den Feuerschlucker, eventuell den Englisch sprechenden Hund, den Schlagzeuger und die Bauchtänzerin sowie die lebende Jukebox. Für heute Abend hatte sich ein Zauberer mit Kartentricks angekündigt; eine Frau, die aus Ballons Tiere knotete, hatte ihr einen Verweis auf YouTube geschickt, wo sie in einem Schlafzimmer stand und Tiere schuf, die teilweise etwas unanständig aussahen.

Messing lobte: »Du hast wirklich ein Händchen für die richtigen Leute. Das heißt für die, die es brauchen!«

Paulina freute sich, doch Oma war weniger euphorisch.

*»Ein Haufen Hungerleider. Aber immerhin. Ein Anfang ist gemacht, und du hast den Kopf aus deinem Schneckenhaus ge-*

*streckt. Jetzt fehlt nur noch eine neue Frisur, damit du deinen Traum erfüllen kannst und einen Mordfall löst, dabei aber nicht gerade aussiehst wie die alte Margaret Rutherford. Ich würde die Figur heute auch anders anlegen als damals. Wer sagt, dass Miss Marple unansehnlich ist?«*

*»In meiner Welt gibt es keine Mordfälle, Oma. Wenn man ordentlich lebt, begegnet man keinen Mördern.«*

*»Sei dir da mal nicht so sicher.«*

Es galt nun, Aufträge für ihre Clowns zu finden. Und für die anderen. Offenbar hatte Paulina unwissentlich eine Lawine losgetreten, denn alle ihre Schützlinge riefen fast täglich an.

»Hi, Paulina. Gibt's Anfragen?«

Eine Kinderschminkerin, ein neu hinzugekommener russischer Puppenspieler, der Angela Merkel, Barack Obama und Wladimir Putin, Letzteren am besten, nachahmen konnte, sowie die lebende Jukebox kamen regelmäßig zu Besuch. Auch der avisierte Zauberer war inzwischen an Bord gekommen. Er war abends um neun Uhr aufgetaucht. Eine Zeit, in der Paulina normalerweise das Gesicht mit Nivea bedeckte und noch einen letzten Tee trank. Der Zauberer hatte eine Flasche Rotwein dabeigehabt und einen fettigen Döner.

Als Paulina die Wohnungstür geöffnet hatte, schleppte die allein erziehende Mutter eine Primark-Einkaufstasche und ihr kleines Mädchen die Treppe hoch.

»Du, Mama, bei der alten Frau riecht's nach Döner!«

»Das kann nicht sein. So was isst die bestimmt nicht.«

»Warum nicht?«

»Weiß ich nicht. Sie ist nicht der Typ für Döner und jetzt komm weiter.«

Mit den Worten »Ich hab Hunger. Komm direkt aus der Schule. Ich bin Lehrer und wir hatten Elternabend. Darf ich?« war der Zauberer mit seinem Döner und dem Wein einfach an ihr vorbei in die Wohnung gegangen.

*»Paulina, hast du so etwas schon mal gegessen?«*

*»Nein. Ich weiß nicht, wie es die Türken mit der Hygiene halten.«*

*»Ach komm, die Türken wollen auch nicht sterben. Probier mal.«*

»Könnte ich mal probieren?«

»Klar. Bitte. Nehmen Sie ruhig. Ich muss sowieso abnehmen.«

Es stimmte. Der Zauberer, der laut Visitenkarte, die er ihr jetzt zuschob, Panderini hieß, war klein und fett.

Paulina stellte dem Zauberer einen Teller hin und nahm sich ein kleines Stück Teigtasche mit Fleisch und Salat. Es schmeckte überraschend lecker. Paulina wischte sich zierlich den Mund an einem von Mama mit Spitze umhäkelten Taschentuch ab.

»Ich kann alles. Mit einem Zauberkasten fing es an und jetzt erfülle ich Ihren insgeheimen Wunsch nach Verschwinden-Lassen. Ich bin Mitglied im Magischen Zirkel und mache Walking Acts, gehe also zu den Tischen …« Panderini biss in den Döner und zog ein paar Spielkarten heraus.

»Also los.«

Seine Finger bewegten sich unglaublich schnell.

»Also, Frau Paulina, jetzt nehmen Sie viermal ab von dem Kartenstapel und bilden Häufchen. Und noch mal und die Karten einfach drunterlegen. Dann das Gleiche noch einmal.«

Paulina bemühte sich, einmal drei und einmal mindestens zehn Karten abzuheben und unter einen beliebigen Stapel zu bugsieren.

»So, jetzt wollen wir mal sehen, wo die Asse sind.«

Panderini drehte die jeweils oben liegende Karte um. Und Paulina sah vier Assen ins Gesicht.

»Wie haben Sie denn das gemacht? Gezinkte Karten?«

»Nein, meine Dame, ein ganz normales Kartenspiel, wie man es im Laden kaufen kann. Sie können es gerne untersuchen.«

*»Schau genau hin. Die Dinge sind nicht, wie sie scheinen, Paulina, und Nebensächlichkeiten können zur Hauptsache*

*werden. Es ist wie mit den Masken, die die Menschen tragen. Schau genau hin. Merk dir das.«*

Panderini machte einer letzten Zwiebelscheibe den Garaus und schmatzte zufrieden.

»Eieiei, wo ist denn Ihr Kugelschreiber?«

Paulina griff in die Tasche ihrer Weste, eines kreuzbraven, beigefarbenen Teils mit Kaschmiranteil, das sie mit Mama zusammen im Modehaus Breuninger, Abteilung Damen, erstanden hatte. Mama hatte sich das Gleiche, eine Nummer größer, gekauft.

Sie würde es zur Kleidersammlung geben.

Panderini förderte den Stift nunmehr aus seiner eigenen Tasche zutage, ließ Paulina gehörig staunen, umwickelte seine Finger mit einem scheinbar ganz normalen Haushaltsgummi, das wie durch ein Wunder plötzlich nicht mehr da war, ließ sie eine Zahl zwischen eins und neun raten und wusste rätselhafterweise, dass sie die Sieben gewählt hatte.

Letztendlich wirbelte er mit einem roten Tuch vor ihrer Nase herum, verknotete es mehrfach und weg war es.

Paulina blieb erschöpft vom Denken und Raten und Staunen auf dem Sofa sitzen.

»Also, Madame Teuffel, Sie können mich für Table-Shows mieten. Ich gehe dann von Tisch zu Tisch und zaubere ›close up‹. Alles klar?«

Paulina versprach, ihn in die Kartei aufzunehmen, und Panderini ging seiner Wege, eine Papiertüte mit fettigen Dönerresten hinterlassend.

*»Ich weiß nicht, Oma. Ein beamteter Lehrer, also eine Respektsperson, der als Zauberer auftritt!«*

*»Warum nicht? Das Zaubern ist seine Leidenschaft. Er verkauft Illusionen und er muss Menschenkenntnis haben. Halt ihn dir warm. Wer weiß, wozu man im Leben mal einen Zauberer brauchen kann …«*

*Baden-Baden. Villa Freylingsdorff. 13. Juni. Nachmittags*

Gott war sein Zeuge. Er hatte alles gemacht. Sich mit ihm unterhalten. Seine idiotischen Spielchen am Computer und am Handy mitgemacht. Ihn gewinnen lassen, um ihn bei Laune zu halten.

Gunter hatte sogar den Namen Freylingsdorff angenommen und seinen eigenen abgelegt – Burghardt –, der auch keinen schlechten Klang gehabt hatte.

Nun waren Sonia und er kinderlos geblieben. Das schmerzte ihn.

Er hatte sich Freylingsdorff genannt, damit sein Restaurant besser ging. Die Leute sollten fragen: »Sind Sie verwandt mit …? Aha!«

Aber es war nicht passiert. Im Gegenteil. Jetzt war er noch der Versager-Schwager, was sich sogar reimte.

Es war alles umsonst gewesen, alle Opfer.

Dabei wäre es so einfach. Peter müsste nur ein paar Mal mit den richtigen Leuten in sein Restaurant kommen. Das würde sich blitzschnell in der Branche und in der besseren Gesellschaft von Baden-Baden herumsprechen. Irgendein Fotograf lag immer auf der Lauer, wenn Leute wie der erfolgreiche Sportunternehmer Freylingsdorff abends ausging. Warum tat er es nicht und besuchte nicht ein einziges verdammtes Mal das Lokal in der Ooser Waldstraße? Und wieso weigerte sich Dorit, ihm zuzureden? Peter hörte auf Dorit. Sie war der Schlüssel zu dem ganzen »System Freylingsdorff«, auch wenn Peter sich selbst dessen vielleicht gar nicht bewusst war.

Er musste nochmals mit Dorit darüber sprechen. Bevor es zu spät war. Wieder einmal zu spät war! Gunter ballte die Faust und hieb mit Wucht und Wut gegen die Bücherwand im Salon.

Als er sie ansah, lief ein dünnes Rinnsal Blut über seine Hand.

## *Karlsruhe. Paulina. Im März. Vormittags*

Alles schön der Reihe nach.

Paulina plante gerade, in ihrer ehemaligen Behörde anzurufen, als das Telefon läutete.

Kristine war dran.

»Paulina, hättest du Lust, mit mir in ein Mandolinenkonzert zu gehen? Im Wohnstift Friedensruh!«

»Im Altersheim?«

»Im Betreuten Wohnen! Hört sich doch schon gleich freundlicher an. Es findet um 16 Uhr statt, und so sind wir im Hellen wieder zu Hause. Das ist dir doch auch immer wichtig.«

War ihr das wirklich wichtig?

*»Paulina, was willst du denn im Hellen schon zu Hause? Im Dunkeln siehst du zehn Jahre jünger aus, und nachmittags spielt sich doch nichts ab. Nachmittags! In einem Seniorenwohnheim! Spinnst du? Geh lieber mal in ein Kino und zwar in einen Film, der auch Männer interessiert. James Bond. Und das möglichst spät abends. So ein Kino gibt es doch bei euch in Karlsruhe, oder?«*

*»Möglich. Oma, woher kennst du James Bond? Der war lange nach deiner Zeit!«*

*»Ich sagte dir, wir sind hier auf dem neuesten Stand. Das gehört dazu – zur Ewigkeit! Zeit spielt hier keine Rolle mehr. Heute – gestern – morgen. Uns gehört alles.«*

*»Dann wäre das ja ein Paradies.«*

*»Ist es nicht, denn wir können nichts mehr anfangen mit der Zeit. Wir können sie nicht mehr gestalten, nicht mehr leben. Ich kann dich beraten, ja, das geht.«*

*»Ich nenne es einmischen.«*

*»Hast recht. Aber so bin ich nun mal. Neutralität war nie mein Ding.«*

»Mal sehen, Kristine. Ich melde mich morgen. Richtig ganz große Lust habe ich nicht.«

»Ja, aber warte nicht zu lange. Diese Karten sind begehrt. Veranstaltungen im Wohnstift mögen die Leute, vor allem die, die schon im Wohnstift wohnen. Schließlich haben die nicht mehr viel zu lachen.«

»Nicht mehr viel zu lachen«, murmelte Paulina. »Aha. Gute Idee.«

»Was?«

»Nichts. Das Wohnstift könnte für uns interessant sein.« Paulina kritzelte etwas auf einen Block.

Am anderen Ende des Telefons tippte sich Kristina an die Stirn. »Die wird auch immer komischer!«, teilte sie dem Hutspiegel über ihrem Garderobenschränkchen mit. »Das ist das Alleinsein und dass sie keine Aufgabe mehr hat.«

Paulina wählte die altvertraute Nummer ihres ehemaligen Abteilungsleiters, Herrn Stefani.

»Herr Stefani, hier spricht Paulina Teuffel!«

Stefani, der gerade in Scheidung lebte und davon genervt war, sich jeden Abend selbst etwas zu essen zu organisieren, stöhnte innerlich. Dass diese ausgemusterten alten Schrauben einfach nicht loslassen konnten. Was wollte die denn jetzt?

»Ach, was für eine nette Überraschung, Frau Teuffel«, log er und hoffte, sein oberster Arbeitgeber, der sogenannte liebe Gott, hörte es nicht. »Wie geht es Ihnen denn so im Unruhestand, hm?« Er lachte unecht.

»Gut!«, kam es knapp.

Na prima. Was will sie denn also jetzt?, fragte sich Stefani.

»Sie fehlen uns natürlich, liebe Frau Teuffel. Kommen Sie uns doch demnächst mal besuchen!«

Nur nicht, dachte er. Was wollen wir denn mit der? Bei der wurden mir schon, als sie noch gearbeitet hat, die Augenlider schwer.

»Herr Stefani, Sie veranstalten doch dieses Jahr wieder eine Sommerfeier im Innenhof, nicht wahr?«

Oh Gott, jetzt will die heute schon eingeladen werden. Draußen blühen grad die Osterglocken. Hat die sonst nichts zu tun?

»Gewiss, liebe Frau Teuffel, und es ist bei uns ein lieber Brauch, dass auch die Pensionäre eingeladen werden … rechtzeitig …«

»Danke. Aber darum geht es nicht. Wer kümmert sich dieses Jahr um das Programm?«

»Programm? Das haben wir noch nicht festgelegt. Wir sind jetzt erst einmal mit der Party beschäftigt, die wir zur Einweihung der neuen Büroräume im Seitenflügel veranstalten. Da wollten wir auch eine kleine Feier für die Mitarbeiter, also die *aktiven* Mitarbeiter, durchführen.«

Stefani lächelte säuerlich, wenn er daran dachte. Ihm war gar nicht nach Feiern zumute. Jeden Tag neue Briefe vom gegnerischen Anwalt und viele bargen Zahlungsaufforderngen in sich. Und ausgerechnet jetzt musste er dieses Fest organisieren. Was wollte denn diese schreckliche, langweilige Teuffel?

»Aha. Ich hätte einen Vorschlag für diese Feier!«

»Was? Sie?«

Stefani dachte, dass alles um ihn herum plötzlich anfing, verrückt zu werden. Als Junge hatte man ihn mal gezwungen, Kafka zu lesen. Krankes Zeug. So etwa mussten sich die Kerle bei Kafka fühlen, wenn sie aufwachten und waren plötzlich Käfer statt Menschen.

»Sie, Frau Teuffel?«

Paulina spürte, wie es warm in ihr hochkroch, als sie ihre Idee in Lichtgeschwindigkeit ausbrütete. Es war so ein Gefühl, wie wenn ein Flugzeug abhebt. Auch wenn sie noch nie geflogen war.

Zu gefährlich, hatte Mama gesagt. Terroristen. Paulina beschloss, das Fliegen auf ihre Excel-to-do-Liste zu setzen.

*»Recht so, Paulina.«*

Zurück zu Stefani. Sie kannte die Verhältnisse. Die hatten Geld in der Behörde. Zwei von ihren Clowns könnte sie da locker unterbringen. Und vielleicht noch den Messing. Eitel, wie der Stefani war, ließ er sich bestimmt gerne abmalen. Ein Musiker wäre auch nicht schlecht, oder besser der Zauberer? Paulina kannte keinen Musiker. Doch da würde sich einer auftreiben lassen, bestimmt. So viel hatte sie schon gemerkt: Ein Kleinkünstler kannte garantiert noch drei andere.

»Ja. Ich würde die ganze Veranstaltung für Sie organisieren.«

Stefani traute seinen Ohren nicht. Wahrscheinlich wurde er jetzt verrückt. Neuerdings war ja nichts, wie es einst gewesen war. Seine Frau wollte ihm rätselhafterweise nicht mehr drei Mahlzeiten am Tag servieren und sich freuen, wenn es ihm schmeckte, sondern begehrte mit einem Motorrad und einem anderen Mann in die Toskana zu fahren, und die langweiligste Frau der Kirchenverwaltung, die man endlich losgeworden war, wollte eine Party für die Abteilung schmeißen.

»Frau Teuffel, bisher sind Sie uns hier in der Behörde nicht als Partymaus aufgefallen!« Stefani lachte etwas gezwungen.

»Bin ich auch nicht. Weder Party noch Maus«, entgegnete Paulina streng. »Man muss nicht alles selbst erlebt haben. Man kann beispielsweise auch an Gott glauben, ohne ihn je persönlich gesehen zu haben.«

Stefani schluckte. Jetzt kam sie ihm auch noch mit Gott. Wie schrecklich war *das* denn! Höchststrafe.

»Ich verstehe nicht, verehrte Frau Teuffel.«

*»Das gefällt mir. Dem hast du's gegeben, Paulina. Der hält dich für eine alte Schraube. Und der ist faul und ist froh, wenn jemand diese öde Party für ihn organisiert. Und du kannst deine Künstler unterbringen.«*

*»Ich weiß nicht. Ich nutze nicht gerne Verbindungen aus.«*

*»Na, für den hast du so viele Überstunden gemacht, da kann er jetzt was für dich tun. Und außerdem hat er mit fast jeder ein Verhältnis gehabt, nur mit dir nicht. Das sag ich jetzt mal außerhalb des Protokolls. Dafür würd ich mich ein bisschen schadlos halten.«*

*»Sogar mit Gitte?«*

*»Sogar mit Gitte!«*

*»Okay, Oma!«*

»Nun, es ist ganz einfach, lieber Herr Stefani. Ich habe mich ein wenig einiger junger Künstler angenommen, und die würde ich Ihnen gerne vermitteln.«

»Vermitteln?« Stefani lachte erneut. »Sind Sie jetzt etwa Künstleragentin, Frau Teuffel?«

Wieder ungläubiges Lachen. Schweiß perlte jetzt dick und fett auf seiner Stirn. Er suchte ein Taschentuch, fand keines, weil seine Frau ihm keines rausgelegt hatte. Und seine Frau hatte ihm keins rausgelegt, weil es keine Frau mehr gab.

»Ja!«, sagte Paulina schlicht.

Schweigen am anderen Ende.

»Also, wann kann ich kommen und die Sache besprechen, Herr Stefani?«

»Du machst – *was??«*

Paulina hatte zum Tee geladen. Um sie herum saßen noch weitere langjährige und treue Freundinnen. Da sie wussten, wie genau es Paulina mit dem passenden Äußeren nahm, waren sie alle in korrekter Kleidung. Röcke, Strickjacken, Kostüme, Hosenanzüge.

*»Das ist ja mal eine langweilige Gesellschaft. Diese Damen sind schon mal passend für die Ewigkeit gekleidet. Außer der, die damals das Verhältnis mit ihrem Chef hatte. Die sieht ein bisschen flotter aus. Du sagst, er hat sie jahrelang hingehalten? Schön dumm. Straßenbahnen und Männern darf man nicht hinterherlaufen. Beides sieht nicht gut aus.«*

Oma hatte natürlich recht. Alle Freundinnen sahen gleichförmig und fad aus, nur eine Dame aus der heutigen Kaffeerunde trug ungewöhnlicherweise bunte, weite Pluderhosen, und das war Paulina.

Sie schenkte den Frauen der Reihe nach ein und setzte sich dann auf ein Sitzkissen.

»Also, durch Zufall bin ich an eine Gruppe von Künstlern geraten und ich möchte ihnen helfen, bei Veranstaltungen aufzutreten.«

»Künstler? Du? Was hast du denn mit Künstlern zu tun?«

Die Freundinnen schreckten auf wie Spatzen auf einem Baum, wenn man druntersteht und klatscht. Fast gleichzeitig zogen sie die Luft ein und die Augenbrauen wanderten nach oben. Da war was nicht in Ordnung. Da geriet etwas aus den Fugen.

In Kristines Handtasche zwitscherte es aufdringlich.

Ungeduldig holte sie ihr Handy heraus, warf einen Blick darauf und stellte es ab. »Tschuldigung. Ich mach bei diesem Wissensspiel mit und immer wenn mein Gegner nach vielen Stunden endlich seine Antworten abgegeben hat, meldet sich das Handy. Ich stell aber aus, denn ich glaube, was wir hier hören, ist interessanter!«

»Was ist so seltsam daran, wenn man Künstlern hilft?«

»Grundsätzlich nichts. Aber du??«

Verwunderte Gesichter in der Runde.

Paulina hatte sich mal ein schönes Orgelkonzert in der Karlsruher Stadtkirche angehört und sie war schon mal um die Weihnachtszeit ins Schwarzacher Münster gefahren. Näher war sie niemals irgendeinem Künstler gekommen.

»Ja. Und ihr könnt mir helfen. Ihr kennt doch alle irgendwelche Leute in Kirchengemeinden und Frauenclubs. Habt Nachbarn, die Straßenfeste veranstalten, oder Mitturnerinnen, die einen runden Geburtstag feiern. Ich hätte mehrere verschiedene Clowns und einen Zeichner und auch einen Mann, der Akkordeon spielt. Seemannslieder. Auf Wunsch Pariser Chansons. Sehr gut ist der Hund, der Englisch kann, und natürlich der Zauberer Panderini.«

»Paulina! Was ist denn mit deinen Bären? Das war doch immer dein Ein und Alles. Kümmerst du dich nicht mehr um die?«

Paulina guckte, als habe sie das Wort Bär noch nie gehört.

»Meine Bären? Die sind im Keller. Und ich hab auch wenig Zeit für die. Bin viel unterwegs.«

Schweigen und Unverständnis in der Freundinnenrunde. Was war hier los?

Paulina war immer zu Hause gewesen. Eine Freundin, die man stets anrufen konnte. Immer mit ihrem Haushalt, ihren Bären oder einem guten Buch beschäftigt. Und jetzt war sie »unterwegs«.

Iris fasste sich als Erste. »Also, unser Kirchencafé feiert 15-jähriges Bestehen und es soll eine kleine Feier geben. Da wäre ein Clown vielleicht nicht schlecht! Er darf natürlich keine Witze über Religiöses machen. Also ein eher kultivierter Clown«, sagte sie zögernd.

Kristine sah alle in der Runde an. »Was ist hier eigentlich los? Mensch, Paulina, ich dachte, du wolltest dein Alter genießen!«

Paulina sah sie alle an. »Mach ich doch grade. Und ich bin doch noch gar nicht so alt. Ich bin 57. Das ist noch nicht gerade scheintot.«

*»Verzeihung, Oma.«*

*»Stattgegeben!«*

»Also, mach mir ein Angebot vom Kirchencafé. Ein Clown kostet 150 Euro, zwei 250. Ich könnte noch einen Blitz-Zeichner beisteuern. Der Mann malt dich treffend in sechzig Sekunden ab.«

»Wir nehmen einen. Einen Clown. Nicht den Zeichner. Ich will nicht sehen, wie ich wirklich aussehe. Ein Clown für eine halbe Stunde.«

Das kam so sachlich, als handele es sich um eine Bestellung beim Metzger. Blicke kreuzten sich.

Jetzt wollte Annegret nicht nachstehen. »Also gut, für die Platzeröffnung vom Tennisclub buche ich hiermit das Akkordeon. Und den Zauberer.«

Kristine verlangte für den Dreißigsten von ihrer Nichte einen Gitarristen. »Bisschen was Flottes!«

Paulina nickte, sagte »abgemacht« und dachte: Und wo kriege ich jetzt einen Gitarristen her? Doch wie sie ihre Truppe kannte, würde sich irgendwo auch ein Gitarrist finden, der keine Engagements hatte.

Ein entsprechender Anruf führte zum Rückanruf am späten Abend. Am Apparat war die Hanni. Die Friseurin hieß eigentlich Hannelore, nannte sich aber mit Künstlernamen »Clown Hanni«. Sie war die Einzige von den Clowns, die einen Gitarristen persönlich kannte.

»Also, ich … war mal mit dem … also, da war mal ein kleines bisschen was. Aber nichts Ernstes!«, versicherte sie Paulina. »Nur Sex. Nichts Ernstes.«

Paulina, die sich seinerzeit mehrere Nächte mit Gott, der Bibel, Mamas damaligen Lieblingsbären sowie ihrem Gewissen beraten hatte, ob sie mit Jonas vor der Ehe …, schluckte.

»Sex ist doch etwas Ernstes!«, verkündete sie streng.

Jetzt war Hanni kurz sprachlos vor Erstaunen.

»Klar. Aber doch nur, wenn man sich besser kennt.«

»Mit jemand, den ich nicht besser kenne, habe ich doch erst gar keinen Sex!«, stellte Paulina klar.

»Jetzt echt mal? Das hab ich noch nie gehört.«

Paulina seufzte. »Lassen wir das. Also, Sie kennen einen Gitarristen!«

»Ja. Er heißt Patrick. Ist das nicht ein schöner Name? Sein Vater oder die Mutter waren Spanier. Deshalb der Name.«

»Wie? Aha!«

»Er ist ziemlich gut im Bett.«

»Eigentlich würde mich mehr interessieren, wie er Gitarre spielt.«

»Ja, Gitarre spielt er auch.«

»Gut?«

»Kann sein«, murrte Hanni. »Es hört sich okay an!«

»Na dann. Geben Sie mir doch bitte mal die Nummer!«

»Moment, ich such sie dir raus.«

Grundsätzlich duzte sich Paulina nicht mit Leuten, die sie nicht mindestens zehn Jahre kannte. Doch ihre Grundsätze schienen irgendwie mit den Bären in den Keller gewandert zu sein.

»Hanni, vergiss nicht. Morgen Abend in Grötzingen bei einem Frauenabend vom Kindergarten Sonnenschein. Du bist von sieben bis halb acht gebucht. Du ziehst das neue rote Kostüm an und hast einen Putzeimer dabei. Aus dem holst du lauter lustige Sachen, ganz verrückte Sachen, und spielst pantomimisch eine Geschichte dazu. Putzen ist etwas, das alle Frauen kennen. Ich habe am Wochenende in Rastatt auf einem Straßenkunstfestival so etwas Ähnliches mit einem kleinen Auto gesehen.«

»Du warst echt auf einem Straßenkunstfestival? Passt gar nicht zu dir, find ich aber echt geil.«

Paulina dachte an die Überwindung, die es sie gekostet hatte, anstatt einer ordentlichen Eintrittskarte einen Button zu kaufen, den sie sich an ihren Popeline-Mantel heften sollte. Alle anderen um sie herum hatten die Buttons an Jacken und dicke Pullover geheftet.

»Tun Sie ihn in Ihre Tasche!«, meinte die Verkäuferin mitleidig. »An Ihrer Jacke haftet der ja gar net richtig oder macht nur den Stoff kaputt.«

Während Paulina den Button in ihre Handtasche steckte und sich vornahm, demnächst mal in die Stadt zu gehen, um sich etwas Legereres zum Anziehen zu kaufen, hatten sich ihre Freundinnen hinter ihrem Rücken getroffen.

»Mädels, ich finde, Paulina benimmt sich in letzter Zeit komisch. Sie gefällt mir gar nicht.«

»Mir auch nicht. Ich habe auch das Gefühl, sie vernachlässigt die Bären.«

»Sollen wir den Tierschutzverein rufen?«, kicherte Doris. »Leute, kommt. Die Frau hat jemanden kennengelernt, das ist so klar wie Markklößchensuppe. Man glaubt es zwar nicht, aber es gibt halt Deckelchen auch für solche Dippchen.«

»Es stimmt etwas nicht mit ihr.«

»Auf jeden Fall. Diese Sache mit den Clowns. Das ist merkwürdig und nicht ganz normal. Paulina und Clowns. Ihre Mutter würde sich im Grab herumdrehen!«

»Leute drehen sich nicht im Grab um. Wenn man tot ist, ist man tot. Körper verrottet, Seele ist weg.«

»Meinst du?«

»Ich weiß es!«, sagte Kristine.

Paulina fand den Mann mit dem balancierenden Hund, der angeblich Englisch konnte – »Wau du you do? Bell!« (mit viel gutem Willen) – recht witzig und gab ihm ihre Visitenkarte. »Melden Sie sich bei mir! Ich kann Sie aufnehmen. Lebende Tiere sind gefragt. Außer, er kackt auf den Boden des Gastes.«

»Macht er nicht. Er kotzt nur manchmal!«

Der Illusionist, den sie am Abend in Bretten bei einem Straßenfest begutachtete, bat beliebige Leute, aus dem Publikum hervorzutreten, an eine Zahl zwischen eins und zehn zu denken und sie auf einen Zettel zu schreiben, den sie in der Hand behielten. Er griff dann in seine Brusttasche, wo er einen Zettel hervorzog, auf dem haargenau diese Zahl draufstand. Paulina vermutete, dass er Zettelchen mit allen zehn Zahlen in seiner Brusttasche verwahrte, konnte es aber nicht beweisen.

Auch mit ihm verabredete Paulina einen Termin. Sie könnte ihn für das Straßenfest in ihrem Viertel brauchen. Flüchtig kannte sie den Organisator, da er der Vater eines Kindes in einem von ihr verwalteten Kindergarten ... ach egal. Sie war nie zu diesem Straßenfest gegangen, aber dieses Jahr würde sie dort sein. Schließlich musste sie ihre Leute bei der Arbeit sehen.

»Ja, Sie werden ordentlich bezahlt. Nein, nicht nur 30 Euro. Mindestens 100 Euro müssen Sie auf jeden Fall verlangen!«

Es klingelte schon wieder an Paulinas Tür.

*»Hier geht es ja jetzt mal zu wie in einem Taubenschlag. Das ist prima, Paulina, und bald hast du Gott sei Dank kaum noch Zeit für deine Oma.«*

*»Für meine tote Oma. Du sagst doch immer, du hast alle Zeit der Welt. Ja, du hast die Ewigkeit auf deiner Seite.«*

*»Das hast du schön gesagt. Und das schwarze T-Shirt mit dem Tüll gefällt mir gut. Steht dir. Schaff dir hochhackige Schuhe dazu an. Und dann los, auf den Swutsch.«*

Vor der Tür stand diesmal kein Clown, sondern eine ausnehmend hübsche junge Frau, die Paulina aus dem Fernsehen bekannt vorkam.

»Frau Helene Fischer?«, fragte Paulina unsicher.

Glockenhelles Lachen ertönte. Die Person fuhr sich durch die blonden Haare, betörender Parfümduft umgab sie.

Dann machte sie einen Mund mit fast perfekten Zähnen auf und heraus kam in gesungener Form: »Allein im Licht …«

»Frau Helene Fischer!!« Paulina trat respektvoll einen Schritt zurück. »Kommen Sie doch gerne herein!«

Die alte Frau Russhold kam rein zufällig wieder von oben herunter, blieb mit aufgerissenen Augen stehen. Stumm formten ihre Lippen die Worte »Oh mein Gott«.

Helene Fischer stellte sich vor: »Gestatten, ich bin Ludmilla Krott. Das beste Helene-Fischer-Double weit und breit! Ich sehe aus wie sie, singe wie sie. Vielleicht besser. Buchbar für Geburtstage, Firmenevents und Jubiläen. Ab 250 Euro. Ich kann aber auch andere Stimmen. Einmal gehört, schon nachgesungen. Wollen Sie Andrea Berg hören?«

»Nein, nein, Helene Fischer ist wunderbar, aber 250 Euro? Zu billig. Und würden Sie vielleicht auch nach Beerdigungen auftreten?«, entfuhr es Paulina.

Ludmilla riss die Augen auf.

Paulina beruhigte sie: »Nicht in der Kirche. Hinterher. Ist meine Idee. Neue Idee. Damit ein bisschen Freude aufkommt. Ich meine … eine positive Stimmung entsteht. Ich meine, das ist eine Marktlücke. Wann kommt die Verwandtschaft jemals so vollzählig zusammen wie bei einer Beerdigung?«

*»Paulina, deine Oma ist direkt traurig, dass du nicht ihre Beerdigung organisiert hast, obwohl ich lieber einen jungen Sänger gehabt hätte. Da gibt es so einen Österreicher in Lederhosen. Aber ich hatte ja keine richtige Beerdigung.«*

Ludmilla runzelte die sorgfältig gezupften Brauen. »Warum nicht?«

»Natürlich würden Sie dann eher nachdenkliche Lieder singen.«

Ludmilla nickte. »Helene und ich, wir beide sind an Bord.«

Drei Tage später. Die Wohnung war nicht so aufgeräumt wie sonst. Hier und da lagen Sachen herum und das Einzelbett in Paulinas Schlafzimmer war von Variationen eines Kleidungsstücks bedeckt, das bisher nur in Schwarz und Weiß und klassisch vorgekommen war. T-Shirts. Paulina hatte sich ein paar freche, jugendliche Shirts besorgt. Eins mit dem Eiffelturm drauf – *»Prima, Paulina!«* – und eins mit der Skyline von New York.

*»Da musst du unbedingt mal hin. Ich hab's ja dann nicht mehr geschafft.«*

Auch Shirts mit Blumen. Nicht Blümchen, sondern fetten, farbenfrohen Blumen.

Paulina streifte eine Jeansbluse über, fühlte sich um Jahre jünger und sortierte zufrieden ihr Künstlerkarteikästchen.

Sie hatte nicht gewusst, dass es so viele verschiedene Leute gab, die andere Leute zum Lachen oder Staunen brachten. Es gab neben der Helene-Fischer-Doppelgängerin nun auch noch eine Andrea-Berg-Doublette. Allerdings konnten sich die beiden nicht leiden und sollten deshalb nicht zusammen gebucht werden.

Sie hatte den Hund, der Englisch konnte, aber auch eine Katze, die sich auf Kommando verblüffend echt totstellte und deshalb mit dem Hund gut kombinierbar war, sowie mehrere Wahrsager, einer davon ein Türke mit langen Locken, der den magischen Blick hatte. Eine mollige ältere Tarotlegerin – »Trefferquote 90 Prozent, wenn mich die Leute nicht anlügen« – bot sich günstig an. Ein weißbärtiger Greis, der zwei weißen Vögeln sagte, wohin sie sich setzen sollten, gut für Brautpaare, außer wenn die Vögel Durchfall hatten, dann war es nicht so gut.

»Ich arbeite nicht gerne mit Tieren!«, erläuterte der Zauberer, der eigentlich Lehrer war, »je nachdem gibt es eine hohe Mortalität. Ziehen Sie mal am Kindergeburtstag einen mausetoten Hasen aus dem Hut. Da werden die Muttis zu Furien.«

Für eher intellektuelle Anlässe gab es einen jüngeren Mann, der alle Worte, die man ihm zurief, rückwärts sagen konnte, und der kleine Elefant auf dem Motorrad eignete sich für schlichte Geister.

Ein Cousin von ihrem allerersten Clown spielte Leier und sang Moritaten, und auch mehrere Jongleure stellten sich vor, worunter allerdings zwei chinesische Studenten waren, die die Bälle ständig fallen ließen und unter Paulinas Sofa herumkrochen, um sie wieder aufzulesen und mit Staubflusen in den höflich lächelnden Gesichtern wieder auftauchten.

*»Chinesen unter dem Sofa meiner Enkelin. Ich glaube es nicht. Wenn ich nicht schon tot wäre, würde ich mich totlachen. Irgendwelche Vorfahren, von der Seite deiner Mutter, das waren doch alles so bierernste Christenleut, haben das Land China versucht zu missionieren. Hat sie immer stolz erzählt. Die kamen allerdings unverrichteter Dinge zurück. Sie hat immer über den Starrsinn dieser gelben Heiden geschimpft. Und jetzt sind die bei dir zu Hause. Hihihi.«*

Paulina hatte so sorgfältig gearbeitet wie in ihrer Zeit in der Evangelischen Baubehörde. So hatte sie ein weiteres Kästchen mit Interessenten aufgebaut. Kleinere Theaterbühnen. Musik-Cafés. Pubs. Kneipen. Ein Bestatter und mehrere Vereine, die regelmäßig Feste ausrichteten. Hochzeitsplaner, Kindergeburtstagsorganisateure und Caterer.

Was ihr fehlte, waren richtige Musiker. Für den Abend in ihrer alten Firma plante sie den Taubenmann zu engagieren, zwei Clowns sowie jemanden, der Musik machte. Deshalb freute sie sich auf das Eintreffen des von Hanni avisierten Gitarristen mit dem klangvollen Namen Patrick.

Oma war begeistert.

*»Paulina, auf den freue ich mich. Gitarre gab es damals bei uns noch nicht so viel, aber wir hatten in der Kneipe bei Erich einen Stehgeiger, du, da kamen dir die Tränen, wenn der aufgespielt hat. Und wenn alle geflennt haben, hat er seinen Hut rumgehen lassen und ist weitergezogen in die nächste Kneipe. Naja, er hatte ne große Familie. Dein Vater wollte ja immer*

*nur Klavier gelten lassen. Wenn der sich melden würde, also ein Gitarrist, das hätte ihm nicht gefallen …«*

Paulina wusste aus Erfahrung, dass ihr Vater sich nicht melden würde. Er hatte sich schon zu Lebzeiten aus der Erziehung herausgehalten und ansonsten sowieso nicht viel zu melden gehabt.

Gegen die Wucht der Ackermanns aus allerbesten Kreisen rund ums Schloss hatte er schwer ankommen können. Das letzte Argument ihrer Mutter – »Wir sind empfangen worden!« – hatte jeden Konflikt geregelt.

Plötzlich fiel Paulina auf, dass ihre Mutter die wahrhaft Starke in der Familie gewesen war.

*Baden-Baden. Villa Freylingsdorff.*
*13. Juni. Später Nachmittag*

»Alles fertig, meine Liebe?«

»Alles fertig! Das Büfett ist gerichtet, Peter. Sieht gut aus. Die Aperitifhäppchen und der Champagner, es steht alles bereit. Wir sind ja nicht viele, ach, ich glaube, da draußen kommen Susanne und Reiner.«

Ein Auto knirschte über die Auffahrt, Türen schlugen, Stöckelschuhe setzten auf.

Ein Hauch von Chanel wehte dem Eintreffen von Susanne voran, die durch die Tür eilte, gefolgt von ihrem bürstenhaarigen Ehemann, der mürrisch dreinschaute.

»Peter, Peter, herzlichen Glückwunsch, dir natürlich auch, Dorit, der ich zu so einem Prachtexemplar gratuliere, und bald wirst du Medienstar, nicht wahr, denn ich habe gehört, du stehst auf der Liste für das Fernsehduell beim SWR … ja, ja, ich hab so meine kleinen Kontakte, ich Schlimme!«

Susanne gurrte und girrte. Verteilte Küsschen auf Wangen und traf rein versehentlich Peters Mund.

Er war geschmeichelt. Susanne war die schönste Frau im Tennisclub, begehrt und umschwärmt. In dem gleichen Moment, nach dem Kuss, entzog sie sich ihm wieder und klettete sich an ihren eigenen Mann.

Peter starrte ihr nach. Das pure primitive Begehren in seinen Augen.

Er drehte sich um und bemerkte seine Dorit, wie auch sie Susanne ansah.

Ihre Augen waren ausdruckslos und auch ihre Stimme, als sie sagte: »Nun, die Feier kann beginnen.«

Und obwohl alles ganz harmlos klang, fühlte Peter, wie ihm ein Stück Eis den Rücken herunterrann … Und plötzlich hatte er ein ungutes Gefühl! Dorit konnte ganz schön zickig werden. Er erinnerte sich an manchen Moment, früher, als sie ihn wie einen Schuljungen tadelnd angesehen hatte. Nachdem sie aufgehört hatte zu arbeiten, hatte sie dieses Verhalten irgendwann zwar abgelegt, aber dennoch …

## *Karlsruhe. Paulina. Im März. Nachmittags*

Um drei Uhr hätte Patrick, der Gitarrist, zu Paulina kommen sollen, um sich »ein bisschen vorzustellen«, wie es Hanni formuliert hatte.

Ab halb drei saß Paulina da und wartete.

Manche Leute erschienen ja zu früh. Das Rechtzeitig-fertig-Sein war Paulina sozusagen in die Wiege gelegt worden. Eine Dame, so Mama, machte sowieso die Tür immer frisch frisiert und in einer weißen, gestärkten Bluse auf.

Paulina, in trotzigem Akt der Abnabelung von Mamas modischem Diktat, hatte sich für ein hellblaues T-Shirt mit einer Sonne darauf entschieden.

So saß sie also da. Ein Rock, das Sonnenshirt, die Haare schön gemacht und dezent geschminkt. Das war auch was Neues und vielleicht »Abfallprodukt« des Umgangs mit den

Clowns. Paulina hatte entdeckt, dass man sich mit Make-up nicht unbedingt »anmalte«, wie ihre Mama immer abfällig festgestellt hatte, sondern dass sie damit eine andere Paulina schuf, die ihr verdammt gut gefiel. Manchmal schwindelte ihr, wenn sie daran dachte, was für ein Leben sie führen könnte, wäre sie nur frei. Frei von Angst. Frei von Konventionen. Frei von Altersbeschränkungen.

*»Weißt du, Schatz, du bist ein Stallhase, der seine Box nicht mehr verlässt, auch wenn der Bauer vergessen hat, das Türchen zu schließen. Was soll ich draußen, fragt das Vieh, was finde ich da, was es nicht auch hier drinnen gibt?«*

*»Du siehst das falsch. Mama hätte mir nie etwas verboten.«*

*»Umso schlimmer. Sie hat eine sanfte Box aus falscher Liebe um dich herum errichtet. Meine Güte, dass du dich nie emanzipiert hast! Es war Zeit, dass ich dir Feuer unterm Popo gemacht habe!«*

*»Oma!«*

Manche Leute kamen vielleicht früher, aber Patrick zählte offenbar nicht zu diesen Leuten.

So schlug die Uhr über Paulinas Küchentisch drei, halb und schließlich vier. Sie hatte zwischenzeitlich alles gebügelt, was man bügeln konnte, und ihren Kühlschrank endlich wieder gründlich ausgewaschen sowie das Bad geputzt, obwohl es da gar nicht viel Putzenswertes gab.

Das würde sie auch in der Küche durchführen, am besten überall in der Wohnung, nur nicht bei den Bären natürlich. Da könnte sie keinen von ihren treuen Gefährten entbehren. Abgesehen davon, dass sie wertvoll waren.

Um 16.23 Uhr klingelte es.

Streng blickend schritt Paulina zur Tür. Davor stand ein junger Mann, dürr wie ein Spargel, lange schwarze Locken, die ihm auf die Schulter fielen. Er trug auch ein T-Shirt, nur dass bei ihm keine Sonne darauf leuchtete, sondern mit schwarzen Buchstaben »I wanna fuck you now!« darauf stand, sowie einen Gitarrenkoffer und einen weiteren Koffer, der aussah, als hätte er ihn von seiner Oma geerbt.

»Hi, ich bin der Patrick. Grüß dich, Paulina!«

Bevor Paulina etwas dagegen unternehmen konnte, hatte er ihr einen Kuss auf beide Wangen gedrückt, einen Kuss, der nach Zigaretten, Wein und Pfefferminzkaugummi roch.

»Ich bin dein Gitarrist.«

»Kommen Sie herein. Kaffee?«

»Das wär toll. Hast du Espresso?«

»Nein, nur deutschen Filterkaffee. Fair gehandelt.«

»Okay, geht auch. Du, ich hab mal ne Frage, du kannst nein sagen … ich hab im Moment Probleme mit der Wohnung, du verstehst, also …«

Es stellte sich heraus, dass man Patrick samt Gitarre und Omakoffer sowie programmatischem T-Shirt aus seiner WG geworfen hatte.

»Du, echt, die Tweenie hatte mir gesagt, es wär aus mit ihrem Freund. Seit Jahren wäre nichts mehr vorgekommen. Kann ich dann wissen, dass der plötzlich ausrastet. Wegen dem bisschen Schmusen und so.«

Später sollte sich herausstellen, dass der eigentlich noch amtierende Freund von Tweenie Patrick und Tweenie bei etwas mehr als Schmusen erwischt hatte.

»Tweenie ist ja auch kein Name für eine seriöse Person!«, befand Paulina, weil ihr sonst nichts einfiel. »Noch Kaffee?«

»Danke. Ja. Ich mag so lustige Namen. Machen Frauen irgendwie fröhlicher. Nicht so hui wie ne Emanze …« Patrick zog ein Gesicht, das er wohl mit einer Emanze in Verbindung brachte. »Donna, du verstehst. Ich nenn dich jetzt *Fifty*!«, sagte Patrick.

»Wie bitte?«

Paulina hatte seit einiger Zeit ein klitzekleines Problem mit ihrem Alter. Vor allem, weil sie ja bekanntlich ziemlich genaue Vorstellungen hatte, was man in jedem Alter tun und nicht tun durfte, und mit fünfzig durfte man, laut den Regeln ihrer Mama, ziemlich viel nicht mehr tun.

*»Lachhaft. Jedes Jahrzehnt ist wie eine Ecke und wenn du drum herumguckst und drum herumgehst, kommt eine neue*

*Straße und du gehst sie weiter, bis zur nächsten Ecke. Und es gibt keine guten Ecken und schlechten Ecken. Nur darfst du nicht an einer stehenbleiben oder gar zurückgucken.«*

»Du bist doch bestimmt so um die 50, oder noch nicht?«

Paulina verstummte wortlos vor Freude.

*»Na gratuliere. Siehst du. Kaum ziehst du dich mal nicht an wie die ältere Schwester vom Papst, schon schätzt dich ein Frischling von Frauenheld ein paar Tage jünger. Das ist doch schon mal was. Gut, ich gebe zu, er passt nicht wirklich zu dir. Aber schau dir mal an, wie er es anstellt. Mit dem Erobern und dem Flirten.«*

*»Oma, mit fast 60 hatte ich mit dem Flirten eigentlich abgeschlossen.«*

*»Du hast ja noch gar nicht richtig angefangen, Paulina!«*

»Du, fünfzig ist ein klasse Alter für eine Frau. Kannst nicht mehr schwanger werden und weißt alle Tricks aus der Kiste.«

»Welcher Kiste?«

»Wie? Welcher Kiste?«

»Nun … mein Wissen …«

»Sag's mir nicht. Egal, wie du's treibst … für mich bist du eine Heilige, denn ich danke dir hiermit auf Knien, dass ich bei dir wohnen darf.« Patrick fiel mit einem klappernden Geräusch auf die Knie.

»Wie bitte? Wer hat das gesagt? Und ich möchte keine Heilige sein …«

»Nicht? Gut zu wissen.« Grüne Augen zwinkerten.

»Nein, denn das ist anmaßend. Heilige werden vom Papst ernannt.«

»Davon weiß ich nichts. Hm … aber du wolltest es sagen, Fifty, gib's zu. Dass ich hier mal vorübergehend knacken darf.«

Paulina war sprachlos.

*»Paulina, das ist meine Enkelin! Endlich zeigt sie, was in ihr steckt. Nimmt einen unbekannten Mann bei sich in der Wohnung auf. Wenn das deine Mama gesehen hätte. Ich hör sie schon mahnen: Paulina, einen ledigen Mann, der offen-*

*sichtlich aus seiner Wohnung geworfen wurde, weil er unordentliche Verhältnisse hatte. Weißt du, dass dieser Mann auch in dein Bad gehen wird? Weißt du, dass er Haare verlieren und nicht immer korrekt gekleidet beim Frühstück erscheinen wird … Was willst du den Nachbarn sagen, was deinen Freundinnen?«*

*»Oma!«*

*»Paulina, mein Herz, endlich gehst du mutig auf die nächste Ecke zu und bleibst nicht an der vorherigen stehen!«*

*»Oma, du bist tot. Du musst ja nicht mehr hinter ihm herputzen. Also, es ist nur vorübergehend, das mit Patrick, das sage ich dir. Ich lebe alleine und so soll es bleiben. Aber … vorübergehend könnte es ganz nett sein.«*

»Bei Paulina wohnt ein Mann!«, verkündete Paulinas Freundin Doris.

»*Was?*«, schrie Kristine. »Wie hat sie das gemacht??«

»Keine Ahnung. Aber es hat ein Typ abgenommen, schon zweimal, wie ich bei ihr angerufen habe. Das kann ja kein Zufall sein. Und er hat gesagt: ›Die Pauly ist nicht da. Ich glaube, sie ist beim Anschaffen!‹«

»*Was?*« Sabine, die Doris auf eine undefinierbare Weise ähnlich sah, rollte die Augen. »Wer ist Pauly? Und Anschaffen? In dem Alter! Was ist mit unserer Paulina los? So was hat es doch früher nicht gegeben?«

»Ja. Alle kriegen einen ab. Nur ich nicht!«, sagte Mareike, eine weitere Freundin, die Doris und Sabine auf eine undefinierbare Weise ähnlich sah, so, als habe sie es immer schon gewusst.

Das Zusammenleben von Patrick und Paulina entwickelte sich besser als gedacht. Er lernte, sich auf dem Klo hinzusetzen und die Dusche sauber zu machen, nachdem er darin herumgeplantscht hatte. Er sang übrigens irische Lieder unter der Dusche und Paulina ertappte sich dabei, wie sie das kleine Küchenradio leiser stellte, auf dem noch die kirchenfunklastigen Sender von Mama eingestellt waren, um ihm zuzuhören. Er kochte ab und zu Spaghetti und spielte abends auf dem Balkon Gitarre, bis sich die Nachbarn beschwerten und nur durch die Versprechung von Freikarten für »So was wie Helene Fischer« zu besänftigen waren. Er behandelte die Teddybären mit Respekt und stellte sein stets reges Handy nachts aus.

Bis Paulina eines Tages morgens in die Küche, wohlgemerkt in ihre Küche, kam und dort ein ihr unbekanntes Mädchen vorfand. Bildhübsch, langes blondes Haar, zart, jung und mit engelhafter Ausstrahlung. Nur: Das Mädchen war splitterfasernackt.

»Wer sind Sie denn?«

»Ich bin die Laurentia. Ich hab den Patrick heute Nacht in der ›Sofaecke‹ kennen gelernt. Er hat da gespielt. Und es war noch ein Mann da, der Stimmen von Sängern nachmachen konnte.«

»Ich weiß. Ich habe den Gig vermittelt! 350 plus Fahrtkosten.«, sagte Paulina grimmig. »Und was machen Sie jetzt hier?«

»Na, ich habe mit ihm geschlafen. Ist doch klar?«

»In der ersten Nacht?«

»Klar. Ich weiß noch nicht, wann ich die Woche sonst noch Zeit habe, und am Samstag kommt mein Freund zurück.«

»Das ist unmoralisch.«

»Wieso denn das? Es hat doch Spaß gemacht, und wir wollten es beide. Was soll denn daran unmoralisch sein? Kapier ich jetzt nicht.«

Paulina schüttelte den Kopf. »Ziehen Sie sich bitte wenigstens etwas an.«

*»Ach, beneidenswert. Die haben schon mehr Freiheiten als wir damals. Also, bei der Zimmerwirtin musste man schon vorsichtig sein, wenn man miteinander schlafen wollte. Es gab ja den Kuppeleiparagraphen und das war strafbar.«*

*»Oma!«*

Leider blieb es nicht bei Laurentia. Zweimal in der Woche musste Paulina Bad und Küche mit irgendeinem weiblichen Wesen teilen, wobei Patrick dem Typ jung, blond, zart treu blieb. Die meisten waren nette, wohlerzogene Mädchen, die die Sache sportlich sahen.

»Hey, Fifty, jetzt krieg ich sie. Warum soll ich sie nicht nehmen? Wenn ich mal alt bin, so wie du, dann kann ich immer noch monogramm leben.«

»Monogam!«

»Auch das!«

Gelegentlich begleitete Paulina Patrick zu Konzerten und lernte eine fremde Welt kennen. So hatte sie etwa noch niemals einen Ort namens »Alte Wurstfabrik« betreten. Hier begleitete Patrick mit etwas atonaler Musik einen Mann, der Worte ins Publikum schrie, die offenbar keinen Sinn ergaben.

»Kalt. Kalt. Kalt. Tot. Warm. Hier. Fick. Fick. Aus, aus, aus und aus!«, kreischte der kleine Kahlköpfige. Patrick schlug die Saiten dazu und erläuterte, dass man das Ganze Poetry Slam nenne und dass es Kunst sei. Der Auftrag für 300 Euro war über die Tarot-Frau hereingekommen, deren Tochter mit dem Barmixer der Kneipe schlief.

Eigentlich hatte der Pub-Besitzer gemurrt, jemanden wie Patrick bekäme er auch fast umsonst, doch Paulina hatte ihm einen ausgeklügelten Vertrag vorgelegt und ihm klar gemacht, dass Musiker nun allgemein nicht mehr bereit seien, für keinerlei Geld aufzutreten. Und sie würde dafür sorgen, dass sich dies auch weiterverbreite.

Als er sich abwendete, meinte Paulina »old witch« zu hören, doch sie konnte sich täuschen.

Eine alte Hexe, dachte sie. Ja, vielleicht hat er recht. Aber lieber bin ich eine alte Hexe als eine alte Langweilerin.

*»Paulina, ich bin froh, dass ich mir die Zeit genommen habe, dich näher kennen zu lernen. Ich glaube, du entwickelst dich noch. Wenn wir nicht aufpassen, hast du bald keine Ähnlichkeit mehr mit Miss Marple.«*

Paulina lehnte jetzt an dem wackeligen Ding, das wohl die Bar sein sollte, und beobachtete mit höchster Besorgnis, dass hier nicht nur Absinth ausgeschenkt, sondern auch getrunken wurde, und zwar von Patrick, der morgen bei einer Konfirmation in einer Kirche auftreten sollte.

Sie sah sich schon hektisch nach einem anderen Gitarrenspieler suchen, doch da täuschte sie sich in Patrick.

Morgens um acht schmiss er die Geliebte dieser Nacht, eine nicht mehr ganz taufrische Rothaarige, aus der Wohnung, duschte und stand rechtzeitig mit seiner Gitarre an der Tür, in der anderen Hand einen riesigen Becher schwarzen Kaffees.

»Gehen wir, Fifty?«

Es gab aber durchaus immer mal wieder Probleme mit dem bunten Künstlervölkchen.

Helene Fischer wurde während einer Gala schlecht, weil sie schwanger war. Paulinas bester Jongleur, ein Russe, hatte im Casino sein ganzes Geld verspielt und die Nacht in einer Polizeizelle verbracht.

Der Feuerschlucker verschluckte sich und hustete eine halbe Stunde lang und der Schnellzeichner sorgte für einen Heulkrampf, als er ein junges Mädchen so zeichnete, dass sie total fett aussah.

Hoffentlich klappt alles bei der Betriebsfeier, dachte Paulina.

»Wir haben einen Auftrag bei deinem früheren Job?«, fragte die Hanni, der Friseurclown. »Du, dann rüsch dich aber mal ein bisschen auf. Die sollen staunen. Keine Widerrede!«

So saß Paulina an dem betreffenden Abend in der umgeräumten Kantine ihrer ehemaligen Arbeitsstelle, die von Diana, einer neuen Mitarbeiterin für Dekoration und Blumenarrangements, ganz reizend geschmückt worden war, und beobachtete aus mit blauem Lidschatten und meergrünem Kajalstift umrahmten Augen, wie alles so weit ganz gut klappte.

Patrick spielte ein Beatles-Medley und hängte noch einen romantischen Eric Clapton dran. Alle waren begeistert. »Wo hat denn die Teuffel diese Leute alle her? Der Gitarrist ist ja rattenscharf.«

Der Chef, Herr Stefani, setzte sich zu Paulina.

»Frau Teuffel, Sie kommen mir so verändert vor. Ganz verändert. Haben Sie was mit Ihren Haaren gemacht? Und dieses T-Shirt steht Ihnen sehr gut. Da, an Ihrer … hm, also hier an dieser appetitlichen Rundung hat sich doch tatsächlich eine Paillette gelöst.«

*»Paulina, der Kerl ist nur Übungsmaterial für dich. Spiel mit ihm. Klopf ihm auf die Finger und lache dabei. Sag: ›Herr Stefani, Sie sind mir einer!‹ Das reicht völlig aus. Der ist sowieso betrunken!«*

*»Oma, er gefällt mir nicht mal.«*

*»Natürlich nicht. Nicht einmal seiner eigenen Frau gefällt er. Du sollst üben zu flirten. Du hast das nämlich nie gelernt.«*

*»Meinst du wirklich, ich könnte es wagen? Mit der Liebe? In meinem Alter?«*

*»Ach, Paulina. Was gibt es denn für eine Alternative. Jünger wirst du nicht, nur älter. Also, wenn du es jetzt nicht wagen kannst, wann dann?«*

*»Oma, ich bin 57 Jahre alt und hatte vor etwa 20 Jahren das letzte Mal Sex.«*

*»Selbst schuld. Warum hast du deinen Mann verlassen? Den hätt ich mir gezogen. Der hätte ewig ein schlechtes Gewissen gehabt. Und hätte dich mit Geschenken überhäuft. Mit Erdbeeren gefüttert und den Müll rausgetragen.«*

*»Ach, ich weiß nicht. Eben! Ich hab ihn doch danach gar nicht mehr gewollt.«*

*»Du hast ihn von Anfang an nicht gewollt. Das war das Problem.«*

*»Mama hat jedenfalls immer gesagt, so, wie ich lebe, das bringt Ruhe und Frieden.«*

*»Trotzdem, Enkelin. Zwanzig Jahre Frieden sind genug.«*

Paulina errötete, weil sie gerade eine Tote anschwindelte. Im Urlaub, in Garmisch, der gestandene Bayer. Er war Witwer gewesen, frischer Witwer. Und sehr betrübt. Es war eigentlich eine christliche Tat gewesen.

*»Und vergiss nicht den Bayern im Urlaub, Paulina! Kann das sein?«*

Der Chef wurde von einem der Zauberer auf die Bühne geholt und fand zu seiner Überraschung ein Gummihuhn in der linken Hosentasche vor.

Die Stimmung lockerte sich. Auch beim Chef. Später tat er das, was eigentlich noch nie ein Mann bei Paulina gemacht hatte. Er lud sie zu einem Sekt in der Partybar ein und blies ihr ins Ohr.

Es war eindeutig: Er flirtete mit ihr!

»Leute, ich glaub es nicht!!«, sagte Tanja. »Guckt euch mal unsere gute alte Paulina Teuffel an. Die erkennt man ja fast nicht mehr wieder. Das, was die nimmt, das will ich auch!«

»Und der Chef baggert die an! Da, die Hand, der alte Lustmolch!«

Paulina nahm die Hand von Herrn Stefani und legte sie energisch zurück.

»Komm, altes Mädchen, stell dich nicht so an!«, wisperte er. »Du willst es doch auch.«

»Verpiss dich!«, wisperte Paulina zurück und lächelte christlich dazu.

*Baden-Baden. Villa Freylingsdorff.*
*13. Juni. Später Nachmittag*

Es war gar nicht schwer gewesen.

Die Catering-Firma suchte immer Personal. Und nachdem eine Mitarbeiterin rein *zufällig* krank geworden war – was man doch mit ein bisschen Geld alles machen konnte … – hatte man sie mit Handkuss genommen.

Schließlich war sie ja vom Fach. Etwas älter schon, gewiss, keine 30 mehr, aber noch attraktiv. Und so würde *sie* mit einem weißen Häubchen und einem schwarzen Kleid heute in seiner Nähe sein. Wenn Peter seinen Hochzeitstag mit der anderen feierte. Mit ihr, die sie mehr hasste als alles andere auf Erden.

Würde er sie erkennen? Mit der Perücke? Vielleicht, vielleicht auch nicht. Doch er würde sowieso nichts sagen. Peter war ein Spieler. Er würde es darauf ankommen lassen. Den Moment der Gefahr vielleicht sogar genießen.

Und *sie* konnte dabei sein. Nicht mehr draußen am Zaun stehen. Bei ihrer Tochter sein. Wo sie hingehörte.

Sie lächelte.

Es war kein schönes Lächeln.

## *Karlsruhe. Paulina. Im April. Abends*

So gut alles auch lief, es blieb dennoch immer schwierig, Auftrittsorte zu finden, und man musste die Augen offenhalten.

Ein neues Café im Viertel hatte eröffnet. Sofort eilte Paulina hin und fragte, ob sie die Eröffnung nicht mit einem familienfreundlichen Clown oder einem Zauberer feiern wollten. Auch Gummitiere seien möglich …

Irgendwann flatterte Paulina die Annonce für eine Kneipe in Alt-Heidelberg in die Hände. »Erlebnisgastronomie vom Feinsten, nicht nur für Japaner!«

Sie stutzte, als sie den Namen sah. Konnten noch mehrere so heißen? Bruno-Ernst-Albert Teuffel.

Sie googelte den Begriff. Tatsächlich. Ihr Exmann. Der Herr betrieb eine Kneipe in Heidelberg, mitten in der Altstadt. Unglaublich.

Im Hochgefühl ihrer neuen Freiheit war Paulina geneigt, seinen Ehebruch zu vergessen und mit ihm zu flirten. Ein Anruf genügte vielleicht, und sie hatte ein Dauerengagement für ihren Gedankenleser und ihren Zeichner in der Tasche!

Paulina schnappte sich Patrick und gemeinsam fuhren sie mit dem Regionalzug nach Heidelberg, wobei Paulina gerade noch verhindern konnte, dass Patrick zwei Schülerinnen mit langem blondem Haar zu sich, das heißt zu ihr, nach Hause einlud.

Ein sonniger Tag, der Neckar glitzerte und die Ruine des Schlosses blickte aus tausend leeren Fenstern von einem makellos blauen Himmel auf sie herab. Heidelberg wuselte wie immer aus seiner typischen Mischung von ein paar Einheimischen, vielen Touristen und noch mehr Studenten, die in einem endlosen Strom durch die Kneipen und Läden der Fußgängerzone flanierten.

Patrick holte mit Riesenschritten aus, würdigte seine Straßenmusikkollegen keines Blickes und etwas atemlos erreichte das ungleiche Paar eine Kneipe in der Unteren Neckarstraße.

Er hatte sich kaum verändert, Bruno-Ernst-Albert Teuffel. Er schien älter, das ja, auch verlebter, aber irgendwie ging trotzdem eine gewisse gutartige Lebendigkeit von ihm aus, die es damals nicht gegeben hatte.

»Meine Exi!«, rief er erfreut und küsste eine etwas verwirrte Paulina herzlich auf beide Wangen.

*»Schade. Na, der hat sich doch ganz gut entwickelt. Könnte jetzt beinahe in unseren Zweig der Sippe passen. Ne nette kleine Kneipe hat der Junge da.«*

*»Gut, dass Mama das nicht mehr sieht. Teuffel war doch ein alter Name aus der Residenz und eine gute Familie. Die Teuffels waren am Gericht.«*

*»Jetzt hat er Teuffels Bierburg! Das ist auch ein guter Name.«*

»Helena, das ist meine Exi. Wir waren nicht lange verheiratet, da hat sie mich … in flagranti erwischt und … wupps, war es aus mit der Ehe!«

Helena, vielleicht eine Griechin, jedenfalls eine große, kräftige und energisch aussehende Frau, stemmte die Arme in die Seite.

»Oh, das traust du dich bei mir ein Mal! Und wenn ich dich erwische, dann gibt es Ärger. Richtiges großes Ärger.«

Paulina war interessiert an diesem »richtiges großes Ärger«.

»Sie würden ihn nicht hinauswerfen und sich scheiden lassen?«, fragte sie Helena.

»Wegen Fremdes Gehen? Nein. Das kann einmal, ich sage einmal, vorkommen, aber ich will doch keinen Dummkopf zu Hause, der sich erwischen lässt.«

Bruno-Ernst-Albert lachte dröhnend. »Komm, wir trinken was. Und wer ist das da? Dein Freund? Respekt! Kinderprogramm bei meiner braven Paulina?«

»Nein, das ist mein Gitarrist! Er wohnt bei mir!«

»Wie bitte?«

Paulina seufzte, sah sich in dem Lokal um. Es gab eine Art Bühne, es gab Tische, Nischen und Emporen. Ideal.

»Bruno-Ernst-Albert, ich wollte etwas mit dir besprechen … Ich habe da ein paar Leute an der Hand, die Jobs suchen …«

Paulinas ehemaliger Ehemann beugte sich vor und kniff ihr in die Wange. »Alles, was du willst. Bist noch ein netter Käfer. Und für dich reicht die Kurzform: Bruno!«

»Also, Bruno, ich hätte da ein paar Leute, die auftreten möchten. Kabarett, Tänzer, ja auch Frauen dabei, ja, ich kann auch schauen, ob sie die Textilien schonen, und vielleicht einen Zauberer, nein, ich weiß nicht, ob er das kann, aber vielleicht können wir ein bisschen zusammenarbeiten.

»Na, prima. Wird gemacht. Komm mal her, lass dich busseln. Nee, Frau, du musst nicht eifersüchtig sein, das ist nur eine alte Liebe. Oh, meine Helena, die würde mir vielleicht was antun, wenn ich … vor allen Leuten würde die mir die Hosen runterziehen und es gibt ja für einen Kerl nichts Peinlicheres, als vorgeführt zu werden, und jedes Mal, wo es in der Kiste mal nicht so geklappt hat, würde sie das an der Bar erzählen. Nee, nee.«

»Bruno«, sagte Paulina feierlich, »du hast dich verändert!«

»Paulina«, erwiderte Bruno nicht minder feierlich, »du dich auch!«

*Rastatt. Das Hinterzimmer eines Spielsalons.*
*Im April. Abends*

»Leute!«

»Boss?«

»Das gefällt mir nicht. In unserer Gegend, sagen wir mal zwischen Mannheim und Offenburg, gibt es ein paar Clowns und ein paar Zauberer, ein paar Jongleure und andere halbverhungerte Witzfiguren. Und wenn wir was brauchen, für Veranstaltungen oder auf 'm Rheinschiff oder sonstwo bei einem Fest, dann geht der, der sie buchen will, zu demjenigen hin oder ruft an und kriegt sie günstig. Weil diese Versager alle froh sind, wenn sie einen Job haben. Die meisten sind zweitklassige Typen.«

»Das ist wahr, Boss.«

»Jetzt hat sich aber irgend so eine Person in unser Geschäft gemischt. Die Clowns haben jetzt eine Clowns-Vereinigung gebildet und wollen alle 23 Euro die Stunde. Zusätzlich die Anfahrt. Diese Person, eine alte Frau, ist gesehen worden, wie sie sich am Gutenbergplatz beim Festival ›Platzda‹ herumgetrieben und unseren Illusionisten angequatscht hat. Er soll in ihre Kartei. Und ob er einen Zauberer kennt? Mir passt das nicht. Das treibt die Preise für unsere Biergärten und Kinderfeste nach oben. Stadtfest. Bierbörse. Alles. Wo kommen wir denn hin, wenn sich solche Leute noch organisieren. Seit dem Mittelalter sind die Gaukler vogelfrei. Und so soll's auch bleiben.«

»Mann, du bist gebildet, Boss.«

»Geht zu der alten Frau hin und macht ihr das klar.«

»Aber die wird nicht einfach so aufgeben wollen, Boss. Nennt sich …« Ein klobiger Zeigefinger fuhr über Zahlen und Buchstaben. »Agentur Teuffel's-Kunst. Hat schon Visitenkarten. Und ne HP.«

»He?«

»Homepage, Boss.«

»Hm.«

»Die wird nicht so einfach aufhören wollen, Boss. Und sie hat immer mehr Leute in ihrer Kartei. Den einhändigen Akkordeonspieler, der immer im ›Gutselbräu‹ auftritt, hat sie auch schon vermittelt. Für sage und schreibe 75 Euro. Und ne Balletttänzerin ist bei ihr gesehen worden.«

Der Boss hieb auf den Tisch. »Männer, das geht nicht. Für 75 Euro kann ich ja den Rex Gildo haben. Hossa.«

»Der ist tot, Chef, aber die hat sogar ein Double von Helene Fischer unter Vertrag. Tritt in Bretten beim Peter-und-Paul-Fest auf. Angeblich für 1000.«

»Jetzt reicht's. Stattet der Dame mal einen Besuch ab und empfehlt ihr dringend, die Finger von unseren badischen Kleinkünschtlern zu lassen. Hier soll alles bleiben, wie es ist.«

»Wir sollten ihr vielleicht was anderes anbieten, Boss! Nicht dass sie noch Ärger macht.«

»Ärger? Mir macht keine Schnalle Ärger!«

»Ja, aber das is ne alte Frau, Boss. Das könnt Probleme geben. Da ziehen nicht mal die Hell's mit.«

»Die Angels?«

»Korrekt, Boss. Am besten bieten wir der was anderes an.«

»Was denn? Was soll die denn machen?«

»Irgendwas, was sowieso nicht geht. Woran wir kein Interesse haben.«

Grübeln in der Runde.

»Geben wir ihr doch Leute, die – wie nennt man das – Vorlesungen machen. Schriftsteller. Die kann sie vermarkten.«

»Hahahaha, Boss. Das ist gut. Jimmy und Hobo. Redet mal mit der Omi und schlagt ihr das vor.«

Drei Tage später.

»Und?«

»Leider nicht so einfach, Boss. Hobo hat ihr seine Tätowierungen gezeigt. Aber das hat die gar nicht beeindruckt. Sie hat so vor sich hin gemurmelt, als ob noch eine andere Person im Raum wäre. Richtig unheimlich. Wir haben ihr erklärt, dass sie uns das Geschäft mit den Clowns und den anderen Spaßmachern versaut. Gut, hat sie gesagt, das sehe ich ein. Hobo hat dann ganz beiläufig von dem Typ erzählt, der vor Jahren mal einen Shuttledienst für Besoffene und alte Leute von den Straßenfesten organisieren wollte. Und dass die Taxifahrer gar nicht begeistert davon waren und dass der Typ dann schon nach sechs Wochen aus dem Krankenhaus entlassen werden konnte.«

»Hahaha. Dabei ist der die Kellertreppe von ganz allein runtergefallen. Zusammen mit ner Kiste Apfelsaft! Idiot.«

»Sie hat gesagt, dass ihr das keine Angst macht. Mit dem Tod wär es noch nicht fertig. Kapierst du das? Jedenfalls sagt sie, dass ihr das jetzt Spaß macht … mit den Clowns und den anderen Knülchen. Und das Vermitteln sei gerade gut angelaufen. Dann hat sie wieder so komisch gemurmelt und sagt, sie versteht uns auch und bietet uns 10 Prozent von dem, was die Künstler bringen. Ich hab 25 verlangt, und wir haben uns bei 15 geeinigt. Tougher alter Vogel. Aber als ich ihr diese Leute, wie heißen die, muss ich auf meinem Zettel nachsehen, also diese Autoren empfohlen habe, da war sie ganz optimistisch, dass sie für die auch was tun kann.«

»Lass sie. Ich hab lieber schnelle Autos als Autoren. Hahaha.«

»Gut, Boss. Sehr gut. Bei ihr zu Hause wohnt übrigens so ein komischer Typ, der Gitarre spielt. Aber den will sowieso von unseren Leuten keiner hören.«

»Hat sie was mit dem?«

»Die? Die hat mit niemandem mehr was!«

*Baden-Baden. Villa Freylingsdorff. 13. Juni. Früher Abend*

Die Tafel war festlich, beinahe etwas überladen gedeckt, die Servierkräfte glitten zwischen Küche, Anrichte und Tisch hin und her, schenkten nach, legten vor und trugen ab.

Dorit beobachtete alles mit der Grazie und dem ruhigen Selbstbewusstsein der Hausherrin. Sie war mit dem Catering-Service zufrieden. Die verschiedenen Frauen in Schwarz beachtete sie im Einzelnen nicht weiter. Sie waren da, um zu servieren, nichts weiter, und das musste reibungslos klappen.

Nun, dies war Baden-Baden. Man war an bessere Kreise gewöhnt. Dieser Service hier hatte auch beim Besuch von Präsident Barack Obama vor etlichen Jahren Häppchen dargeboten und was für Barack Obama gut genug war, sollte auch für Peter Freylingsdorff ausreichen.

Dorit beobachtete allerdings nicht nur die Angestellten des Catering-Service, sondern sie hatte auch die Gäste im Auge. Allen voran ihre eigenen Kinder, mit denen sie manchmal ein zwiespältiges Verhältnis verband. Dadurch, dass sie von Anbeginn an ein Doppelpack gewesen waren, waren sie einander immer näher gewesen als ihr.

Willard machte seinem fröhlichen Spitznamen Billy heute keine Ehre und wirkte mürrisch. Sie konnte nur hoffen, er spielte nicht wieder. Er hatte den Wahn zu gewinnen von seinem Vater geerbt, ohne dessen Geschick und Selbstbewusstsein. Sie musste ihn sich nachher vorknöpfen. Lilly schien ebenfalls nicht besonders glücklich. Gut, die beiden waren Zwillinge. Was den einen betraf, kümmerte auch den anderen.

Sie konnte und wollte Willard kein Geld geben. Willard nahm solche Zurückweisungen schweigend und fast ergeben hin. Lilly dagegen war temperamentvoll und neigte zu gewalttätigen Ausbrüchen. Bei den jeweiligen Kinderfrauen war sie berüchtigt gewesen, zumal sie auch hinterhältig sein konnte.

Dorit hatte sich mit ihrer Tochter heute schon furchtbar gestritten, weil sie absolut dagegen war, dass Lilly für ein Jahr nach Irland ging und ihre gerade begonnene Stelle bei der Firma hinwarf. Kein gutes Vorbild für die anderen Mitarbeiter und eine verschwendete Investition in ihre teure Fortbildung.

Die zurückhaltende Dorit verlor das Interesse der Firma niemals aus den Augen. Die Firma war ihr Bollwerk gegen die Armut. Dorit war einiges jünger als ihr Mann und hatte keine schöne Kindheit gehabt. Ihre Mutter war früh gestorben und ihr Vater hatte sie herumgeschubst, immer in der Hoffnung, er könnte sie baldmöglichst und möglichst gut an einen Ehemann loswerden und in seine stille kalte Heimat zurückkehren.

Der Fang von Peter Freylingsdorff war in seinen Augen ein Glücksfall gewesen.

»Das ist ein richtiger Kerl und du sei ihm eine richtige Frau, Dorit!«

Er war sowieso dagegen gewesen, dass sie studierte und Lehrerin wurde. Angestellte irgendwo in einem Büro hätte doch gereicht.

Dorit lächelte. Eines Tages würde die Firma ihr gehören, das war ein Naturgesetz, über das sie niemals sprach und das sie niemals vergaß.

Dorits Blick glitt weiter zu ihrer Stieftochter. Antonia hielt die Hand über dem Bauch und sorgte dafür, dass ihr stolzer Vater es auch sah. Allerdings vermied sie es, ihre Stiefmutter anzusehen. Nun, dachte Dorit, du hast noch fünf Monate Zeit, Geld aus deinem Vater herauszuleiern. Wenn er erst das schwarze Baby sieht, wird er weniger spendabel sein.

Auch Sonia und ihr Mann wirkten nicht besonders glücklich. Sie saßen gegenüber von Willard und Lilly, schließlich waren es ihre Nichten und Neffen. Doch sie hatten nie etwas mit den Kindern anfangen können. Dorit konnte Sonia nicht leiden. Die hatte immer so getan, als sei Dorit nicht gut genug für Peter.

Was war denn Sonia? Nichts. Nicht mal Mutter. Man musste ihr das nur ab und zu sagen! Dorit lächelte. Es war nicht schlecht im Leben, wenn man wusste, wo es wehtat.

Weiter zu Martine. Deren Blick wanderte immer wieder durch die großen Fenster hinaus in die Wildnis des hinteren Gartens. Bestimmt horchte sie wieder, ob eine ihrer Katzen sich heranschlich und vor der Küchentür auf Futter wartete. Dann würde sie unter einem Vorwand herausgehen, sich in die Küche begeben und das Biest füttern. Dorit freute sich auf den Moment, wenn die Katzen weg waren. Sie mochte sie nicht. Die Küchentür war immer mal offen und eins von den leisen Raubtieren mogelte sich ins Haus. Man erschrak, wenn plötzlich diese grünen Augen im Dunkeln leuchteten.

Susanne. Dorit musste sich überwinden, die impertinente Person anzusehen. Deren farbloser Gatte wurde ebenso wie sie Zeuge, wie Susanne jetzt gerade wieder die Hand auf Peters Unterarm legte.

»Komm, wir machen ein Spielchen! Nach dem Essen, ja? Ich kann dir helfen. Ich weiß natürlich nicht so viel wie du, aber manchmal ist man zu zweit besser. Dorit wird da ja keine große Hilfe sein, das liegt ihr ja nicht so. Nur ewig schade, dass Erotik keine Kategorie bei diesem Spiel ist …«

Letzteres sagte sie leise, aber doch so, dass es Dorit hören musste und hören sollte.

Peter lachte nur geschmeichelt und legte sein Handy auf den Tisch. »Nach dem Essen, Susanne. Das Beste kommt zum Schluss.«

»Oder erst spät im Leben. In der zweiten Runde«, wisperte Susanne und fuhr sich mit der Zunge über ihre verdächtig vollen Lippen.

Dorit konnte manchmal nicht glauben, wie einfach Männer gestrickt waren. Ihr genetischer Code konnte nur aus wenigen Strängen bestehen.

Sie trank noch ein Glas Rotwein und hielt der Servicekraft, einem hübschen jungen Mädchen, die sie – wie ihr schien – etwas mitleidig bediente, das Glas hin. Hastiger als sonst trank sie. Und merkte, wie der Alkohol sie besänftigte. Oder deckte er nur etwas zu?

Susanne schob sich langsam eine Crevette in den Mund und saugte lasziv an ihr. »Deutschlandweit unter 500 beim Quizduell, das ist wirklich eine Leistung! Da sitzen bestimmt jede Menge Professoren am Rechner«, hauchte sie. »Aber du bist ja schon im Tennis und beim Golf ein Crack und die meisten, die gut im Sport sind, sind ja sonst im Kopf nicht so fit, siehe Boris Becker, aber du kannst alles. Dorit, du musst sehr stolz auf deinen Mann sein. Komm doch auch mal zu uns in den Tennisclub. Wir haben einen neuen Trainer. Er soll super für ältere Anfänger sein.«

»Das fehlte noch, dass mir meine Frau auf dem Tennisplatz den Rang abläuft!«, dröhnte Peter und schenkte sich selbst aus einer Karaffe nach. »Leute, schön, dass ihr alle da seid. Heute vor … vielen wunderbaren Jahren hatten wir Polterabend, meine Dorit und ich. Und wo wäre ich, wenn ich sie nicht immer im Hintergrund hätte? Ich danke meiner lieben Dorit für schöne Jahre in der Vergangenheit und für viel Verständnis in der Zukunft. Ihr wisst ja … Männer in den bestimmten Jahren … also Prost, dass ihr alle da seid. Und jetzt hat Dorit, wie ich sie kenne, eine Überraschung für uns vorbereitet.«

»Ja, ich schließe mich wie immer meinem Mann an. Wunderbar, dass die Familie und ein paar nahe Freunde gekommen sind. Die heutige Überraschung ist die bekannte Krimiautorin Viola Teiss und ihr Gitarrist, die beide jetzt für uns im Rahmen einer musikalischen Lesung die demnächst erscheinende Krimigeschichte ›Tödliche Kurstadt‹ darbieten werden. Ich bitte um Applaus für Frau Teiss und ihren Begleiter, Patrick, an der Gitarre und für ›Tödliche Kurstadt‹ …«

Aller Augen wandten sich ab und wanderten zur Tür, wo die Künstler nun sofort erscheinen würden. Nur Dorits Augen nicht. Sie blickte hinüber zu ihrem Mann. Und sah deshalb, wie Peters Hand unter dem Tisch nach links wanderte und seine Augen sich verschleierten.

Links saß Susanne.

Sie hasste Susanne. Sie sollte etwas gegen sie unternehmen.

Susanne richtete nun ihren Blick ebenfalls auf die Gastgeberin. Peter liebte Dorit bedingungslos.

Sie hasste Dorit. Da musste doch etwas zu machen sein …

*Karlsruhe. Paulina. Im April. Nachmittags*

»Ich möchte auch ein paar Autoren unter Vertrag nehmen. Ich glaube, die haben es mindestens genauso nötig wie ihr. Und in Zukunft müssen wir von eurem Honorar ein bisschen was abzwacken. Ich möchte da nicht ins Detail gehen, aber wir wollen keinen Ärger.«

»Wir verstehen!«, sagten die Clowns, die Zauberer, die Illusionisten, die Hunde- und Tote-Katzen-Trainer, der kleine Elefant. Sagten die Helene Fischers, die Andrea Bergs, die Vogelhändler, die Feuerschlucker und die Jongleure. Und die menschliche Jukebox in ihrer Holzkiste, und die Wahrsagerin, die die Karten so oft legte, bis sie meinte, einen Silberstreif erkennen zu können.

»Sie hat recht. Realität ist das, was man aus ihr macht!«

Sie alle hatten sich für einen steinigen Weg entschieden, kannten ihre selbstgewählte Welt und wussten, welchen Preis sie für ihre Freiheit zahlen mussten.

»Mit dir zusammen beißen wir uns schon weiter durch, aber was willst du denn mit den Autoren machen, Paulina? Die können doch nichts.«

Paulina seufzte und sah die bunte Truppe an.

»Naja, was Autoren so tun. Ihr wisst schon: Signierstunden und Lesungen vermitteln.«

»Oh, je. Da liegt noch weniger Geld drin als bei uns!«, sagten die Clowns, die Feuerschlucker, die Helene Fischers und die Andrea Bergs und tapsten, raschelten, schlichen, sprangen und trampelten die Treppe hinunter.

»Bis bald!«

Vorbei an der alten Frau Russhold und der alleinerziehenden Mutter.

»Kennt ihr übrigens einen Autor, der auftreten möchte?«, rief Paulina ihnen noch nach.

»Oooch!«, sagte Patrick neben ihr, der einer hübschen jungen Clownin nachwinkte. »Da gibt es mehr als genug. Komm mit ins Buchparadies in der Südweststadt. Da lesen jede Woche mehrere sogenannte Autoren. Natürlich umsonst. Und die halten sich da auf wie Fliegen am Honigtopf.«

*»Also machst du jetzt in Schriftstellern, Paulina. Hm, mal sehen, was da passiert. Die Clowns waren mir persönlich näher, ich war nie eine Bücherratte. Hab frühzeitig schon bei meinen Eltern mitgeholfen. Mein Vater und meine Mutter hatten nur den Laden, der auch nicht gut ging, wenn die Leute arbeitslos waren und kein Geld hatten. Oft haben wir einen Monat lang Kartoffeln und Sauerkraut gegessen.«*

*»Oma, ich möchte nichts davon hören. Mama ist in der Bel Étage eines Bürgerhauses in der Stephanienstraße groß geworden, und das hat mir immer gefallen.«*

*»Es gibt nicht nur eine einzige Vergangenheit, und meine aus dem Hinterhof Lange Rötterstraße in Mannheim-Neckarstadt ist genauso viel wert. Nun, wenn es dich beruhigt: Dein Vater, der hat von Anfang an gelesen, als ob er es bezahlt bekäme, und konnte sich bei den Schwiegerleuten sehen lassen. Ich weiß nicht, wie gebildet diese Ackermanns wirklich waren. Nur für einen teuren Logenplatz im Theater bezahlen ist nicht alles.«*

*»Mama war durchaus gebildet.«*

*»Kann sein, kann auch nicht sein. Mit mir hat sie jedenfalls nicht über solche Sachen gesprochen. Hat sie wohl für sich behalten, weil sie gedacht hat, es gehört sich nicht, dass sie ihre ältere Schwiegermutter belehrt. Hatte ja nur die Volksschule.«*

*»Wie konntest du dann Miss Marple spielen?«*

*»Miss Marple war auch nicht gebildet. In keinem der Bücher heißt es, dass sie gelesen hat. Sie hat gestrickt und sie kannte die menschliche Natur. Vom Zusehen. Vom Zuhören. Und dass die Menschen meistens gleich funktionieren. Drück*

*den gleichen Knopf bei einem Universitätsprofessor und bei einem Bauarbeiter und sie reagieren einer wie der andere. Steck einer Pfarrerin oder einer Verkäuferin, ihr Mann geht fremd, und sie werden haargenau gleich durchdrehen. Deshalb kann auch jeder morden. Auch in deinen Kreisen. Die machen es nur manchmal geschickter.«*

*»Ich glaube das alles nicht, Oma!«*

*»Du brauchst es nicht zu glauben, du wirst es mit eigenen Augen sehen.«*

*»Was werde ich sehen?«*

*»Das Blut!«*

Seltsam, dass Paulina schon so lange in Karlsruhe lebte und niemals im Buchparadies gewesen war. Das Paradies für Leute, die nur einen Euro für ein gebrauchtes Buch mit Vorgeschichte ausgeben wollten, war ein riesiger ehemaliger Lagerraum, von der Decke bis zum Boden mit Gedrucktem vollgestopft. In einer Ecke stand ein Sofa, irgendwo brummte ein Kaffeeautomat und ein altes Klavier diente als Ablageplatz für neu hereingekommene Bücher.

Paulina gefiel es hier.

Von nun an besuchte sie fast täglich das Buchparadies. Abends gab es dort immer wieder Lesungen. Autoren aller Altersstufen saßen oft frierend – abends war die Heizung abgestellt – an einem Tisch, vor sich ein Manuskript oder ein Buch und lasen vor zehn Auserwählten, meistens Kollegen.

Paulina hörte zu, bewertete das Geschehen, sah sich um, zählte die Besucher und stellte fest, dass am meisten Leute kamen, wenn Krimis vorgetragen wurden. Im Unterschied zu Mamas Bären schien das Detektivspielen eine Leidenschaft zu sein, die sie mit vielen Leuten teilte.

Paulina sammelte Visitenkärtchen, manchmal musste sie auch einfach nur die Nummern aufschreiben, und bald füllte sich ihr Auftragskästchen wieder. Diesmal waren es Dichter und Poeten, Krimihelden und Heimatdichter, die sich da tummelten.

Der Bedarf an Autoren war noch geringer als der für Zauberer oder Clowns. Dagegen schien es ziemlich viele Schreiberlinge zu geben, die auftrittswillig waren. Ein paar Streifzüge in die Stadtbibliothek, in Kunstcafés und in Secondhandbuchläden versorgten Paulina mit mehr Visitenkarten und eindringlichen Flyern, als sie sich vorgestellt hatte.

Auch Patrick, der sein Zimmer klammheimlich einrichtete, als wolle er bei Paulina bleiben, schleppte zwei junge Frauen an, deren Stärke angeblich das geschriebene Wort sei. Ein Blick auf ihre drallen Figuren ließ allerdings andere Schlüsse zu, worin ihre wahren Stärken lagen.

Die eine, eine kleine Mollige, verfasste erotische Gedichte, allerdings dummerweise auf Elsässisch, was einfach nicht vermittelbar war, und die andere hatte einen mehr als 1000-seitigen finsteren Kriminalroman geschrieben und auf eigene Rechnung verlegt, der im Milieu von Salafisten und Islamisten spielte.

Die größte Überraschung stellten Paulinas biedere Freundinnen dar, denen sie nun endlich einen Teil ihres neuen Lebens beichtete. Und staunte nicht schlecht über die Reaktionen.

»Na, das ist interessant, Paulina, hör mal zu …«

Nun stellte sich etwas Erstaunliches heraus. Drei ihrer Freundinnen schrieben auch. Heimlich. Für die Schublade.

Paulina war fast beleidigt. »Warum habt ihr mir das nicht schon längst erzählt?«

»Es ist zu intim!«, erklärte Doris.

Paulina staunte jetzt noch mehr. Denn die gleiche Frau hatte ihr von den höchst ausgefallenen Sexpraktiken ihres letzten Freundes, eines Rettungssanitäters, der immer in Arztkleidung und mit Zwangsjacke bei ihr aufgetaucht war, detailgenau berichtet.

*»Die Seele ist intimer als der Körper!«*

*»Oma!«*

*»Was?«*

*»Ich glaube, das ist seit langer Zeit der beste Satz, den du gesagt hast!«*

*»Ja. Das ist eine von den Sachen, die man lernt, wenn man da ist, wo ich jetzt bin. Wir haben ja keine Körper mehr. Aber unsere Seelen haben wir mitgenommen und behalten. Und so gibt es Streit und Hass wie unter richtigen Menschen. Aber es ist gut so. Sonst wäre es doch arg langweilig.«*

*Baden-Baden. Villa Freylingsdorff. 13. Juni. Abends*

Das Fest war feuchtfröhlich fortgeschritten im Hause Freylingsdorff.

Die Lesung mit Viola Teiss und Patrick hatte inzwischen stattgefunden und war durchaus gut angekommen. Die Autorin hatte sogar eine Umarmung und einen Kuss von Jubilar Peter Freylingsdorff höchstpersönlich bekommen. Gefolgt vom obligatorischen Kompliment, denn wie alles andere war auch das Anflirten eine sportliche Leidenschaft des Hausherrn.

»Viel zu hübsch, um Bücher zu schreiben!«

»Finde ich auch!«, meinte Patrick, der mit entsprechendem Augenaufschlag einen kleinen Annäherungsversuch an die bildschöne Tochter des Hausherrn riskierte.

Jetzt wurden die Cognacs gereicht. Gläser klirrten. Fenster wurden geöffnet, die kühler werdende Abendluft strömte vom Garten ins Haus.

»Wer möchte lieber Mineralwasser? Ich habe es in der Speisekammer, da herrscht das beste Klima«, fragte Dorit.

Getränkewünsche wurden geäußert. Kleine Knabbereien aufgetragen. Das Servicepersonal verabschiedete sich mit Verbeugungen.

Peter gab großzügig Trinkgeld. Leute, die ihn bedienten, kamen bei ihm immer gut weg.

Lächelnd signierte die Autorin, Viola Teiss, ihre mitgebrachten Bücher, an das Klavier gelehnt.

Danach scharten sich alle um den Hausherrn, der sich wie ein Löwe in der Sonne in der Anerkennung seiner Umgebung aalte und auf dem Sofa Hof hielt, das Handy wie immer in der Hand.

»Wer spielt nachher mit mir eine Runde Darts im Keller? Willard? Für nen Tausender. Den kannst du doch ganz gut brauchen, oder?«

»Für einen Tausender spiele ich *alles* mit!«, girrte Susanne.

Peter grinste wissend, nahm einen Schluck Cognac und prostete ihr stumm zu. Auch Dorit schenkte sich noch einmal nach.

Peter hob die Hand. »So. Ruhe, Leute. Quizduell. Weiß jemand das chemische Zeichen für Platin? Pt, Pl, Pa oder Pn?«

»Pn!«, sagte Dorit.

Peter tippte. »Pt natürlich. Hahaha, seht ihr. Wieder gewonnen!«

Alle schauten bewundernd.

Peter hielt sein Handy in die Runde. »So, Bib66, jetzt weißt du, was los ist!«

»Pn! Oh, komm zu mir, mein Schatz, Dorit. Hauptsache, du weißt, wie man eine gute Vinaigrette macht.« Peter klopfte auf den Platz neben ihm.

Dorit setzte sich hin.

»Und der andere Platz neben mir ist frei für meine Lieblingsdame. Da hat Dorit nichts dagegen. Nicht wahr?«

Lachen.

»Da gab es doch mal einen Film: Alle lieben Peter. War mit Peter Alexander. Und das stimmt doch, hm?«

Alle klatschten, nickten und lachten wieder.

Aber jemand hasste Peter.

Diese Arroganz. Die ewige Besserwisserei. Dazu ein offenbar unerschütterlicher Glaube, ja selbstverständlicher Glaube, dass alles, was er machte, richtig war, und alles machte er am besten. Ob es Tennis war, Quizduell am Handy oder Fernschach am Computer. Er schwamm am schnellsten, verdiente am meisten Geld und fuhr das größte Auto.

Oh, manchmal hätte man schon Lust dazu, ihm eins auszuwischen. Zu schauen, wie er aussah, wenn er vor allen anderen eine sehr, sehr unangenehme Wahrheit erführe!

## *Karlsruhe. Paulina. Im Mai. Vormittags*

Paulina wandte sich neben ihren Clowns und Magiern nun mit voller Kraft ihrem neuen Projekt zu, der Vermittlung von Autoren. Sie gewann bald den Eindruck, dass die sie mindestens ebenso brauchten wie das Jahrmarktsvölkchen.

*»Es gibt gefühlt zehn Autoren, die in einer einzigen Buchhandlung vorlesen wollen, die ihrerseits ebenfalls ums Überleben kämpft. Ich muss andere Vertriebswege für die Autoren finden.«*

*»Siehst du. Endlich hast du deine Aufgabe gefunden. Ich habe dir gesagt, dieser Hämmerle bringt Farbe in dein Leben. Schau immer um die Ecke, Paulina. Da geht noch was.«*

Paulina wechselte scheinbar mühelos von Kultur zu Unterhaltung und zurück.

»Möchten Sie zu Ihren Weinabenden vielleicht eine passende Krimilesung haben? Mit französischen Chansons?«

»Wie wäre es mit einem Zauberer oder einem Schnellzeichner für Ihre Betriebsfeier?«

»Wie wäre es mit heiteren Tiergeschichten für Ihren Tag der offenen Tür im Tierheim?«

»Ich hätte einen reizenden alten Herrn, der Limericks in badischer Mundart vorträgt!«

»Mit einem Clown machen Sie Ihre Goldene Hochzeit für Ihre Enkel und Urenkel zu etwas Besonderem!«

»Ein Vier-Gänge-Menü unterbrochen von Geschichten aus Mannheim? Unsere Stadt genießt im Quadrat? Nein? Sind Sie sicher? Themenabende sind jetzt sehr beliebt.«

»Museumsnacht am 28. Juni? Da würde sehr, sehr gut unser Kunstkriminalroman ›Vergessene Bilder‹ passen. Nein, hat nichts mit Raubkunst zu tun, ja, ich weiß, das wäre zu deprimierend.«

An ihren Ex-Chef Stefani, der offenbar noch nicht ganz aufgegeben hatte, die neue Frau Teuffel zu ergründen, wurde Paulina einen jungen Mann los, der christliche Gedichte schrieb, in deren Mittelpunkt die Jünger Jesu und ihre Beziehung untereinander standen. Aufgrund der häufigen Kussszenen zwischen Johannes und Lukas hatte Paulina den starken Verdacht, der Autor sei stockschwul, aber das spielte ja keine Rolle.

*»Die Homos sind die Besten, Paulina! Ich kannte einen, den Walter Katz. Der konnte die Haare machen. Einmalig. Sie haben ihn dann geholt, als der Scheiß-Hitler …«*

*»Oma!«*

Paulinas Exmann buchte wenig überraschend die Lesung »Im Puff war ich die Sklavin!«, ein schonungslos offenes Werk, das erstaunlicherweise aus der Feder einer Dame fortgeschrittenen Jahrgangs im Betreuten Wohnen in Karlsruhe-Rüppurr stammte und die darin melancholisch auf ihr Berufsleben zurückblickte: »In den 50er Jahren, da war eine ordentliche Sexsklavin noch was wert. Da haben Männer eine echte deutsche Masochistin noch zu schätzen gewusst.«

Daraufhin erhöhte Paulina das Honorar für diese spezielle Autorin.

Sie hörte keine Klagen von Bruno, im Gegenteil, er buchte noch eine Freundin der Autorin mit dazu, die ein Buch mit dem Titel »Ich schlief mit Hitlers Jugendfreund! Perversitäten aus dem Dritten Reich« geschrieben hatte.

Für die seriöseren Autoren war es schwerer.

»Vielleicht nächstes Jahr. Melden Sie sich im Herbst wieder!« Bibliothekarin aus Bad Krozingen.

»Zum Stadtjubiläum, 2017, könnten wir Ihren Autor vielleicht einplanen!« Kulturamtsleiterin aus Bretten.

»Tut uns leid. Wir engagieren nur Ehrenamtliche.«

Es war nicht einfach, doch Paulina lernte Verträge zu schreiben und knallharte Klauseln bei Absage seitens des Veranstalters einzubauen. (»Bei Absage ist das volle Honorar zu bezahlen«).

*»Prima, Paulina. Prima. Lass dich nur nicht reinlegen. Ich kenne das. Meine Leute haben es mir oft erzählt. Sie lachen*

*über dich, amüsieren sich und dann jagen sie dich vom Hof. Und mit dem Geld? Sie versuchen alle, dich reinzulegen. Nie würden sie mit dem Mann handeln, der die Heizung wieder flottmacht. Wenn ein Veranstalter verbreitet, ein Künstler sei schwierig, dann hat der gerade sein Honorar verlangt.«*

Paulina sammelte die Zeitungsartikel über ihre Schützlinge, schnitt sie aus, kopierte sie und Patrick, der im Moment Liebeskummer wegen einer polnischen Opernsängerin hatte, scannte sie ein, so dass man sie verschicken konnte.

Sie baute ihre Homepage auf und aus und, anstatt Strümpfe zu stricken, häkelte sie sich ein Netzwerk aus ihren bewährten Kleinkünstlern, aus Clubs, Kneipen, Kammertheatern, Gemeindesälen, Autoren, Verlagen und Buchhändlern.

Und lernte rechnen.

»Was kostet das?«

»500 mit, ohne 350.«

»Das ist zu teuer, das kriegen wir nicht rein. Mehr als fünf Euro zahlen unsere Gäste nicht Eintritt.«

»Dann nehmen Sie sieben und servieren ein paar salzige Häppchen. Für den Wein kassieren Sie dann zwei Euro das Glas. Dann stimmt die Kasse!«

»Tut uns leid. Wir haben nur ein kleines Budget. Und das müssen wir uns noch mit dem Märchenerzähler und unserem Lokalhistoriker teilen.«

»Gut, ich mache Ihnen ein Angebot. Sie nehmen 50 Bücher der Autorin ab, die Sie bei offiziellen Anlässen der Stadt verschenken können, und Sie engagieren meinen Gitarristen für ein Weihnachtskonzert und einen Zauberer für den Kindernachmittag, dann bekommen Sie die Lesung um die Hälfte. Gut?«

*»Oma, manchmal habe ich schon ein schlechtes Gewissen, dass es mir Freude macht, Menschen zu verkaufen, und dass ich dabei auch noch glücklich bin.«*

*»Ach was! Du verhilfst ihnen zu Arbeit, und das tut dir gut. Und du siehst jetzt ganz anders aus. Viel jünger. Fast so wie ich, als ich damals in dieses Flugzeug stieg. Ach, schade. Ich*

*wäre schon gerne in Paris angekommen. Wenigstens einmal Pigalle! Hätte diese verdammte Maschine nicht auf dem Rückweg abstürzen können?«*

Paulina war unermüdlich. Begab sich in kleinere und kleinste Orte im Umkreis von Karlsruhe, wie Malsch, Durmersheim, Muggensturm, fuhr nach Jöhlingen und Nester wie Sulzfeld, graste das schöne Kraichgau ebenso ab wie die flache Rheinebene bis nach Kehl. Legte Flyer aus und redete mit Engelszungen auf die potentiellen Kunden ein.

Oma war einverstanden.

*»Mit Speck fängt man Mäuse, Paulina. Das machst du richtig. Jetzt kommt der Geschäftssinn der Ghardinis durch. Die waren ausgebufft. Von deinem Papa hast du so was jedenfalls nicht. Bei deiner Mama, nun, da weiß ich es nicht. Wenn sie eine Leidenschaft für Geld und Gut hatte, so hat sie das im Verborgenen ausgelebt. Sie hat sowieso alles im Verborgenen ausgelebt. Wie viele Frauen. Fürchte ich.«*

Eines Tages begegnete Paulina einer Frau in einer Buchhandlung in Rastatt, die neben der Tür auf einem kleinen Tischchen schüchtern Flyer auslegte und sorgsam fächerförmig arrangierte und die ihr gleich bekannt vorkam.

Die Buchhändlerin beobachtete das Geschehen von ihrer Kasse aus: »Ja, da neben die Tür, aber nicht so viehieele. Das reiheicht …«

»Ach, Sie sind die Schwester von Celina Teiss aus Sasbachwalden! Ich gehe manchmal in ihre Teddybärenklinik. Wie war Ihr Name? Viola Teiss. Wie das Instrument. Und Ihre Schwester ist Mozarta, nicht wahr? Ich habe gesehen, dass Sie schreiben.«

Die Frau seufzte tief, bedankte sich bei der Buchhändlerin, die gnädig nickte, und ging mit Paulina nach draußen.

»Ja, schön, wenn man mal erkannt wird. Ich versuche mal wieder mich und meine Kunst anzubieten. Schließlich wollte ich nicht wie die weibliche Version des ›armen Poeten‹ enden.«

Paulina musterte Viola Teiss. Wirklich nicht hässlich, aber klein, fast winzig, bisschen pummelig. Sah aus, als kaufe sie ihre Kleidung sehr preiswert ein. Vermutlich verdiente sie nicht viel.

»Machen Sie auch Lesungen?«

»Und wie gerne. Aber es ist schwer, an Auftritte heranzukommen. Keiner hat Geld für die Kunscht.«

»Kommen Sie doch mal zu mir, wir reden drüber.«

Viola zögerte. »Wer sind Sie denn?«

»Mein Name ist Teuffel, aber ich bin eigentlich ein … Engel. Ich versuche, Autoren zu vermitteln. Für Lesungen. Hier meine Adresse.«

»Sie sind aber nicht irgendwie eine verkappte Lesbierin oder eine Mörderin?«

»Eine Mörderin bin ich nicht, ich wüsste nicht, warum ich jemand umbringen sollte, nicht mal im Affekt, denn ich habe keine Affekte, und wenn ich eine Lesbierin wäre, so wären Sie nicht mein Typ. Also, trauen Sie sich.«

*»Dass du mal zu jemandem ›trauen Sie sich‹ sagst, hätten wir bis vor kurzem auch nicht gedacht. Und du lädst eine Fremde zum Kaffee ein. Find ich prima, aber mach Tee und nicht Kaffee. Wenn sie dir auf die Nerven geht, ist sie mit Tee schneller wieder draußen. Die meisten Frauen wollen keine zweite Tasse Tee. Sie müssen dann zu oft aufs Klo. Und servier ihr nur Kekse. Kekse laden nicht zum langen Bleiben ein. Kekse sind unverbindlich. Kuchen ist intim.«*

*»Jetzt erinnerst du mich an Mama, Oma.«*

*»Oh Gott!«*

Die Nachbarn hatten sich schon daran gewöhnt, dass exotische Gestalten bei Frau Teuffel, die bei vielen nur Fräulein Teuffel hieß, ein und aus gingen.

Dagegen war Viola Teiss beinahe eine unauffällige Erscheinung. Sie trug eine enge graue Hose und eine weiße Bluse. Paulina musterte die Bluse. Sie war an den Ärmeln abgeschabt. Viola brauchte also Geld. Auch die Tatsache, dass sie sieben Kekse aß, sprach dafür.

»Gerne noch eine Tasse Tee. Tee ist viel gemütlicher als Kaffee!«

*»Na, Oma! Das war wohl nix, was?«*

*»Hihihihi. Stimmt. Aber der Winzling braucht Geld und hat Hunger. Da greift die Keks-Regel nicht. Sei ein bisschen vorsichtig mit der. Die sieht so harmlos aus, weil sie so klein ist, aber die hat irgendwie Pfeffer. Weiß nur noch nicht, wie und wo.«*

Draußen klappte die Eingangstür.

»Hei!«, sagte Patrick, als er hereinschlenderte. »Machen wir heute Zwergenwerfen?«

Von diesem Moment an herrschte eine gespannte Atmosphäre zwischen den beiden, und es war gut, dass sie noch nicht wussten, dass bald eine Leiche ihren gemeinsamen Weg kreuzen würde.

Patrick setzte sich unaufgefordert dazu.

»Was liest du vor? Krimis? Na, ist ja ganz furchtbar originell. Macht auch sonst keiner. Okay, wie wäre es mit ein bisschen Musik dazu? Die Stones?«

»Nein, danke«, sagte Viola. »Ich brauche keinen Gitarristen. Ich kann ein wenig Flöte spielen und gewisse Stellen in meinem Buch damit atmosphärisch untermalen.«

»Flöte?« Patrick begann zu lachen, so dass sich sein magerer Körper schüttelte. »Wow. *Der* Publikumsmagnet. Ein laufender Meter, der Gedichte vorliest und dazu Flöte spielt. Fifty, buch mir unbedingt eine Welttournee mit dieser Sensation.«

»Was bilden Sie sich ein? Gitarre kann fast jeder spielen. Gitarre ist …«

»Ach, jeder, so wie ich? Lady, Sie haben keine Ahnung …«

*»Verbiete den beiden, sich in deiner Gegenwart zu streiten, Paulina. Deine Mitarbeiter sollen sich vertragen. Sie müssen Respekt vor dir haben. Bei den Schaustellern gab es eine strenge Hierarchie und das Wort vom Boss war Gesetz. Anders geht das nicht.«*

Wo Oma recht hatte, hatte sie recht.

»Reißt euch bitte zusammen. Ich bin eure Agentin und in meiner Gegenwart habt ihr euch nicht zu streiten! Viola, ich werde versuchen, eine Lesung für dich zu organisieren. Gestern kam eine Anfrage für einen Hochzeitstag in Baden-Baden herein. Der Herr des Hauses, ein gewisser ... Moment mal ... Peter Freylingsdorff, sei Krimi-Fan und Wanderer. Sportlicher Typ. Offenbar sehr kultivierte Leute. Das wäre ideal. Und du übst entweder etwas ordentliches Klassisches ein, Patrick, oder du bleibst zu Hause ...«

»Was Klassischeres als die Beatles gibt es nicht!«

»Beatles!« Viola lachte. »Beatles!! Mein Gott.«

»Okay, ihr beiden, hier kommt der Auftrag. Villa Freylingsdorff, in der Bergstraße in Baden-Baden. Auftraggeber: Der Mann ist ...« Paulina sah auf ihre Karteikarte. »Unternehmer. Sehr wohlhabend. Reich. Nein, sorry. Steinreich. Die beiden feiern ihren wievielten Hochzeitstag mit einem ganz kleinen Kreis von Familie und Freunden und könnten sich eine literarische Darbietung mit ...« Strenger Blick zum herumlümmelnden Patrick. »... entsprechender Musik vorstellen. Das sind sehr bekannte Leute. Er hat irgendeinen Sportschuh erfunden ...«

»Echt, ey?«, sagte Patrick. »Ein Schuh. Und damit kann man Kohle machen?«

Viola grübelte.

»Ich werde eine Kriminalgeschichte lesen, die in Baden-Baden spielt: ›Tödliche Kurstadt‹. Sie spielt in der Caracalla-Therme und am Ende liegt der Bademeister mit aufgequollenem Leib ...«

»Schon gut, Viola. Verrate nicht gleich alles!«

*»Baden-Baden hat einen guten Klang, Paulina. Sorg nur dafür, dass diese Viola sich ein bisschen herausputzt. Wenn der Gastgeber ein reicher Mann ist, dann schäkert er erfahrungsgemäß gerne mit dem Personal.«*

*»Sie ist doch Autorin, Oma.«*

*»Nichts da. Für den ist sie Personal. Sie ist Personal, seine Frau ist Personal, die ganze Welt ist Personal. So sind diese rei-*

*chen Leute. Und wenn sie es richtig anstellt, springt noch ein Extrahonorar dabei heraus.«*

*»Ich weiß nicht, Oma, die kommt mir ein bisschen naiv vor!«,*

*»Wenn du dich da nicht täuschst, Paulina. Menschen, die sehr klein sind, werden oft falsch eingeschätzt. Diese da ist zwar wirklich winzig, aber energisch, und hat Kraft. Schau dir mal die durchtrainierten Arme an. Sie arbeitet neben ihrer Schreiberei, tststs, als was? Altenpflegerin. Aha. Schlecht bezahlt und Knochenarbeit. Ach, manchmal bin ich froh, dass ich nie in ein Krankenhaus oder in ein Heim ziehen musste, sondern rechtzeitig so dramatisch gestorben bin, dass es sogar in der Zeitung stand. Ich sah gut aus auf dem Foto.«*

*»Oma! Tote sollten nicht mehr eitel sein.«*

*»Wer sagt denn das? Und einmal muss man ja doch gehen. Und dann lieber auf dem Weg ins Abenteuer als ins Pflegeheim. So sterben, wie man gelebt hat, das ist gut.«*

*»Und meine Mama?«*

*»Ach, deine Mama, die hat einfach ein bisschen tiefer geschlafen als sonst.«*

*Baden-Baden. Villa Freylingsdorff. 13./14. Juni. Nachts*

Er hatte Durst. Vermutlich der Alkohol. Seine Kehle war trocken. Er schluckte.

Oder war es die Gier, die Lust, die ihn schlucken ließ? Die Versuchung?

Und dieses Spielen einer Rolle, nur um hier zu bestehen, hier zu gefallen?

Jedenfalls musste er sich etwas zu trinken holen. Aber nichts Hochprozentiges mehr. Mineralwasser, schön kühl und frisch.

Er stand auf, hievte sich aus seiner Position hinauf, ein wenig schwankend, unterdrückte ein Aufstoßen, hielt sich an der Wand fest. Tastete sich durch die Dunkelheit, versuchte sich halb betrunken zurechtzufinden.

Da war doch die Küche, oder?

Er stieß die Tür zur Küche auf und sah sie. »Was machst du ...?«

Langsam wendete sie sich um, streifte ihn mit einem verächtlichen Blick. Jetzt war es endlich so weit: Sie bekam ihren Triumph ...

Er torkelte auf sie zu, versuchte sie zu umarmen.

Da begann sie zu reden ...

### *Karlsruhe. Paulina. 10. Juni. Nachmittags*

Inzwischen wusste Paulina, wie die Sache funktionierte. Sie füllte einen Gastspielvertrag aus, trug ein, wie lange die Lesung etwa dauern sollte, ob ein Tisch, ein Mikrofon und eine Leselampe erforderlich waren, bestand auf Mineralwasser für die Autorin und aus leidvoller Erfahrung – ein älterer Mann, der Sonette im Stil von Shakespeare verfasste, hatte eine Lesung in einem Karlsruher Hotelrestaurant kürzlich abrupt verlassen, weil nebenher mit Geschirr geklappert wurde – fügte sie einen Passus ein, dass während der Lesung keinerlei Serviertätigkeit stattfinden sollte. Das Honorar sei bar und nach erbrachter Leistung auszuzahlen.

»Fifty, Fifty, Fifty«, warf Patrick ein und feilte an einem seiner scheußlichen langen Gitarren-Fingernägel, die er hütete wie eine Kostbarkeit.

Viola musterte ihn dabei mit Abscheu.

»Ist das üblich?«, erkundigte sie sich bei Paulina, die gerade den Vertrag ausdruckte.

»Nein. Eigentlich sind es 60 zu 40 Prozent!«, erwiderte sie gleichmütig. »Aber Patrick hat einen Sonderstatus, denn er belebt jede Party, weil er die Frauen anzieht. Und das ist sein Geld wert.«

»Mich zieht er nicht an.«

»Auf dich kommt es in dem Fall auch nicht an. Patrick sorgt dafür, dass die Gäste euren Auftritt in guter Erinnerung behalten, und das ist die Sache wert. Du kannst dich diesbezüglich an die Herren halten. Oder an den Hausherrn!«

Paulina dachte dabei an Omas Rat.

*»Sehr gut. Aber sie soll nicht übertreiben. Manchmal herrscht in solchen reichen Häusern auch eine seltsame Atmosphäre.«*

*»Wie meinst du das, Oma?«*

*»Nun, Paulina, es geht ums Geld. Hinter dem sind sie alle her. Ein reicher Mann ist wie ein Honigtopf, und ein Haufen Fliegen schwirren drumherum. Das war zu allen Zeiten so. Genau wie in meinem letzten Stück mit der Toten in der Bibliothek. Da führte die Gier nach Geld zum Mord.Ach, war das ein prachtvolles Bühnenbild. Dienstmädchen, die Vorhänge hochziehen. Butler, die Tee servieren. Lords und Ladies, die gepflegt durcheinandervögeln …«*

*»Oma!«*

*»Wie alt ist dieser Mann in Baden-Baden? Hat er eine Frau? Und Kinder? Und vielleicht Verwandte. Ein paar Freunde. Hm. Ist er geschieden und gibt es vielleicht Erbschleicher aus der ersten Ehe? Es würde mich nicht wundern, wenn da einer den anderen nicht leiden kann. So war es in unserem Stück.«*

*»Oma, es gibt auch reiche harmonische Familien.«*

*»Vielleicht. Der Schein trügt. Dinge passen nicht zusammen. Und mit dem Geld schwindet die Harmonie. Du wirst noch an mich denken. Feinde, die unter einem Dach zusammenleben, nennt man oft Familie.«*

Geld! Nachdem sie ein Leben lang brav in ihr Amt gegangen war und nur das bekommen hatte, was ihr zustand, oder vielleicht nicht einmal das, nachdem sie also immer nur das Geld erhalten hatte, welches sie sich verdient hatte, war es ein wunderbares Gefühl, auf dem Sofa zu liegen und sich dem Gedanken hinzugeben, dass jemand anders jetzt gerade irgendwo in einer Baden-Badener Villa arbeitete, damit sie ein Stück vom Kuchen abbekam.

Unchristliche Begierde nach Geld und noch mehr Geld flammte in Paulina auf. Sie plante, demnächst eine kleine Reise zu machen. Vielleicht sogar eines Tages eine Flugreise?

*»Mach das ruhig. Es soll heute sicherer sein, habe ich gehört. Und wie willst du sonst mal was anderes sehen als das, was du schon kennst? Ich hätte mir früher lieber ein Auge ausgestochen als auf das Reisen zu verzichten. Wenn ich nicht abgestürzt wäre, wäre mein nächstes Ziel Bagdad gewesen. Der Orient, das war damals für mich ein Märchenland.«*

*»Auf Agatha Christies Spuren wandeln. Wir hätten zusammen fahren können.«*

*»Das hätten wir bestimmt nicht getan. Ich wäre alt gewesen und du jung.«*

*»Na und? Ich bin schließlich auch mit Mama verreist.«*

*»Ach ja? Na, das hättest du lieber mal bleiben lassen. Die Alten und die Jungen verbindet nichts, außer dass keiner in des anderen Alter sein möchte.«*

Ja, Paulina begehrte plötzlich mehr Geld, als die evangelische Behörde bereit gewesen war, ihr zu zahlen. Die neuen Kleider, die sie sich kaufte, waren allesamt nicht gerade billig, dafür aber schick.

*»Du hast schöne Beine, Paulina. Zeig sie. Kauf dir mal diese engen Hosen, wie heißen sie, Leggings.«*

*»Mama hat gesagt, Leggings sind nicht fein. Früher hätte man sie bestenfalls als Strumpfhosen unter einem langen Kleid getragen. Ohne Kleid wären sie undenkbar gewesen. Nicht mal eine Zweijährige hätte man so herumgehen lassen. Eine erwachsene Frau wäre ausgelacht worden.«*

*»Deine Mama hätte sich mal lieber aus deinem Kleiderschrank rausgehalten. Früher hat man auch noch Briefe geschrieben und keine E-Mails. Ich finde die neuen Zeiten toll. Und diese Handys sind eine herrliche Sache. Also, eigentlich gehört es hier nicht her, aber ich hatte mal was mit einem ver-*

*heirateten Mann. Und wie umständlich war das, bis wir eine Verabredung getroffen hatten. Es gab schon Telefon und die hatten sogar eines, aber wer wusste, wer drangeht. Mit einem Handy wäre das viel einfacher gewesen.«*

*»Oma, das macht man nicht. Ein verheirateter Mann. Außerdem kann da auch die Ehefrau nachprüfen, welche Nummern angerufen haben …«*

*»Hätte man sich eben noch ein zweites, nur für das Eine, angeschafft. Hihihi.«*

*»Oma, ich will das alles gar nicht wissen! Bitte, sei einfach eine harmlose und liebe Oma, ja?«*

*»Dafür hast du dir aber die Falsche ausgesucht.«*

Paulina seufzte und begab sich nach langer Zeit wieder in den Keller zu ihren verbannten Bären.

»Na, du«, begrüßte sie den ebenfalls bunt gekleideten Mighty Star. »Wie geht's?«

Mighty Star war vergleichsweise ein moderner Bär, aus den 80er Jahren. Er kam aus Kanada und hatte eine grüne Kappe auf.

Den Bären ging es immer gleich. Was sollte sich in ihrer stummen Welt – bis auf den Ortswechsel – verändern?

In ihrem Leben gab es jetzt Oma. Omas Stimme. Omas Geist. Omas Rat. Wie lange sie wohl blieb? Ob man sie holen konnte wie einen Dschinn, indem man an einer Flasche rieb?

Es geht mir nicht schlecht, dachte sie. Nicht schlecht.

Jetzt fehlt nur noch ein bisschen Liebe in meinem Leben. Und wenn es schon nicht Liebe ist, dann wenigstens – Sex?

*»Endlich kommst du auf den Trichter! Sex ohne Liebe funktioniert nämlich bestens, auch für Frauen.«*

*»Oma!«*

Paulina seufzte. Und dachte an ihre beiden Künstler, die jetzt gerade eben in Baden-Baden aufgetreten waren und nun hoffentlich zusammen mit den Gastgebern einen schönen Abend haben würden, zumal die so großzügig gewesen waren und die Künstler in einer kleinen Einliegerwohnung der Villa übernachten ließen.

Jeder in seinem Zimmer, wohlgemerkt, denn Alkohol und Drogen waren bei einem Auftritt tabu und »das« natürlich auch.

Bestimmt war alles gut gegangen. Paulina lächelte auf dem Weg zurück in ihr Bett und schlief gleich ein.

*Baden-Baden. Villa Freylingsdorff. 13./14. Juni. Nachts*

In genau diesem Moment starb in einer feinen Villa in Baden-Baden ein Mensch durch einen gezielten Messerstich, der tief in sein Herz eindrang. Das Blut stockte einen Moment, bevor es zu fließen begann …

*Karlsruhe. Paulina. 14. Juni. Vormittags*

Am Morgen läutete das Telefon bei Paulina zu unüblicher Stunde.

Gähnend hob sie den Hörer ab und meldete sich lässiger, als es sonst ihre Art war: »Hallo? Wer spricht?«

»Chefin?«

Paulina wurde mit einem Schlag wach und ließ sich auf das brokatbespannte Telefonbänkchen, ein weiteres Überbleibsel von Mamas Möbeln, fallen. Das Ding, so hatte Oma befunden, war so spießig, dass es schon wieder schön war.

»Patrick? Warum rufst du denn so zeitig schon an? Ihr habt doch dort übernachtet. Ist alles gut gegangen mit der Veranstaltung? Waren die Kunden zufrieden?«

Verlegenes Schweigen am anderen Ende der Leitung. Paulina seufzte, nahm das Telefon mit ins Schlafzimmer zurück, setzte sich auf die Kante ihres Einzelbettes und zog die blau-weiß karierte Bettdecke über ihre Beine. Offenbar war etwas schiefgegangen mit der Lesung.

»Hm. Chefin. Nicht so ganz. Es ist da was Dummes passiert.«

»Was denn? Hat Viola nicht gut gelesen? Kam der Text nicht an?«

»Doch, doch, sie hat gelesen und dann gab es noch ein Mitternachtsbüfett und es wurde ein bisschen was getrunken und der Hausherr und ich haben eine Runde Darts gespielt, aber ich hab ihn gewinnen lassen, denn wir wollten ja unsere Gage. Ist ein ehrgeiziger Typ, aber nett und naja …« Patricks Stimme hörte sich an, als habe er nicht nur ein bisschen was getrunken.

Paulina richtete sich auf. »Patrick, wie viel ist ein bisschen getrunken?«

»Bisschen viel!«

Im Vertrag stand ausdrücklich, dass ihre Kleinkünstler während ihres Auftrittes keinen Alkohol konsumieren durften. Das war notwendig geworden, nachdem ein betrunkener Jongleur von der Bühne gefallen war. Direkt ins Dekollete der mehr als 80-jährigen Jubilarin.

»Ja, und?«

»Naja, jedenfalls sind jetzt die Bullen vor Ort.«

»Polizei? Was denn für eine Polizei? Wieso denn das? Waren Drogen im Spiel?«

»Die Kriminalpolizei und, hm, Chefin, Sie werden das nicht gerne hören.«

Paulina verdrehte die Augen. »Für Ratespiele ist es zu früh, Patrick. Was ist passiert?«

»Viola ist in Unterschungshaft. Sie wird gerade vernommen.«

»Um Himmels willen. Weswegen denn!«

»Es ist was mit der Gastgeberin.«

»Was?«

»Man verdächtigt sie, Frau … wie heißt sie noch … Freilingshauser …«

»Freylingsdorff, Patrick. Vielleicht merkst du dir mal die Namen deiner Auftraggeber so genau wie die der Mädchen, mit denen du ins Bett gehst.«

»Die merk ich mir auch nicht immer, Fifty. Nur, wenn sie mehr als zweimal drinliegen. Also, Viola wird verdächtigt, etwas mit dem Tod dieser Frau mit dem komplizierten Namen zu tun zu haben.«

»Beweg dich nicht von der Stelle, Patrick. Ich komme so schnell wie möglich.«

So kam es, dass Paulina Teuffel, frühberentete Angestellte der Evangelischen Gebäudeverwaltung, frühmorgens auf dem Weg nach Baden-Baden war …

Endlich ging es weiter. Der Wohnwagen war aufgerichtet, die Ölspur irgendwie abgedeckt und die Uniformierten winkten die genervten Autofahrer heran.

»Langsam. Langsam!«

Paulina fuhr an der Unglücksstelle vorbei, ohne sie noch groß zu beachten. Sie hatte ihre eigenen Probleme und jetzt, da sie sich Baden-Baden unaufhaltsam näherte, spürte sie, wie die Aufregung in ihr wieder anschwoll.

Sie hatte eigentlich all die Jahre gar nicht mehr gewusst, wie es sich anfühlte, wenn man richtig, richtig aufgeregt war. Wenn das Herz bis über die Brust hinaus schmerzhaft in den Hals hineinklopfte. So aufgeregt, wie sie es ganz früher als junges Mädchen gewesen war, als sie sich mit Verehrern getroffen hatte.

Und natürlich hatte es damals bei Jonas geklopft. Fast die ganze Zeit.

Danach, außer dem kurzen Moment, als sie entdeckte, dass ihr Ehemann sie mit einer Hähnchenbraterin betrog und das ziemlich sofort nach der Hochzeit, war nur noch ruhige Gleichmäßigkeit in ihrem Leben gewesen.

Auch in ihrer Arbeit hatte es diesbezüglich wenig Grund zur Aufregung gegeben. Die Kindergärten waren fast aufwandsfrei zu verwalten gewesen. Natürlich hatte es Beschwerden gegeben, über die Santitäranlagen, und ab und zu gab es Probleme mit den Auflagen der Stadt. Oder Anwohner hatten sich über Lärm beklagt, und es mussten andere Lärmschutzanlagen eingerichtet werden.

In all ihren Berufsjahren konnte sich Paulina an kaum einen Moment erinnern, an dem sie irgendwie aufgeregt oder wirklich betroffen gewesen wäre.

Und was war jetzt?

Sie war frischgebackene Kleinkunstagentin und die von ihr vermittelte Autorin stand unter Mordverdacht. Es war wie in einem Film, nur dass ein Film im Allgemeinen nach neunzig Minuten vorbei ist. Paulinas Film begann gerade eben erst.

*Baden-Baden. Villa Freylingsdorff. 14. Juni. Vormittags*

Die Villa der Freylingsdorffs war traumhaft gelegen am Ende einer kleinen Seitenstraße, die von ähnlich schönen Villen gesäumt war.

Ruhe lag hinter den hohen Mauern, die die Häuser, die Gärten und ihre Bewohner von der Welt abschirmten. Ob es auch Frieden war, war von außen betrachtet nicht zu entscheiden.

In dieser Seitenstraße wurden die Bewohner nicht mit ordinärem Durchgangsverkehr geplagt, am Ende befand sich lediglich eine Wendemöglichkeit für jene Fahrzeuge, die es gewiss niemals zufällig hierhin verschlug.

Hinter der Villa zog sich ein parkartiger Garten den Berg hinauf, um sich anschließend Richtung Merkurbahnhof ins frische Frühsommergrün zu verlieren.

Dies war ein Haus, das Miss Marple gefallen hätte. Gewiss zogen hier auch Zimmermädchen morgens die Vorhänge zur Seite und servierten einen frühen Tee.

Der Blick ins Tal, auf das bezaubernde Ensemble von Kirche, neuem Schloss, Marktplatz, Therme und Kurpark war unverbaut. Im Hintergrund erkannte man die milchig verschwommene Rheinebene und die zarte Linie der Pfälzer Berge, die in die Hügel des Elsasses übergingen.

Paulina war die berühmte zeitlose Schönheit der Kurstadt im Moment ganz gleichgültig. Sie hatte sich über die Landstraßen gehetzt und parkte jetzt ein Stück von der Hausnummer 13 entfernt im unteren Bereich der ruhigen Straße. Vögel zwitscherten, aus einem Teich in einem der großen Anwesen quakte fragend ein Frosch.

Von weitem sah sie bereits die Polizeiautos, einen Krankenwagen und rot-weiße Absperrbänder.

*»Puh. Eine langweilige Straße, Paulina!«*

*»Ist doch nobel. In einer solchen Straße hätte mich Mama gerne gesehen. Vielleicht hätte ich damals doch nicht irgendeinen Bruno aus der Nachbarschaft heiraten sollen, sondern mich in Baden-Baden so lange ins Café König setzen sollen, bis mich ein alter Millionär in seine Villa eingeladen hätte. Ich war nämlich hübsch, als ich jung war.«*

*»Du bist immer noch hübsch. Komm, hör auf. Ein alter Millionär ist langweilig, diese Straße ist langweilig und wer da wohnt, ist lebendig begraben. Da spielt kein Kind, bellt kaum ein Hund und abends ist nichts los. Eine intelligente Frau kommt hier bald auf dumme Gedanken. Nur warten, bis ein reicher Typ zum Frauchen nach Hause kommt, reicht auch nicht aus. In solchem Klima blüht die Bosheit. Und die Geilheit.«*

*»Oma! Ich muss mich jedenfalls jetzt um Viola kümmern. Da vorne ist anscheinend die Hölle los.«*

*»Wir können über alles sprechen, aber nicht dieses Wort bitte, Paulina. Da, wo ich bin, hört man dieses spezielle H-Wort nicht gerne. Und deine Viola: Nun, die wird nicht da sein. Die ist bei der Kripo und gibt da Interviews.«*

*»Woher weißt du denn das?«*

*»Ach, Paulina, ich bin in Mannheim-Neckarstadt, einem Arbeiterviertel, aufgewachsen. Graue Wohnblocks. Kaum Grün. Die Männer lungerten in der Kneipe herum, daheim gab es einen Stall voll Kinder, wenig Geld und dafür billigen Fusel an jeder Ecke. Junge Kerle, die zu viel Kraft hatten. Politische Wirrköpfe, die sich die Schädel gegenseitig einschlugen,*

*bis die Braunen gewonnen hatten und Friedhofsruhe herrschte. Und immer so viel ratloser Hass auf die, denen es besser ging. Da kam es manchmal schon zu unschönen Szenen, um es mal gelinde auszudrücken …«*

*»Ich habe dir gesagt, ich möchte nichts davon hören, Oma.«*

*»Irgendwann wirst du danach fragen. Und dann bin ich da.«*

Paulina ließ das Auto unten stehen, näherte sich dem Ende der Straße und stieß dort gleich auf den ersten Polizeibeamten, der seine Jugend dadurch zu kaschieren versuchte, indem er besonders streng dreinblickte.

»Wo wollen Sie hin?«

»In die Villa Freylingsdorff.«

»Das geht nicht.«

»Warum nicht?«

»Hier kann heute niemand herein!«

»Warum nicht?«

»Es hat dort einen Zwischenfall gegeben. Mehr darf ich nicht sagen. Bitte gehen Sie nach Hause!«

»Das werde ich nicht tun, denn ich bin angerufen worden. Ich bin die Chefin einer Beteiligten! Einer Beteiligten, die derzeit von Ihren Leuten verhört wird.«

»Was?«

Der Junge verlor ein wenig die preußische Haltung. Er trat zur Seite, ließ Paulina nicht aus den Augen und sprach eifrig in sein Handy. Schließlich kehrte er zurück.

»Ihr Name?«

»Paulina Teuffel!«

Wieder sprach er ins Handy.

»Sie sagt, sie ist eine Frau Teuffel. Ja, Teuffel, wie der Teufel.«

»Nein, eben nicht. Mit zwei f. Darauf lege ich Wert!«, sagte Paulina streng.

Der Junge sah verständnislos aus.

»Ich weiß nicht!«, sagte er schwach.

In diesem Moment näherte sich von hinten ein Mann mit fliegendem schwarzem Mantel. Er hatte verstrubbeltes braunes Haar und offene blaue Augen.

»Was ist denn los? Ich bin Marcus Leinenweber. Der Geistliche der Familie!«

Der junge Polizist war jetzt überfordert. Eine Frau Teuffel und ein Geistlicher … das hatte alles nicht in seinem Lehrbuch gestanden.

»Ich denke, dann dürfen Sie durch.«

»Nehmen Sie mich mit hinein?«

Der Verstrubbelte sah Paulina an und seufzte: »Wer sind Sie denn?«

»Paulina …« Es fiel ihr immer ein wenig schwer, ihren Namen gegenüber einem Pfarrer auszusprechen. »Teuffel.« Letzteres fügte sie ganz leise an. »Ich bin die Chefin der … jungen Frau, die man offenbar verdächtigt!«

»Aha. Nicht gerade eine Empfehlung, aber in diesem Fall dürfen Sie bestimmt auch durch.«

Der Pfarrer schritt munter voraus und Paulina folgte ihm, ohne weiter aufgehalten zu werden. Gemeinsam passierten sie zwei weitere Beamte sowie ein mit Beamten und Beamtinnen gefülltes Polizeiauto und schritten von vielen argwöhnischen Augen beobachtet den gewundenen, dicht mit Pflanzen bewachsenen Weg hinauf zu der prachtvollen modernen Villa. Wenig überraschend stießen sie oben auf einen weiteren Polizisten, dessen schwarzes Haar und die olivfarbene Haut den Migrationshintergrund verriet.

»Hier darf heute niemand herein.«

Der Pfarrer seufzte. »Das hatten wir gerade schon. Mein Name ist Marcus Leinenweber, ich bin der Pfarrer der Familie und das ist Frau Teuffel …«

»… und ich bin die Chefin der Tatverdächtigen, Viola Teiss!«

Der Polizist sah sie mit neuem Respekt an, als sei sie selbst eine Mörderin.

Zu Leinenweber sagte er: »Sie dürfen gerne eintreten, Herr Pfarrer!« Und etwas kühler zu Paulina: »Haben Sie Ihren Ausweis dabei?«

»Ich fürchte, wir sehen uns nochmals! Ich würde mich freuen«, sagte Marcus Leinenweber mit einer angesichts der Situation erstaunlichen Heiterkeit und verschwand im Inneren der Räumlichkeiten.

Paulina reichte dem Polizisten stumm ihre Ausweiskarte. Er nahm sie und ging zur Seite, sprach schon wieder in ein Handy, gab eine lange Nummer durch, die er offenbar von der Karte ablas, nickte ein paar Mal, sah dann zu Paulina hin, nickte nochmals und kehrte zu ihr zurück.

»Sie können nach oben gehen. Ein Kollege wird Sie hineinbringen. Warten Sie dann bitte, bis ein Ermittlungsbeamter Zeit für Sie hat!«

Solche Villen wie diese hier sah man sonst nur im Fernsehen. Umgeben von edlen Rosenstöcken und anderem eher exotischem Gehölz durchquerte Paulina einen Vorgarten mit Engeln und Plastiken, mit kleinen verträumten Nischen, mit einer Sonnenuhr, mit einem aufgeschlagenen steinernen Buch, Brunnen, Putten und einem Teich mit den bei Reichen offenbar obligatorischen Kois darin, bis sie an der schweren Eingangstür angelangt war.

Die war nur angelehnt, dahinter wartete schon ein weiterer Uniformierter auf Paulina.

*»Paulina, lass dich aber nicht einschüchtern. Du hast dir nichts zuschulden kommen lassen, gar nichts. Du kannst nichts dafür, dass die Kleine nicht richtig getickt hat. Also, immer Augen gerade und Brust heraus.«*

Das mit »Brust heraus« sollte sich nunmehr als verhängnisvoll erweisen. Als Paulina tatsächlich aufrecht in ein riesiges Wohnzimmer trat, dessen Terrasse auf den hinteren und noch nobleren Garten der Villa hinauslief, erwartete sie dort ein Mann, der ihr sehr, sehr bekannt vorkam und der sie wünschen ließ, nicht ganz so figurbetont in den Raum marschiert zu sein.

»Jonas?«

»Paulina?«

Beide starrten einander ungläubig an.

Jonas war älter geworden, aber er war noch der Alte. Seine braungelben, nahe beieinanderstehenden Augen hatten den gleichen herausfordernden Ausdruck wie früher und der schmale Mund war zu einem spöttischen Lächeln verzogen.

»Was machst du denn hier?«

»Ich bin beruflich vor Ort. Und du?«

Wie in einem bizarren Theaterstück drängten sich im Hintergrund des Zimmers leise murmelnd einige Menschen, von denen man annehmen konnte, dass sie ebenfalls im Haus wohnten. Als Paulina den Raum betrat, erstarrten sie wie Wachsfiguren und schwiegen.

»Ich auch!«

Der Kreis der Wachsfiguren musterte Paulina mit fragenden, misstrauischen Blicken.

Sie fühlte sich zu einer Erklärung bemüßigt. »Mein Name ist Paulina Teuffel. Ich hatte mit Frau Dorit Freylingsdorff zu tun. Die Autorin, also die Autorin, die gestern Abend die Lesung gehalten hat, ist Mitarbeiterin in meiner Künstleragentur. Es tut mir sehr leid.«

Immer noch Schweigen im Raum.

»Kann ich sie vielleicht sehen? Hat sie schon einen Rechtsanwalt?«

Eine schöne junge Frau stieß einen trockenen Laut aus.

Jonas ergriff Paulinas Arm und sagte leise: »Komm mal mit mir vor die Tür. Das will ich genauer wissen. Hier können wir jetzt nicht sprechen. Die Familie steht unter Schock. Man sollte den Pfarrer rufen.«

»Ich bin bereits hier«, sagte Marcus Leinenweber mit seiner sonoren Stimme.

Die Wachsfiguren kamen in Bewegung. Die schöne junge Frau umarmte den Pfarrer.

Paulina kam sich vor, als sei sie als Zuschauerin aus Versehen auf die Bühne eines Theaterstücks geraten.

»Komm!«

Jonas ließ Paulina vorausgehen und wies ihr den Weg in einen Nebenraum.

»Bitte, tritt ein! Es passt jetzt vielleicht nicht hierher, aber du siehst gut aus. Fast besser als damals!«

*»Das ist also dein Jonas, Paulina. Nicht schlecht. Hat was. Aber deine alte Oma gibt dir jetzt einen Rat. Wenn du keine Probleme haben willst und deine heilige Moral behalten möchtest, dann drehst du dich am besten jetzt um und gehst. Das hab ich im Gefühl. Der Mann bedeutet nämlich Ärger.«*

*»Hoffentlich!«, sagte Paulina leise. »Hoffentlich!«*

*»Paulina!«*

In dem Raum, der unverkennbar die Bibliothek des Hauses war, saßen nun Jonas und Paulina das erste Mal seit unendlich langer Zeit einander gegenüber. Um sie herum die deckenhohe Last schwerer Bücher mit dunklen Rücken. Sie waren so perfekt und so gleichmäßig, dass man sie fast für Attrappen halten könnte.

*»Meine Güte, das sieht aus wie unser Bühnenbild damals. Im Stück, du weißt schon. Die Tote in der Bibliothek! Bücherwände, eine Tote, ein Haus mit wohlanständigen Leuten und ein Geheimnis. Nur dass du jetzt vielleicht die Rolle der Miss Marple spielst.«*

*»Das werde ich bestimmt nicht tun, Oma. Dazu gibt es die Behörden.«*

*»Bei Miss Marple haben sich die Behörden immer trottelig angestellt.«*

*»Dies hier ist die Wirklichkeit und kein Roman, Oma!«*

»Wie lange ist es her, Paulina?«

Paulina fühlte, wie ihr Mund trocken wurde.

»Dreißig Jahre?«

»Du hast dich verändert.«

»Du nicht.«

Schweigen.

Im Haus läuteten Telefone, Stimmen riefen sich etwas zu, es klapperte. Türen schlugen. Ab und zu hörte man Autos, die anfuhren und wendeten und das Rauschen von Funkgeräten. Es war wie im Fernsehen, nur dass man das Programm nicht abstellen konnte, um zu einem heiteren Film zu wechseln.

»Bist du verheiratet, Paulina?«

»Geschieden!«

»Hm. Nicht der Richtige?«

»Nein. Und du?«

»Ich bin verheiratet. Aber wir … nun ja, mehr dazu später.«

*»Alarm, Paulina. Freu dich nicht zu früh. Er braucht ein bisschen Zeit und will dich erst mal inspizieren, um sich seine Lügengeschichte auszudenken.«*

*»Oma, das glaube ich nicht.«*

*»Warte es ab. Bald rückt er mit der schlechten Ehe raus.«*

Im Gespräch stellte sich zu Paulinas großer Überraschung heraus, dass Jonas einer der Rechtsanwälte der Familie Freylingsdorff war und sich durch seinen Besuch einen Eindruck von Tatort und Geschehen verschaffen wollte.

Jonas, der ernst und müde wirkte, musterte Paulina.

»Mein Gott. Dreißig Jahre haben wir uns nicht gesehen und jetzt begegnen wir uns ausgerechnet am Schauplatz eines Mordes.«

»Was ist hier eigentlich passiert?«

Jonas seufzte und strich sich über sein sandfarbenes, immer noch volles Haar, das nur ein paar graue Einsprengsel aufwies.

»Hochzeitstag bei Peter Freylingsdorff. Als Anwalt der Familie und langjährige Vertrauensperson war ich auch eingeladen. Aber wir …, ich meine, ich hatte seit Monaten Theaterkarten fürs Festspielhaus und wollte sie nicht verfallen lassen. Sie waren teuer. Jonas Kaufmann, mein Namensvetter, hat gesungen.«

Paulina nickte billigend.

Jonas schüttelte den Kopf. »Es ist furchtbar. Ich kannte die Ermordete sehr gut und seit vielen Jahren. Dies hier ist eine überaus wohlhabende Familie. Und eine intakte Ehe, nicht nur nach außen hin. Peter ist Inhaber verschiedener Firmen für Sportartikel und hält die Mehrheit bei ein paar Aktiengesellschaften. Dynamischer Typ. Obwohl er es eigentlich gar nicht mehr nötig hätte zu arbeiten, hat er immer neue Ideen gehabt. Ein Draufgänger. Nächstes Jahr wollte er alleine nach Amerika segeln …« Jonas schüttelte den Kopf.

»Solche Kreise und ein Mord?«

»Ja, ich verstehe es nicht. Seine Frau Dorit war ursprünglich Lehrerin. Grundschullehrerin, nur … aber sie hatten ja auch Kinder. Da war die ganz große Karriere eben nicht drin, und sie hat dieses Leben genossen. Die Kinder, die Familie, den Garten, das Haus. Eine fabelhafte Hausfrau und Köchin. Der Vater war Norweger. Ursprünglich ein Seemann, hatte dann einen Laden für Anglerbedarf. Ihre Mutter ist früh gestorben. Der Vater ist zurück nach Norwegen gegangen, sofort, als sie geheiratet hat. Ich weiß nicht, ob er noch lebt. Dorit war ein bisschen wurzellos …« Jonas stoppte. »Ich rede zu viel.«

Paulina legte flüchtig ihre Hand auf seine. »Ist schon gut. Es ist ein Schock für dich. Und die Ehe? Wie war sie denn nun genau?«

»Gut. Wirklich richtig gut. Das kann ich bezeugen. Die beiden haben sich noch immer innig geliebt. Peter hat seine Frau vergöttert. Er hat schon einmal geflirtet, welcher Mann tut das nicht? Guck nicht so, Paulina. Die Welt ist nicht wie im Märchenbuch deiner Mutter. Lebt sie eigentlich noch?«

»Nein.«

Jonas runzelte die Stirn. »Ihr wart euch so nah. Du hast immer ihren Rat gesucht.«

»Ich habe jetzt jemand anders, der mich berät.«

»Einen Mann?«

»Nein. Eine ältere Dame! So etwas wie eine Art Oma.«

»Aha.«

Schweigen.

»Paulina, was führt dich nun eigentlich hierher? Man kann sich dich nur schwer am Schauplatz eines Verbrechens vorstellen. Was um Himmels willen machst du also in diesem Haus?«

Paulina zuckte die Achseln. »Ich bin die Inhaberin der Agentur ›Teuffel's-Kunst‹, und ich habe eine Krimiautorin für eine Privatlesung sowie den begleitenden Gitarristen hierhervermittelt. Die beiden sind gestern Abend aufgetreten.«

*»Und das mit durchschlagendem Erfolg! Mehr Krimi geht nicht.«*

*»Oma!«*

»Du und eine Künstleragentur! Paulina, sag, dass das nicht wahr ist.«

»Es ist ebenso unwahrscheinlich wie die Tatsache, dass ausgerechnet du, der Revolutionär und Freigeist, ein Rechtsanwalt für die Reichen geworden bist.«

Beide sahen einander beinahe trotzig an.

»Lass uns später darüber reden!«, entgegnete Jonas ruhig. »Das ist nicht der richtige Ort. Außerdem steht die Familie unter Schock. Du hast sie eben im Salon gesehen. Sie wollen alleine sein. Schließlich haben sie das Zentrum ihrer Familie verloren.«

»Ich dachte, das war Peter Freylingsdorff!«

Jonas schwieg eine Weile, dann fügte er an: »Gut, dass Marcus Leinenweber jetzt bei ihnen ist. Er ist ein heiterer Mensch. Er wird versuchen, sie aufzurichten.«

»Ein heiterer Mensch? In solch einer Situation?«

Jonas zuckte mit den Achseln. »Ja. In seinem Verständnis ist mit dem Tod nicht alles zu Ende. Absurd zwar für mich, aber er glaubt daran!«

*»Hihihi!«*

»Gar so absurd ist es nun auch wieder nicht!«, murmelte Paulina.

*»Paulina, der gefällt dir doch immer noch. Gib es zu.«*

*»Ich weiß nicht. Wir waren damals verliebt, aber er hat es vorgezogen, nach Amerika zu gehen, in einer Nacht-und-Nebel-Aktion.«*

*»Hat er dich nicht gebeten mitzukommen?«*

*»Hat er zwar, aber Mama sagte damals, er hätte mich besser gefragt, ob ich ihn heiraten will.«*

*»Paulina, du warst verliebt und hast dann auf deine Mutter gehört?«*

*»Ja. Eine Frau muss respektiert werden. Als Frau und als Gattin. Sonst wird aus der Sache langfristig nichts. Das war Mamas Einstellung und ich habe es geglaubt.«*

*»Prima. Jetzt bist du zwar mächtig respektiert, dafür aber alleine!«*

Jonas beugte sich vor. Noch immer hatte er die schönen Hände von damals, mit den langen Fingern. Er trug keinen Ehering und es war auch kein verräterischer weißer Streifen zu entdecken.

»Viola Teiss wird offenbar noch bei der Kriminalpolizei vernommen. Eine Anwältin ist bei ihr.«

»Warum denn? Was ist denn passiert?«

»Sie muss ein paar Sachen erklären, soweit sie das kann. In ihrem Zustand. Sie war noch immer angeschlagen, als man sie heute Morgen weckte.«

»Wieso angeschlagen?«

»Vom Alkohol!«

»Was?«

»Gut für sie. Nach Lage der Dinge wäre das dann nur Totschlag.«

»Viola? Das ist unmöglich.«

Jonas hob die Augenbrauen. »Kannst du es nicht glauben, Paulina, oder willst du es nicht glauben? Ihr Ackermanns hattet immer schon eine Brille auf, wenn es um die Realität des Lebens ging. Also, hier sind die Hintergründe. Nachdem die Haushälterin Martine Greiner um vier Uhr morgens die Leiche entdeckt hatte, kam sofort die Polizei. Das Haus wurde unverzüglich abgesperrt, die Bewohner befragt und alles durchsucht. Bei deiner Autorin Viola Teiss, die wie gesagt noch unter Alkholeinfluss in ihrem Bett im Gästezimmer lag, wurden zwei Dinge gefunden, die dort nicht hingehört haben. Erstens im Nachbarbett eine Gitarre ohne den dazugehörigen

Gitarristen, was einige Schlüsse zulässt, und zweitens auf ihrem Nachtschrank ein Ring, der der Hausherrin gehört hat. Ein sehr großer Ring mit Steinen, die Brillanten imitieren, auf den ersten Blick wertvoll, doch schon beim zweiten Hinsehen als Modeschmuck erkennbar. Wenn jemand allerdings benebelt ist, könnte der Ring nach etwas aussehen. Aber sein Wert beträgt nur etwa 200 Euro. Teurer Modeschmuck eben.«

»Was? Zweihundert Euro? Dafür mordet man doch nicht!«

»Ja, das ist nicht viel, kann für eine hungerleidende Autorin allerdings schon genug sein. Zumal sie gedacht haben könnte, er sei mehr wert.«

»Das kann alles nicht wahr sein. Wieso hat der Ehemann seine Frau nicht gefunden? Hat er sie nicht im … Bett vermisst?«

Jonas deutete ein Grinsen an. »Nun, die beiden sind schon eine Weile verheiratet, Paulina. Aber in der Tat hat Peter zu Protokoll gegeben – und ich weiß auch, dass das stimmt –, dass Dorit oft noch sehr lange aufgeblieben ist. Sie hat das Haus mit den großzügigen Zimmern, der Bibliothek und dem Salon immer geliebt und abends die Stille und den Frieden genossen. Oft hat sie nur dagesessen, in den Kamin geblickt, gelesen oder Fernsehen geschaut. Peter war an diesem Abend müde. Er ist eingeschlafen und war einfach der Meinung, sie käme bald nach.«

»Aber was kann dann passiert sein?«

»Die Szene hat sich offenbar so abgespielt: Deine Autorin ist mit dem Gitarristen nach der feuchtfröhlichen Party in ihr Zimmer gegangen. Sie gibt an, man habe noch ein wenig leise Musik gemacht und dazu gesungen, dann sei man zusammen im Bett gelandet – und sag jetzt bitte nicht schon wieder ›was‹! Danach hat Patrick ihr Zimmer verlassen und ist in sein eigenes gegangen, wo er nach eigenen Aussagen sofort eingeschlafen ist. Bist du übrigens sicher, dass er nicht ein kleines Drogenproblem hat?«

Paulina schwieg. Sie war sich nicht sicher. Das heißt, sie war sich sicher. Patrick kiffte natürlich.

Jonas lächelte nachsichtig und sprach weiter: »Die Hausherrin hat sich in die noch nicht ganz aufgeräumte Küche begeben, um die teuren Champagnergläser von Hand zu spülen. Dabei hat sie wie gewöhnlich drüben an der Essecke ihren Ring ausgezogen und an seinen Stammplatz auf das Büfett gelegt. Dann ist sie in die angrenzende Speisekammer gegangen, um eine Flasche Champagner zurückzubringen. Viola muss genau in diesem Moment in die Küche gekommen sein, um sich etwas zu trinken zu holen – die Gläser standen in der Vitrine, auf der der Ring lag – denn das Liebesspiel macht bekanntlich durstig, nicht wahr Paulina, und auf ihrem Zimmer gab es kein Mineralwasser.«

*»Aha. Er greift schon an.«*

*»Oma, du übertreibst. Du denkst nur an das Eine. Diese Bemerkung war doch harmlos.«*

*»Ich dachte auch damals nicht nur an das Eine, aber ab und zu dachte ich daran, das stimmt. Und alles, bis auf das Wort bekanntlich, war harmlos. Er will wissen, wie es um dich steht. Ob du weißt, wie ein Liebesspiel sich anfühlt.«*

»Sie sah den Ring liegen, wähnte sich allein und hat ihn an sich genommen. In diesem Moment kam die Hausherrin aus der Speisekammer zurück und hat Viola dabei ertappt. Es muss ein Wortgefecht und ein Handgemenge gegeben haben – die Hausdame Martine Greiner hat angegeben, sie habe streitende Stimmen gehört, auch wenn sie sie nicht identifizieren konnte. Die Hausherrin hat sich entweder in die Speisekammer geflüchtet oder Viola hat sie dorthin gedrängt. Dann hat Viola offenbar in Aufregung oder der Angst vor einem Skandal zu einem der noch von der Essenszubereitung herumliegenden Messer gegriffen und die Dame des Hauses mit einem einzigen Stich getötet. Wahrscheinlich wollte sie es nicht tun. Es geschah im Affekt. Sie war bekanntlich angetrunken.«

»War denn Blut an ihrer Kleidung?«

»Ist aus dir etwa eine badische Miss Marple geworden, oder was?«

»Warum nicht? Eigentlich hat mir immer gefallen, wie sie ihre Fälle gelöst hat. Nur mit Menschenkenntnis. Sie musste nicht mal ihr Dorf verlassen, um dem Bösen zu begegnen.«

»Nein. Kein Blut. Der Stich traf direkt ins Herz. Die Wunde fing offenbar erst kurz darauf an, stärker zu bluten. Ich bin kein Mediziner, aber so hat man es mir gesagt. Und sie lag gekrümmt da. Das Blut sickerte an ihr herunter. Der Täter hatte Glück. Kam ohne Blutspuren davon.«

»Fingerabdrücke am Messergriff?«

»Säuberlich abgewischt! Dass sie das in ihrem angetrunkenen Zustand gemacht haben soll, ohne sich mit Blut zu besudeln, kann man fast nicht glauben ...«

Paulina hörte das alles und hörte es doch nicht. Gut, sie kannte Viola Teiss nicht besonders gut, aber hatte diese kleine bodenständige Frau aus einem Schwarzwalddorf tatsächlich zwei Gesichter? Mrs. Jekyll und Miss Hyde. Stahl Ringe und erstach Leute? Trank maßlos? Schlief gleich bei dem ersten gemeinsamen Auftritt mit ihrem Kollegen?

*»Ich hab dir gleich gesagt, die Kleine ist nicht ohne!«*

*»Oma, das ist ein Mädchen aus dem Schwarzwald. Gute, brave Familie. Die geht doch nicht hin, bringt eine Frau um und stiehlt ihren Ring. Undenkbar!«*

»Wo lag denn die Leiche?«

»In der Speisekammer. Der Täter oder die Täterin, also vermutlich Viola Teiss, hat sie im Streit zurückgedrängt in die Kammer. Dort ging die Auseinandersetzung weiter und es kam zu der Tat.«

»Kann ich mit Viola sprechen?«

»Wie gesagt, im Moment ist ihre Anwältin bei ihr und sie wird noch vernommen. Man muss abwarten, ob sich der Anfangsverdacht erhärtet. Die Soko wird bestimmt noch in andere Richtungen ermitteln.«

»Gut, dann knöpfe ich mir jetzt erst einmal meinen Herrn Gitarristen vor.«

»Der ist auch bei der Kripo und muss aussagen. Ich bringe dich später hin, wenn du willst.«

»Und die Familie? Kann ich ihnen kondolieren?«

Jonas schüttelte den Kopf. »Ich weiß nicht, ob das der richtige Zeitpunkt ist. Die Familie hat sich zurückgezogen. In die Bibliothek und in die oberen Stockwerke. Die beiden Kinder, die Tochter aus erster Ehe und der Witwer sowie die Schwägerin und der Schwager. Sie möchten nicht gestört werden. Nur der Pfarrer ist bei ihnen. Du hast ihn ja getroffen. Mein Gott, wenn die Obduktion abgeschlossen ist, wird man über die Beerdigung reden müssen. Wie furchtbar.«

»Ja, furchtbar!«

»Gut, dass keine kleinen Kinder Zeugen der Tat waren.«

»Gibt es überhaupt Kinder im Haus?«

»Nein. Peters Schwester ist kinderlos. Zu ihrem Bedauern. Ich glaube, sie hätte gerne welche gehabt und hat Dorit ihre ausgeprägte Mütterlichkeit immer ein wenig geneidet!«

Beide schwiegen für einen Moment.

*»Aha. Miss Marple, was haben wir denn da? Eine Schwägerin, die keine Kinder hat und eine Frau, die das mütterliche Zentrum einer Familie ist. Behalt das mal im Hinterkopf!«*

*»Wieso, Oma?«*

*»Weil das Stoff für Streitigkeiten sein kann. Jetzt müssen nur noch Schwager und Schwägerin weniger glanzvoll sein als die Familie und schon ist der Boden für Neid bestellt.«*

»Jonas, kann ich den Tatort sehen?«

»Er ist abgesperrt. Spurensicherung. Und warum denn überhaupt?«

*»Ja, überlege dir das gut. Es ist nichts Schönes. Nicht wie damals bei mir im Theater, wo nur eine Strohpuppe in der Bibliothek bei den Bantrys lag. Das hier ist echt.«*

*»Oma, ich will es sehen, weil ich noch niemals einen Tatort gesehen habe. Also wird es Zeit für diese neue Erfahrung.«*

*»Paulina, ich hör wohl nicht recht. Sag bloß, du trittst in meine Spuren, schiebst die Schachtel mit den Pralinen und den Gedichten zur Seite und entwickelst endlich einen gesunden Hunger aufs Leben. Vorsicht – er ist schwer zu stillen und je mehr man davon isst, desto hungriger wird man.«*

Vor dem ziemlich großen Raum im Erdgeschoss, der wohl die Küche war, hatte man Absperrbänder gespannt. Ein Polizist stand in der Nähe und kaute auf seinen Nägeln. Als er Jonas sah, nickte er kurz und ließ ihn mit Paulina passieren.

Im Hintergrund der Küche strömte frische Luft durch eine Tür, die nur angelehnt war und an der ebenfalls Zettel mit Nummern klebten. Ein Fotograf packte gerade seine Sachen zusammen, nickte Jonas kurz zu und zog sich zurück.

»War die Tür offen?«

»Ich weiß es nicht. Vermutlich ist sie jetzt so, wie sie zum Zeitpunkt des Mordes war. Die Spurensicherung ist ja noch nicht ganz durch, aber die wesentlichen Sachen sind erfasst. Sonst dürften wir hier nicht stehen.«

»Aber da hätte doch jeder von außen kommen können. Durch den Garten.«

»Sie werden alles auf Fußspuren untersucht haben, und außerdem gibt es Bewegungsmelder rund ums Haus, die jede Bewegung im Garten angezeigt hätten.«

»Sind die immer zuverlässig? Und es hat tagelang nicht geregnet. Muss knochentrocken sein draußen. Da wird man wahrscheinlich wenig finden.«

Jonas schüttelte den Kopf. »Ich staune nun wirklich, Paulina. Was ist denn mit dir los? Liest du seit Neuestem Krimis?«

»Ja. Ich habe vor einiger Zeit damit angefangen. Vor allem Agatha Christie.«

»Aber deine Mutter hat doch so etwas immer als Schund bezeichnet!«

»Mag sein, Jonas. Aber Mama ist tot. Und jetzt kann ich meinen eigenen Weg gehen.«

*»Ob er das wohl richtig versteht?«*

Jonas beugte sich vor und nahm Paulinas Hand. Er hatte immer diese trockene, glatte Haut gehabt. Ihre Hand fühlte sich geborgen an in seiner.

Seine Augen verloren ihren spöttischen Blick für einen Moment. »Sag bloß, du emanzipierst dich. Ist das der Einfluss dieser älteren Dame?«

*»Da kannst du deinen Arsch drauf verwetten, Junge!«*

*»Oma!«*

Paulina bemerkte jetzt die Nummernkärtchen, die überall auf dem Boden standen und an den Türen und Wänden klebten. Die Tür zur Speisekammer stand offen, auf dem Boden war eine Gestalt mit Kreide nachgezeichnet. Auch hier kleine Kärtchen mit Nummern.

»Der Tatort«, sagte Jonas ernst.

Schnell wandte sie den Blick ab. Dann lieber die Küche selbst betrachten.

An den eher nüchternen und hochmodernen Kochbereich schloss sich eine geräumige, gemütliche Essecke im Stil einer schicken Landhausküche an. Das Ganze vermittelte den Eindruck einer Wohnküche im amerikanischen Stil, die ein Treffpunkt der ganzen Familie war.

Die in warmem Rosa gestrichenen Wände zierten Fotos, Teller und Bilder, Kalender und einige Regale, eines mit einer Marienfigur. Auf einer Anrichte stand ein alter Kupferkessel, den jemand liebevoll poliert haben musste. In einem Großvatersessel und auf der Anrichte saßen sogar alte Plüschtiere, vielleicht noch aus der Zeit, als die Kinder klein gewesen waren.

Im Unterschied zum eher schicken weißen Wohnzimmer war der Essbereich wirklich behaglich gehalten. Paulina konnte sich die Familie vorstellen, wie sie da auf der großen Eckbank mit den Kissen saßen und sich unterhielten.

»Hier auf der Anrichte, wo die Wassergläser stehen, muss der Ring gelegen haben, da hat sie ihn häufig gelassen.«

Paulina betrachtete die Szenerie. Die Anrichte, ein schönes Weichholzmöbel, teilte den funktionalen Kochbereich vom Aufenthaltsbereich ab. Die Wassergläser standen ordentlich hinter der polierten Glasscheibe.

Irgendetwas irritierte sie daran, aber sie wusste nicht genau, was es war. Sie sah genauer hin, kam aber immer noch nicht darauf.

»Jonas, darf ich ein Foto von diesem Raum machen, mit dem Handy?«

Jetzt war Paulina dankbar, dass Oma ihr vor einiger Zeit sehr nachdrücklich geraten hatte, sich endlich ein ordentliches Handy mit allen Funktionen anzuschaffen.

*»Mein Gott, wenn ich so was damals gehabt hätte! Keine versteckten Botschaften mehr in Briefchen, die von einer Freundin überbracht werden mussten. Einfach ein paar Worte in das Gerät da reintippen und beim Empfänger sehen es nur die Augen, die es sehen sollen. Herrliche neue Welt, die ihr da habt! Vor allem für Heimlichkeiten!«*

»Ich erkenne dich nicht wieder, Paulina. Du hast sogar ein Handy, mit dem du Fotos machst? Nun, eigentlich ist das nicht gestattet. Wäre ich nicht der Rechtsanwalt der Familie, dürften wir uns sowieso nicht so lange hier aufhalten. Was willst du denn mit dem Foto?«

»Ich kann es dir nicht erklären. Bitte. Ich verspreche, ich mache nichts damit, ich schaue es mir nur zu Hause noch einmal an. Ich stelle es nicht ins Internet, nicht auf Facebook. Es ist nur für mich.«

Jonas zuckte mit den Achseln.

Mit unterdrückter Stimme sagte er dann: »Dann aber schnell! Bevor es der brave Beamte da vorne sieht. Eigentlich dürfte ich dir das nicht erlauben, aber ich weiß ja, dass du vollkommen harmlos bist. Oder etwa nicht, Paulina?«

*»Aha. Der Mann setzt ein Zeichen. Warum erlaubt er dir jetzt, ein Foto vom Tatort zu machen, obwohl es verboten ist? Du bist also noch immer etwas Besonderes für ihn. Das gefällt mir. Der Mann denkt um die Ecke. Aber du solltest ihm vielleicht mal beweisen, dass du nicht mehr so harmlos wie damals bist.«*

Jonas und Paulina traten hinaus in den Garten und ließen sich auf der eleganten Rattan-Sitzgruppe nieder.

Jonas forschte in Paulinas Gesicht. »Irgendwie kann ich es immer noch nicht glauben. Dass ich dich nach all den Jahren und unserem unschönen Abschied damals wiedersehe. Und ausgerechnet hier. Hast du denn diese Agentur schon lange?«

*»Sag jetzt ja nicht, dass du Rentnerin bist. Das turnt Männer nicht gerade besonders an. Mit einer Frau von, na, sagen*

*wir, Mitte 50 ins Bett steigen ist eine Sache, aber das Wort Rentnerin riecht für Männer nach Leichenschändung.«*

*»Oma! Bitte!«*

»Wie ist es dir ergangen? Warum bist du geschieden? Hast du Kinder?«

Paulina ruckelte ein bisschen unbehaglich auf ihrem Stuhl hin und her.

»Nein, keine Kinder. Dafür waren wir nicht lange genug verheiratet. Ich habe mich bald wieder scheiden lassen. Er … er hat dann doch nicht zu mir gepasst. Und du?«

Jonas strich sich mit einer Hand über die Stirn, als müsse er einen leichten Kopfschmerz vertreiben.

»Ich habe eine Tochter. Meine Frau und ich, nun, wie gesagt, wir leben getrennt. Zwar im gleichen Haus, aber getrennt. Sie oben und ich unten. Als unsere Tochter ausgezogen ist, hatten wir uns einfach nicht mehr viel zu sagen und es schien praktisch so. Langfristig wird sie aber ausziehen.«

Paulina nickte nachdenklich. Irgendwie tat es ihr gut, dass er offenbar auch nicht glücklich geworden war.

*»Paulina, was hab ich gesagt. Lass dir bitte von deiner Oma sagen, dass dies die älteste Lüge der Welt ist!«*

*»Oma, der Mann ist Rechtsanwalt. Und außerdem, warum sollte er mich belügen?«*

*»Weil er will, dass ihr da weitermacht, wo ihr aufgehört habt. Und das möglichst ohne Verpflichtungen.«*

»Paulina, wir könnten uns ja mal treffen. Vielleicht bei dir. Und da anknüpfen, wo wir aufgehört haben. Gesprächstechnisch gesehen, meine ich.«

Paulina musste fast grinsen. Doch weil das unhöflich wäre, wurde nur ein verbindliches Lächeln daraus.

Jonas betrachtete sie mit einigem Wohlgefallen. Mit den dekorativ in die Haut eingegerbten feinen Falten und dem ironischen Blick sah er wirklich interessant aus.

»Du siehst wirklich besser aus als damals, Paulina. Lockerer.«

»Du wiederholst dich!«

»Weil es so unerwartet ist. Ehrlich gesagt, Paulina, hatte ich angenommen, dass du jetzt eine vertrocknete alte Rentnerin bist, die im Kostümchen auf dem Sofa liegt und irgendwo bei der Verwaltung gearbeitet hat.«

Paulina sah Jonas schockiert an. »Wie kommst du denn da drauf? Nein, so wollte ich bestimmt nicht werden.«

*»Hihihi, der Mann kennt dich! Gott sei Dank bin ich noch rechtzeitig in dein Leben getreten.«*

»Und Künstleragentin! Wie bist ausgerechnet du zu diesem Beruf gekommen?«

»Nun, es hat sich so ergeben. Durch eine Zufallsbekanntschaft.«

*»Unser Hämmerle. Ich hab dir gleich gesagt, der Mann ist ein Zeichen!«*

»Was sind das für Leute hier? Deine Klienten, meine ich.«

Jonas zögerte einen Moment, dann sprach er: »Peter Freylingsdorff, von manchen Piet genannt, ist ein ausgesprochen gutmütiger Zeitgenosse. Er hat viel, viel Geld mit einem Sportschuh verdient, den er selbst entwickelt hat. Mit Dorit, seiner … jetzt verstorbenen Frau hat er Zwillinge, Willard und Lilly. Sie arbeiten beide in der Firma.«

»Ging das gut?«

»Naja, so einigermaßen. Peter ist eine starke Persönlichkeit. Die beiden sind eher ein bisschen weich. Lilly wollte gerne ins Ausland, aber ich glaube, Dorit war dagegen. Willard ist verschlossen. Genau wie sein Vater spielt er gerne, aber ich fürchte, er hat nicht ganz so viel Glück dabei.«

»Noch mehr Kinder?«

Jonas lächelte. »Du denkst wirklich wie Miss Marple, hm?«

*»Und ob. Bei unserem Theaterstück von der ›Toten in der Bibliothek‹ gab es auch uneheliche Kinder, die sich in die Familie eingeschlichen hatten. Ich weiß noch, die Reni aus Käfertal hat die Tochter gespielt. Kein Talent. Wie die damals die Rolle gekriegt hat! Natürlich hat sie mit dem Regisseur geschlafen.«*

*»Oma!«*

»Ich überlege gerade nur, wer durch Dorits Tod einen Vorteil gehabt haben könnte!«

Jonas strich sich über sein sandfarbenes Haar. »Ja, es gibt noch ein Kind. Peter hat eine Tochter aus einer früheren Beziehung mit einer Albanerin. Oder war es eine halbe Armenierin? Ich habe sie ein paar Mal gesehen. Es gab juristische Dinge mit ihr zu regeln. Sie war eine dramatische Schönheit mit rauchiger Stimme. Tochter Antonia ist das auch. Die ist übrigens schwanger. Der erste Enkel.«

»Na, ob das allen im Haus gefallen hat?«

»Dorit war sehr großherzig.«

*»Wer's glaubt, wird selig. Wer's nicht glaubt, kommt nicht in den Himmel.«*

*»Oma!«*

»Außerdem gibt es noch die bewusste Schwester, die mit einem Karlsruher Restaurantbesitzer verheiratet ist, der den Namen Freylingsdorff angenommen hat.«

»Warum hat er denn das gemacht?«

»Ist doch ein schöner Name!«, antwortete Jonas fast ein wenig trotzig.

*»Das kannst du deiner eigenen Oma erzählen, Jonas. Kein Mann in der Generation nimmt den Namen von der Frau an, außer er verspricht sich was davon.«*

»Geladen waren noch Susanne und Reiner Fischer. Freunde aus dem Tennisclub.«

»Hört sich eigentlich nach einer interessanten Party an.«

»Ja, und ich sollte heute kommen, denn er wollte jedem seiner Kinder einen Aktienanteil an der Hosenfirma schenken.«

»Hosenfirma?«

»Nun, Peter hat eine bestimmte Sporthose erfunden. Mit einem …« Jonas grinste sein altes dreistes Grinsen, an das Paulina so viele Jahre immer wieder mit Wehmut gedacht hatte. »… Belüftungs- und Sicherungssystem an bestimmten Stellen, aber auch mit stromlinienförmigen, unsichtbaren, also verdeckten, Taschen für Handy, Schlüssel und so weiter.

So dass es beim Laufen nicht stört. Frauen können die Hose in einen Rock verwandeln. Sie ist, wenn man sie auszieht, auch als eine Art Rucksack zu verwenden, dazu leuchtet sie nachts. Sie ist also was Multifunktionales, aus Teflon oder so einem ähnlichen Material.«

*»Eine Hose wie eine Bratpfanne? Womit man heute Geld verdienen kann!«*

»Jedenfalls lässt er die Wunderdinger in Tschechien in einer bestimmten Schneiderei herstellen und verkauft sie an Sportläden. Läuft wie Lottchen. Eine große Sportartikelfirma ist schon wieder hinter ihm her. Die haben ihm schon damals das Patent für seine Laufsohle abgekauft. Damit ist der Mann reich geworden und wird immer reicher. In Frankreich und den USA, auch in Japan und China, verkauft sich die Hose wie geschnittenes Brot.«

»Und wie ist er selbst, dieser Selfmademillionär?«

Jonas dachte einen Moment nach. Paulina musterte ihn mit Wärme.

»Der Peter ist eigentlich ein einfacher Mann, der aber ungeheuer ehrgeizig ist. Ein großzügiger Typ, bisschen jungenhaft geblieben. Wenn du mit ihm spielst und ihm den Gefallen tust zu verlieren, kannst du alles von ihm haben.«

»Also ein Patriarch!«

»Im guten Sinne. Er hat sich als Mäzen betätigt, mehrere Kindersportvereine unterstützt, spendet reichlich für alles Mögliche und seine zweite Beziehung mit Dorit ist glücklich. War glücklich, muss man ja nun wohl sagen. Ich kann mich nicht daran gewöhnen, dass Dorit nicht mehr leben soll. Sie war eine sehr kluge und sehr angenehme Frau. Beliebt bei ihren Schülern, damals, als sie noch gearbeitet hat. Gebildet und warmherzig. Sie hing sehr an Peter und hat ihn bewundert. Wie wir eigentlich alle. Sie war einfach nur zum falschen Zeitpunkt am falschen Ort.« Jonas seufzte.

»Jonas, du hältst es doch nicht wirklich für wahrscheinlich, dass meine Autorin Viola Teiss ihre Auftraggeberin Dorit Freylingsdorff umgebracht hat?«

Jonas sah Paulina ernst an. »Natürlich halte ich das für möglich. Ich glaube immer das, was ich sehe. Damit bin ich bis jetzt ganz gut gefahren. Sie liegt im Bett, betrunken, den Ring der Ermordeten, den sie laut Zeugen den ganzen Abend getragen hat, neben sich. Auf der einen Seite. Auf der anderen Seite ein reichlich eindeutig zerwühltes Bett sowie eine Gitarre ohne dazugehörigen Gitarristen, was auch gewisse Schlüsse zulässt. Das Wasserglas, das sie sich in der Küche holen wollte, liegt zerbrochen am Boden, das Wasser dummerweise ausgelaufen, keine Fingerabdrücke mehr. Aber ich bin kein Kriminalist, obwohl ich Verteidiger bei etlichen größeren Sachen war … Selten schien mir die Lage so eindeutig, Paulina. Tut mir leid. Du kannst ja nichts dafür. Du hast sie ja nur vermittelt.«

»Ja, ich habe sie vermittelt. Aber sie ist so eine liebe und versponnene Person aus einem kleinen Schwarzwalddorf. Ich kenne die Familie seit Jahren. Eine so grausame Tat kann ich mir einfach bei ihr nicht vorstellen.«

Jonas schüttelte den Kopf. »Paulina, die Menschen lernen durch Enttäuschungen, Erfahrungen und durch das Leben, sich zu verstellen. Hast du in ihr Herz geblickt oder nur die Hülle kennengelernt?«

*»Wow. Starker Satz, Paulina. Und wie er dabei geguckt hat! Da geht was. Lächele mal ein bisschen! Hast doch schöne Zähne.«*

»Nett, wie du lächelst. Du hattest immer schöne Zähne.«

### *Karlsruhe. Paulina. 14. Juni. Abends*

Abends saß Paulina nervös bei sich zu Hause herum. Sie konnte sich auf nichts konzentrieren. Nicht mal fernsehen. Eine unbestimmte Erregung hatte sie gepackt und ließ ihr Herz pochen.

Da hörte sie, wie der Schlüssel sich im Schloss drehte. Patrick erschien blass und übernächtigt in der Tür, mit wilden

Bartstoppeln, die ihm ausgesprochen gut standen. Er lehnte sich mit theatralischer Schwäche an den Türrahmen.

»Mann, war das ein mörderischer Gig!«, sagte er. »Jetzt brauch ich ein Bier! Hab einen ganz trockenen Mund.«

»Ist das alles, was du dazu zu sagen hast? Man sollte meinen, du hättest genug angerichtet! Unter Alkoholeinfluss, meine ich.«

»Wieso? Kann ich was dafür?«

»Du hast mit Viola ... also, deine Gitarre lag neben Viola im Bett und offenbar sah dieses Bett nicht so aus, als habe nur deine Gitarre darin geschlafen!«

»Na und? Ich glaub nich mal, dass was Dolles passiert ist. Wir hatten beide ordentlich getankt. Dieser Peter ist ein lustiger Vogel. Echter Spielefreak. Wir haben Darts gespielt und ich mit ihm Backgammon, dann zwei Runden Quizduell. Mann, hat der mich abgezogen. Hat ein ganz hohes Ranking. Woher weiß denn der Typ das alles?«

»Wahrscheinlich liest er ab und zu mal ein Buch und zieht nicht ständig neue Mädchen durch die Betten!«, sagte Paulina streng.

»Kann sein. Der ist ein richtiger Zocker. Ehrgeizig. Kämpft. Kein Weichei. Mann, ich mag so Typen. Aber was dann passiert ist, echt schrill!«

»Patrick, Viola wird verdächtigt, die Hausherrin wegen eines Ringes umgebracht zu haben!«

»Ja, ja, die Bullen haben den armen Patrick auf den Kopf gestellt und alles rausgeschüttelt. Aber der arme kleine Patrick weiß gar nichts. Ich war abgefüllt bis zum Rand, aber ich glaube, Viola nicht. Die verträgt nicht so viel.«

Paulina räusperte sich.

»Ich weiß nur noch, dass ich ihr auf ihrem Zimmer noch ein selbstkomponiertes Lied vorgespielt habe und dass wir dann im Bettchen lagen und ich ein bisschen schmusen wollte, sonst nichts. Der kleine Patrick braucht auch mal Liebe. Aber ich hab dann gemerkt, dass mehr als schmusen nicht mehr drin ist und bin in mein eigenes Zimmer gegangen, weil es mir ein bisschen peinlich war. Als ich aufgewacht bin, war der Teufel – Verzeihung, Fifty –, war die Hölle los in diesem Haus. Ich bin dann rüber in ihr Zimmer und da hat sie noch tief und fest geschlafen. Bis die Bu… die Uniformierten erschienen sind. Mörderinnen schlafen doch nicht so ruhig, oder?«

»Hast du den Ring gesehen?«

»Ich war als Erster in ihrem Zimmer, aber so früh morgens seh ich noch nix. Erst als kurz nach mir ein Uniformierter aufgetaucht ist. Mann, war das ein Schreck. Dann haben die den Ring neben ihrem Kopfkissen mit einer Zange geschnappt und eingetütet. Sie musste sich anziehen, ewig schade drum, und das war's. Aber ein nettes Mädchen.«

»Warum hast du dich derart betrunken?«

»Warum? Weißt du, Fifty, es ist ziemlich öde, auf so einem Geburtstag zu spielen. Leute glotzen, manche hören gar nicht zu, Geschirr klappert und du bist nur der Clown, sonst nichts. Und wenn's dann Stoff gibt, dann sieht die Welt ganz anders aus. Freundlicher, verstehst du. Solltest du auch mal austesten, Fifty.«

*»Ganz unrecht hat er nicht, Paulina. Mal ein Likör, ein Glas Champagner zum rechten Anlass und ein Glas Rotwein zum Essen könnte dir auch nicht schaden. Musst dich ja nicht betrinken, obwohl auch das manchmal ganz gut ist, aber das machst du dann besser, wenn du alleine bist. Die Jungs nutzen das sonst gerne aus.«*

*»Was kann das in meinem Alter noch ausmachen, Oma?«*

*»Hast auch recht. Wenn nicht jetzt, wann dann? Das war immer mein Wahlspruch. Aber weißt du, das Ganze erinnert mich immer mehr an mein letztes Stück. Großes Haus. Dienstboten und all das. Dieser reiche Patriarch in der Mitte und all die Familienverstrickungen um ihn herum wie ein undurchdringlicher Dschungel. Seltsam, dass nicht er dran glauben musste.«*

»Alkohol? Ich denke gar nicht dran, Patrick.«

»Doch, solltest du. Würdest ein bisschen lockerer werden. Und manchmal sieht man die Sachen klarer, wenn man nicht klar ist. Kapiert?«

»Nein.«

»Egal. Ich hau mich jetzt hin. Die Bullies werden schon bald draufkommen, dass es nicht Viola war, die der Alten die Kante gegeben hat.«

Paulina sah nachdenklich vor sich hin. »Wie war sie so, diese ... Alte?«

»Bisschen fade. Und dann gab's da noch drei junge Freylingsdorffs oder wie die alle heißen. Zwei sind von ihr und dem Macker. Zwillinge, langweilige Typen, weißt du, so der Stil, der auf der Bank arbeitet und Zahlen kontrolliert. Obwohl solche ja auch manchmal ihre Geheimnisse haben. Dann gibt's noch eine Tochter von ihm aus erster Ehe. Megaheißer Feger. Hatte so den Eindruck, die Twins mögen die nicht besonders. Und die Lady auch nicht. Klar, wenn du deine eigene Brut in ein goldenes Nestchen legen willst. Und dann hat die Hübsche einen Knüller zu bieten. Ist nämlich schwanger. Der Alte ist ganz happy, hat ihr anscheinend gleich versprochen, ein Haus für sie und ihren Blag zu bauen. Das hat die anderen nicht gerade gefreut. Ich glaub, die tote Lady und die scharfe Kleine haben sich nicht so gut verstanden.«

»Woher willst du das wissen?«

»Das ist der Vorteil, wenn du high bist, Fifty. Wir waren ja etwas früher da. Ich muss ja die Anlage aufbauen. Und der kleine Patrick lag danach ganz, ganz ruhig im Garten auf so einer Schaukel, wie tot, und da höre ich, wie die Lady auf der kleinen Seitenterrasse zu dem Mädel sagt: ›Nimm dich in Acht oder dein Vater erfährt heut noch, wer der Papa von deinem Kind da ist.‹ Sinngemäß. Kann mich nicht mehr an jedes Wort erinnern.«

»Was? Und dann?«

»Und dann hat das Mädel natürlich rumgezickt. ›Musst es ihm ja nicht sagen‹, hat sie gemeint. Und die Alte hat gelacht und gesagt: ›Farbenblind ist dein Papa ja nicht.‹ Und wieder gelacht.«

»Und dann?«

»Ich hab mich dann nicht mehr drum gekümmert, hab weiter gechillt und meinen iPod eingestöpselt. Ich hab kein Bock auf solchen Stress. Korrekt?«

»Hast du eigentlich keine Skrupel, Patrick? Du kiffst vor einem Auftritt, du betrinkst dich danach und gehst mit deiner Kollegin ins Bett? Und das alles im Haus des Auftraggebers!«

»Warum? So läuft's doch meistens. Aber die Zwergin war's nicht. Die ist doch gar nicht der Typ. So ne Sanfte und ein bisschen doof. Aber wirklich, Fifty, Alkohol kann auch hilfreich sein. Gib's dir doch auch mal. Hol dir mal ne Flasche guten Wodka und trink zwei, drei Gläser, dann sieht die Welt ganz anders aus.«

*»Paulina, da hat er recht, und Wodka hat den Vorteil, dass man keine Fahne hat.«*

*»Oma!«*

*»Klar. Geh und hol dir mal ein Fläschchen. Probier es doch einfach mal.«*

### *Karlsruhe. Paulina. 15. Juni. Vormittags*

Fast wäre Paulina im Supermarkt an der Kasse vor Scham im Boden versunken. Sie hatte einen abgelegenen Discounter gewählt, in dem sie nicht bekannt war, und hatte sich tatsächlich eine Flasche Wodka gekauft.

Eine dralle Rothaarige, die ein paar Häuser weiter wohnte und deren Enkelkind in einen Kindergarten ging, den Paulina verwaltet hatte, entdeckte sie in letzter Sekunde, als sie gerade dabei war, die Flasche in ihrer Einkaufstasche verschwinden zu lassen.

»Gorbatschow-Wodka, Frau Teuffel? Na, Sie haben aber was vor. Ja, ist manchmal nicht so einfach, gell, wenn man ganz alleine lebt?«

Alle in der Schlange und die Verkäuferin musterten Paulina. Die sah sich plötzlich zur haltlosen Alkoholikerin mutiert.

»Sie hat aber einen Ausweis gezeigt!«, murrte die Verkäuferin, weil ihr sonst offenbar nichts einfiel.

»Na, das mit dem Alter dürfte ja weniger das Problem gewesen sein«, dröhnte ein Mann in der Schlange und alle lachten.

*»Paulina, ich find's herrlich. Aber deine Mama, die würd sich jetzt schämen.«*

*»Wahrscheinlich hast du recht.«*

Am frühen Abend öffnete Paulina die schlanke klare Flasche und nahm den ersten Schluck. Schmeckte nach fast nichts. Etwas Warmes rann durch sie hindurch. Nicht unangenehm.

*»Na, wunderbar, Paulina, so ist es recht. Jetzt bist du in der richtigen Stimmung, um der Lösung des Falles näher zu kommen. Was meinst du nun zu den reizenden Leuten im Hause Freylingsdorff?«*

*»Was würde denn Miss Marple dazu sagen? Du hast sie gespielt.«*

*»Den Vorhang der Lügen zur Seite ziehen und versuchen, mit dem einen oder anderen Beteiligten zu sprechen. Und den gesunden Menschenverstand einschalten und nachdenken. Aber bevor du einen Mord aufklärst, schau dir mal deinen Jonas etwas genauer an.«*

*»Der hat ein Alibi. Er war im Theater.«*

*»Das meinte ich nicht. Vielleicht braucht er ja bald ein Alibi bei seiner Frau, hm!«*

*»Oma, ich sagte dir schon, dass ich einer anderen Frau nicht den Mann wegnehmen will.«*

*»Wer spricht denn von Wegnehmen? Wenn du mit ihm schläfst, musst du ihn ja nicht gleich behalten!«*

Noch ein Schluck. Jetzt wurde die Welt zunehmend freundlicher. Paulina dachte über ihr Leben nach. Man musste etwas ändern. Man hatte schon etwas geändert. Man musste noch mehr ändern. Und es machte Spaß, etwas zu verändern!

Jonas? Ja, der gefiel ihr immer noch ganz gut. Vielleicht gäbe es wirklich eine zweite Chance.

*»Paulina, hast du Alka Seltzer daheim?«*

*»Nein, warum?«*

*»Weil du's morgen brauchen wirst. Glaube mir, ich weiß Bescheid.«*

Paulina ging durch die Wohnung und betrachtete sich Bilder. Sie marschierte in das Zimmer des abwesenden Patrick und lieh sich seine »Tote Hosen«-CD aus. »An Tagen wie diesen!«, grölte es.

Paulina sang mit. »In Nächten wie diesen … Jonas, da gehört uns die Ewigkeit …«

*»Gutes Lied! Gefallen mir, die jungen Männer.«*

*»Im Büro haben sie manchmal die ›Toten Hosen‹ gehört. Ich natürlich nicht. Ich hatte Klassikradio programmiert. Und ich glaube, dieser Campino ist gar nicht mehr so jung.«*

*»Alles eine Frage der Perspektive, Paulina … aber der Name, hm, der gefällt mir nicht so gut. Tote Hosen!«*

Schließlich begab sich die höchst angetrunkene, pensionierte Kirchenverwaltungsamtsmitarbeiterin Paulina Teuffel mit dem Glas in der Hand in ihren Teddybärenkeller und drehte dem Zotty-Design-Bär von 1960 seine stattliche Nase um.

»Pffbrrr, hahaha!«

Ihre Bären verzogen keine Miene.

Paulina nahm noch einen Schluck. Wenn man erst ein paar getrunken hatte, dann schmeckten sie eigentlich gar nicht mehr scharf. Fast wie Wasser. Hahaha. An das Wasser könnte sie sich gewöhnen.

Paulina betrachtete nochmals ihre sich mittlerweile im Kreis drehenden Bären.

Und dann wusste sie es. Sie wusste, was sie gestört hatte.

*»Paulina, was ist los?«*

*»Ich muss Jonas anrufen!«*

*»Riskant, Paulina. In deinem Zustand. Ich hab damit nicht so gute Erfahrungen gemacht.«*

*»Mir ist was aufgefallen, Oma. Am Tatort. Ich muss es ihm gleich sagen.«*

*»Hab so eine Ahnung. Der Bär, nicht wahr? Ich wusste, dass du ein scharfes Auge und einen wachen Verstand be-*

*sitzt! Und so hast du zumindest einen originellen Vorwand, um ihn anzurufen, und wer weiß, ob dein Bett nicht ruckzuck auch zum Tatort wird …«*

*»Oma!«*

Wieder in ihrer Wohnung hielt Paulina die vor ihren Augen seltsamerweise hin und her wandernde Visitenkarte fest und schaffte es irgendwie, die Handynummer von Jonas zu wählen.

»Jonas. Ich bin es. Komm schnell zu mir«, sagte sie hastig, als er sich meldete. »Ich weiß was. Die Viola war's nicht.«

*»Jetzt ziehst du mal diese ausgebeulte Jogginghose aus und wirfst dich in was Hübsches. Roter Morgenmantel. Hast du so was? Nicht? Na, dann wird's Zeit, dass du dir mal was Nettes anschaffst. Nimm den Pyjama aus Satin. Beeil dich.«*

Als Jonas klingelte, dauerte es eine ganze Weile, bis sich die Tür öffnete, denn Paulinas Türknopf wechselte ebenfalls andauernd den Platz. Komisches Ding.

*»Paulina, endlich lernst du dieses herrliche Gefühl auch mal kennen. Aber, wie gesagt, halte mal was Salziges für morgen früh bereit. Am besten eine Fleischbrühe oder Gurken …«*

*»Ich mag keine Gurken.«*

*»Du wirst sie mögen. Glaube mir!«*

Jonas stürmte durch die Tür. Er trug eine Jeans, ein T-Shirt und eine Lederjacke, die nach Mann und nach gelebtem Leben roch.

»Was ist denn los, Paulina? Wie siehst du denn aus! Lass meine Lederjacke los. Ich könnte sonst auf Gedanken kommen, die sich nicht gehören.«

»Hahaha!«, lachte Paulina glockenhell. »Freut mich. Du lebst also in Trennung?«

»Aber ja, zumindest so gut wie. Was wolltest du denn? Nicht dass ich nicht auch ohne Grund gerne zu meiner Paulina von damals käme, die immer noch so anziehend ist.«

»Hahaha. Also, die Viola war's nicht.«

»Und warum?«

»Hicks. Wie viel war der Ring wert?«

»Sagte ich doch. Nicht viel. Höchstens dreihundert Euro. Nichts Besonderes. Besserer Modeschmuck. Eigentlich hätte man das sogar sehen müssen, aber in dem Zustand, in dem die Dame war, hat sie wohl nur das Glitzern bemerkt.«

»So betrunken war sssie gar nicht, sagt mein Patrick. Sssiehst du. Und in dieser Küche, auf diesssem Regal, direkt neben dem Ring. Da gabs was … weitaus Wertvolleres zu stehlen.«

»In der Küche?«

»Ja. Nämllicchhh … ein Steiff-Bär von 1905, aus der Experimentierphase des ›Knopfs im Ohr‹. Mit der charakter… charakteristischschschen langen Schnauze und der gestickten Nase und mit dem Elefanten-Logo. Für Sammler ist das Stück Tausssende wert. Mindestens.«

»Kaum zu glauben. Paulina! Setz dich mal lieber, du schwankst ja so! So hab ich dich gar nicht in Erinnerung.«

»Danke. Komm setz dich neben mich, da, ja genau da. Alssssooo … sssie hätte diesen Bär mitgenommen, wenn sssie überhaupt etwas hätte stehlen wollen.«

»Aber woher hätte sie denn wissen sollen, dass der Bär so viel wert war?«

»Oh, doch, doch, doch, Herr Rechtsverdreher. Das weiß jeder aus der Szene. Und sie war aus der Bärensssszene. Schweres Wort. Viola war nämlich die Mitbegründerin der Bärenklinik in Sasssbach…walden, und sie und ihre Schwester kennen alle Bärenmodelle. Weltweit und im Universum. Ich hab das nur wieder vergessen, bei all dem Trubel und all dem Neuen. Die Viola hätte den Wert dieses Bären sofffooort erkannt; jeder, der Bären sssammelt, hätte das gemerkt, ehrlich, und den mitgenommen anstatt dem billigen Ring …«

»Ich mache mich lächerlich, wenn ich bei der Polizei …«

Paulina raffte ihren im Kreis herumwirbelnden Verstand mühsam zusammen.

»Jonas. Sssie war es nicht. Glaub mir. Die hätte den Bären geklaut, wenn sie überhaupt was klauen wollte. Bei Sssammlern ist der richtig viel Geld wert. Und dasss der Bär fehlt, hätte vielleicht nicht mal gleich jemand gemerkt. Wer achtet schon darauf?«

»Paulina, man kann doch nicht in dieser Schnelligkeit und in angetrunkenem Zustand einen Teddybären identifizieren!«

»Wenn du das dein halbes Leben gemacht hast, welche repararariersт und auf ... wie heißen die Dinger, wo die Leute so schnell reden ... auf Auktionen gehst, dann erkennst du nachts im Wald mit geschlossenen Augen, was das für ein Bär ist. Hihihi.«

»Mir erscheint das unwahrscheinlich, aber zur Zeit scheinen eine Menge unwahrscheinlicher Dinge zu passieren. Du beispielsweise!«

»Hihi!«, machte Paulina.

Dann stach sie mit einem Zeigefinger nach Jonas.

»Ich hab eine Idee. Die Tochter war's. Antonia oder so ähnlich. Die kriegt irgendwie ein ... unpassendes Kind, jaaa, ich weiß das, und ihre Stiefmutter wollte sie verpetsssen. Die hat sie dann einfach aus Wut umgebracht.«

*»Gute Nummer, das mit dem Bär. Respekt. Aber Paulina, ich bin mir da nicht sicher. Bei der guten alten Agatha waren Kinder und Schwangere als Mörder tabu. Und das Mädel ist nun mal schwanger. Ich glaube nicht, dass die in ihrem Zustand jemanden ersticht. Die ist keine, die was im Affekt macht. Sie rechnet damit, dass Opa die Farbe übersieht, wenn das Baby erst mal da ist. Da muss was ganz anderes im Spiel sein. In diesem Haus gab es noch andere Leute, die vielleicht einen Groll mit sich herumtrugen.«*

*»Aber doch nicht gegen die Dorit? Ich habe mit ihr telefoniert, als wir den Vertrag über die Lesung geschlossen haben. Sie schien sehr sssanft und freundlich.«*

*»Ein reicher Mann hat immer viele Verehrerinnen.«*

»Paulina, ich bleibe heute Nacht bei dir. Du wirkst verwirrt. Ich mache mir Sorgen um dich! Ich kann dich nicht alleine lassen.«

»Bin ich gannnsss dafür.«

»Hast du ein Gästezimmer?«

»In dem wohnt Patrick. Und wir beide brauchen kein Gästesssimmer!«

»Meinst du das jetzt so, wie ich meine, dass du es meinst?«

»So spricht mein Herr Rechtsanwalt. Ja, genau so meine ich es.«

*»Donnerwetter, Paulina. Keine Zeit verschwendet. Das Händchenhalten ausgelassen. Bist kein junges Mädchen mehr. Hätte ich auch nicht besser machen können! Chapeau!«*

*»Oma!«*

Als Patrick später am Abend nach Hause kam, vermutete er zwar, dass Paulina zu Hause war, doch er sah sie nicht. Er meinte aber, Geräusche hinter ihrer verschlossenen Zimmertür zu hören. Ihm angenehm vertraute Geräusche, die aber keineswegs zu der Paulina passten, die er kannte!

Im Wohnzimmer stand eine Weinflasche, halb leer, und unter dem Tisch lag umgekullert eine leere Wodkaflasche. Gut, es war eine kleine Wodkaflasche, aber trotzdem!

Musste man sich Sorgen machen?

Er eilte zu Paulinas Zimmer und öffnete die Tür einen Spalt.

»Fifty, was machst du … Momento, was macht *ihr* denn da? – Oh! Alle Achtung! – Lasst euch nicht stören, ich bin ja schon weg!«

Und weg war er.

### *Karlsruhe. Paulina. 15. Juni. Am späten Abend*

Eine Stunde später trafen sich alle drei in der Küche. Paulina trug nun doch einen Morgenrock, keinen roten, aber einen blau geblümten, der mehr freigab als verhüllte, und das vor allem, da sie die oberen drei Knöpfe einfach offen gelassen hatte, Jonas machte ein Gesicht wie ein zufriedener Kater und Patrick hatte schüchterner, als es seine Art war, angeklopft und gefragt, ob er eintreten dürfte.

Hätte man Paulina gesagt, dass sie eines späten Abends in ihrer Küche sitzen würde, noch ziemlich angeschlagen von zu viel Wodka, neben sich ihr Liebhaber, mit dem sie eben erst frohgemut dem Bett entstiegen war, obwohl selbiger vermutlich noch verheiratet war, und vor ihr in tiefsitzenden Jeans ihr junger, strubbelhaariger Untermieter, so hätte sie das Bild in einen Science-Fiction-Film verbannt. Zumal man sich gerade nicht anmutig über Kunst und Kultur, etwa Theodor Fontane, unterhielt, sondern über einen Mordfall.

Patrick konnte es immer noch nicht fassen, dass die brave Paulina … Er sah von ihr zu dem Rechtsanwalt und wieder zu ihr und schüttelte mehrfach den Kopf.

Paulina sah ihn streng an und er riss sich zusammen.

»Es waren in dieser Küche keinerlei Spuren von Einbruch zu sehen. Die Alarmanlage hatte nicht angeschlagen. Wenn es wirklich nicht Viola war, die Frau Freylingsdorff umgebracht hat, wer kann es dann getan haben? Es muss jemand gewesen sein, der schon im Haus gewesen ist. Alle anderen wären nicht unentdeckt in die Villa gekommen.«

»Aber die Tür zum Garten stand offen. Und draußen ist dichtes Gebüsch.«

»Trotzdem. Die Alarmanlage hätte sich bei offenen Türen sicher nicht gemeldet, aber der Bewegungsmelder hätte angeschlagen.«

Jonas streichelte Paulinas Knie. Die schien es zu genießen.

Patrick grinste.

*»Aha. Zwei späte Verliebte! Die sind die Schlimmsten. Also fangt doch mal systematisch an. Ihr habt alle nicht gelernt, systematisch zu arbeiten. Miss Marples Gehirn arbeitet wie ein altmodisches Uhrwerk. Wer war zur Tatzeit im Haus dieses neureichen Angebers?«*

»Hm, hm.Wer war denn nun genau in der Nacht im Haus?«, fragte Paulina.

Sie war immer noch leicht benebelt.

Jonas setzte sein Rechtsanwaltsgesicht auf und fasste zusammen: »Nochmals: Peter Freylingsdorff selbst, seine

Schwester Sonia Freylingsdorff und Gunter Freylingsdorff, geborener Burghardt – er hat den Namen seiner Frau angenommen – sowie Martine Greiner, eine Art Sekretärin und Haushälterin. Dann bekanntlich Antonia, Peters Tochter aus seiner ersten Beziehung. Des Weiteren natürlich die Zwillinge Willy und Lilly, Kinder aus der Ehe mit Dorit. Dann haben Susanne Reiter und ihr Mann Rainer, Freunde aus dem Tennisclub, im Gästetrakt übernachtet. Eingeladen war auch ein Mario Meissner, ein Geschäftspartner, der ist aber bereits vor der offiziellen Party wieder gegangen. Offenbar nach einem Streit mit dem Hausherrn. Um den wird sich die Kripo kümmern müssen.«

»Warum?«

»Es hat anscheinend eine Auseinandersetzung gegeben. Herr Meissner wurde wohl gegenüber Dorit Freylingsdorff, die er schon länger mochte, zudringlich. Doch sie hat ihn offenbar recht deutlich abgewiesen. So gibt es jedenfalls Martine Greiner an, die offenbar scharfe Augen und gute Ohren hat.«

»Aha.« Patrick kratzte sich am Ohr. »Die lauscht am Leben der anderen, weil sie selbst keins hat. Na, wenn die nicht neidisch auf diese, wie heißt sie … Dorit war!«

»Gut, aber dieser Mario Meissner hätte sich, wenn überhaupt, an Peter Freylingsdorff gerächt. Außerdem war er ja nicht mehr im Haus. Er hätte natürlich zurückkehren können. Jedenfalls kannte er das Anwesen gut.«

»Diese Dorit«, ließ sich Patrick jetzt lässig vernehmen, »war speziell. Nach außen hin naiv, aber die hatte es faustdick hinter den Ohren. Schlaues Ding, das wette ich. Die wusste mit ihrem Neureichen da ganz clever umzugehen. Und die hätte diese Susanne keinen Meter näher an ihren Alten rangelassen. Obwohl die Dame ja mal wirklich ein heißes Geschoss war. An der könntest du dir mal ein Beispiel nehmen, Fifty. Jetzt, wo du einen Lover hast, könntest du dich mal schärfer anziehen.«

»Patrick«, sagte Paulina streng. »Ich habe keinen ›Lover‹, sondern einen Bekannten. Einen guten Bekannten.«

*»Wie du es nennst, ist egal. Jedenfalls bist du mit einem verheirateten Mann ins Bett gestiegen und du wirst es wieder tun, denn du bist auf den Geschmack gekommen. Endlich, Paulina, hast du deine Engelsflügel abgelegt und bist eine von uns. Herzlich willkommen im Club der Frauen, die wegen der Liebe Fehler machen!«*

»Hey … Lover gefällt mir auch!« Jonas legte einen Arm um Paulina und streichelte ihre Schulter mit selbstverständlicher Geste.

Paulina war es ganz wohlig zumute. Sie spürte den Wodka immer noch.

Entschlossen setzte sie sich aufrecht hin. »Wenn ich mir das alles so ansehe … Findet ihr nicht auch, dass sich die ganze Situation dort im Haus wie eine klassiche Agatha-Christie-Konstellation anhört? Ein Haus voller Verwandter und Freunde, die sich vielleicht nicht besonders gut leiden können, und in ihrer Mitte ein reicher Mann. Dazu noch ein paar hübsche Frauen, ein uneheliches Kind … was ist übrigens mit der Mutter dieses Kindes …?«

Jonas räusperte sich. »Die machte auch Probleme. Ich habe gelegentlich mit Dorit über sie gesprochen. Dorit hatte Angst vor ihr. Sie meinte, sie schliche ums Haus oder sie hätte sie schon öfters am Tor stehen sehen.«

»Sie wissen aber viel von der Familie!«, bemerkte Patrick. »Also, meinem Rechtsverdreher würde ich nicht alles anvertrauen, was so läuft.«

Jonas warf ihm einen kühlen Blick zu.

»Ich kenne die Familie seit langem. Man hat mir im Laufe der Jahre viele Dinge anvertraut, und man vertraut mir nun auch den Stand der jeweiligen Ermittlungen an. Ich habe meine Kontakte.«

»Cool.«

»Ja, und es kommt noch besser!« Jonas schenkte sich noch etwas Wein ein. »Das bleibt unter uns, ja?«

»Unter uns dreien, ja!«, feixte Patrick. »I swear by the good lord!«

*»Unter uns vieren! Aber ich kann schweigen wie ein Grab!«*

*»Du bist im Grab!«*

*»Paulina, man kann das auch ein bisschen nett umschreiben.«*

*»Wie?«*

*»Ich habe eine andere Daseinsform angenommen. Vorübergehend.«*

*»Ach, du glaubst also, du kommst wieder.«*

*»Warum wäre ich sonst wohl jahrelang in die Kirche gegangen? Wegen dem glubschäugigen Pfarrer bestimmt nicht, der aussah wie ein toter Frosch am Straßenrand. Da gefällt mir dieser Familienpfarrer aus dem Mörderhaus schon besser.«*

*»Oma!«*

»Herr Freylingsdorff, dem man ja manchmal seine kindische Spielfreude vorwerfen kann, ist ein großzügiger Typ. Wenn er zufrieden ist, soll es die Entourage um ihn herum auch sein. Er wollte sein Testament ändern, zum 65. Geburtstag. Jetzt sollte auch Martine Greiner, seine Schwester und vor allem seine uneheliche Tochter einen kräftigen Batzen bekommen. Die Kinder und die Ehefrau bekommen natürlich ihren Pflichtteil, aber er wollte bereits zu Lebzeiten ein bisschen was verteilen.«

»Ich sage doch, die Tochter war's.«

»Es war nicht allen bekannt, aber Dorit Freylingsdorff war nicht damit einverstanden. Sie hat argumentiert, dass Peter und sie noch zu jung seien, um jetzt schon etwas zu verteilen.«

»Die Schwester …«

»Eine erfolglose Immobilienmaklerin. Hat gerade mit einem riskanten Objekt in Heidelberg Schiffbruch erlitten. Und der Schwager immer am Rande der Pleite mit seiner Kneipe.«

»Martine Greiner …«

»Die Elsässerin. Unschöne Person. Hat einen Katzenfimmel und war mal seine rechte Hand im Büro. Vielleicht auch mehr. Sie ist eigentlich keine Grazie, aber er hat sie wohl immer irgendwie gemocht. Peter ist ein treuer Typ. Wenn eine

Frau ihm ergeben ist und ihn bewundert, dann kann sie alles von ihm haben. Er ist ein typischer Emporkömmling. Sein Vater war ein kleiner Winzer aus dem Rebland, der immer kämpfen musste.«

»Hm ...«

»Dorit war diese Martine mit ihren vielen Katzen allerdings ein Dorn im Auge.«

»Hört sich für mich immer noch so an, als habe Dorit gar nicht so gut zu ihrem Mann gepasst.«

Jonas runzelte die Stirn.

»Eigentlich doch. Die beiden sind ... waren aber sehr unterschiedlich. Sie die früher mal recht gebildete Lehrerin, er der verspielte und draufgängerische Selfmademan und Bonvivant. Feuer und Wasser. Doch sie war gut für ihn und er liebte sie abgöttisch. Sie hatte die Macht der klugen Frauen über ihn. Hat ihn ein bisschen ausgebremst, und er hat das akzeptiert. Wenn die die Augenbrauen gehoben hat, ist der eingeknickt. Ich sag doch, der Mann ist wie ein großes Kind. Immer neue Herausforderungen. Tennis bei 33 Grad Hitze. Kein Problem. Joggen, bis der Arzt kommt. Er hat erst mit dem Kajakfahren aufgehört, nachdem sein Freund Johannes in der oberen Murg mit dem Kopf auf einem Stein aufgeschlagen und gestorben ist. Seit Neuestem waren der Computer und das Handy seine Steckenpferde. Mit einem Auge immer am Zocken. Man kann sogar Billard und Minigolf im Internet spielen. Peter war für alles Neue aufgeschlossen.«

Paulina stand auf und ging zum Fenster. Sie spürte den ungewohnten Alkohol immer noch. Draußen entfaltete sich das normale Karlsruher Leben. Frau Russhold trug Gemüse in einer Papiertüte nach Hause. Auf dem Gutenbergplatz war heute Markt.

Paulina wandte sich um. »Weiter.«

Jonas strich sich über das Haar. »Er ist ein netter Kerl. Er war immer sehr bemüht, seine Bildungslücken aufzufüllen. Hat viel gelesen. Ist sogar an die Universität gegangen und hat Kurse gemacht.«

*»Da stimmt was nicht zusammen, Paulina! Ein verspieltes Kind, das sich freiwillig weiterbilden will ... Solche Männer bilden sich nicht weiter, weil sie sich für Bildung interessieren. Sie tun es nur aus Wettbewerb oder Ehrgeiz oder um eine neue Frau zu gewinnen. Aber nicht, um die alte Frau zu halten. Frag mal, ob noch eine Frau im Haushalt war.«*

*»Oma, willst du jetzt auch noch Detektivin spielen?«*

*»Warum nicht? Ich will dir helfen. Bei uns im Schifferlädle gab es mal eines Samstagnachts einen Fall von Diebstahl von Champignons, Dosen, ganz was Neues, eine ganze Palette, und Mama hat es aufgeklärt.«*

*»Wie denn das?«*

*»Indem sie einfach geschaut hat, wer von den umliegenden Kneipen am nächsten Tag Jägerschnitzel auf der Karte hatte. Es war dann das Biereck, zwei Straßen weiter. Der Koch war ein schlimmer Finger. Also, diese Kombinationsgabe hast du hoffentlich von deiner Uroma geerbt.«*

*»Das ist ja wohl etwas anderes.«*

*»Ja, da hast du recht. Kombiniere mal wie Miss Marple. Und vor allem schau hinter die Masken. Erinnere dich, das haben wir von Anfang an gesagt. Denn hier sind Masken unterwegs. Hier ist jemand nicht, was er zu sein scheint.«*

*»Aber wer?«*

*»Für mich sieht das Ganze nach der Bosheit einer Frau aus. Nach der Raffinesse einer Frau ... cherchez la femme!«*

»Gibt es noch irgendeine Frau im Haushalt der Freylingsdorffs? Außer den schon genannten?«, fragte Paulina.

Jonas runzelte die Stirn. »Nein, nur die, die ich aufgezählt habe. Es gibt allerdings noch eine Studentin in der Einliegerwohnung. Ganz junges Mädchen. Monika irgendwas. Heidenreich. Der Sohn hat die irgendwie an der Uni kennengelernt und angeschleppt. Könnte sein, dass Willard ein Auge auf die geworfen hat. Sie wohnt in der Villa, weil sie in Karlsruhe angeblich kein Zimmer gefnden hat. Ist ein ehrgeiziges Ding. Könnten auch andere Gründe dahinterstecken.«

»War sie auch bei der Party?«

»Nein, ich glaube nicht. Nein, von ihr war nicht die Rede!«

»Kommt sie auch nach oben? In die Wohnräume?«

Jonas runzelte die Stirn. »Eigentlich sollte sie das nicht. Aber sie hat, glaube ich, ihre Mineralwasserflaschen in der Kammer hinter der Küche. Trinkt irgendein spezielles Quellwasser wie ein Fisch. Holt sich dauernd Nachschub … Moment mal …«

Paulina wurde eifrig: »Es könnte doch sein, dass dieses Mädchen ein Verhältnis mit dem Hausherrn hat oder haben will. Ihr will er imponieren. Das ergäbe Sinn. Vor allem, wenn sie eine Studentin ist. Ein kluges Ding. Und Frau Freylingsdorff hat es herausgefunden und droht damit, sie rauszuwerfen. Dann wäre die goldene Gans geschlachtet.«

»Hm …«

»Was ist das für ein Mädchen?«

»Ich habe sie ein- oder zweimal gesehen. Blond. Gute Figur. Pferdeschwanz. Ganz hübsch. Ein junges Ding eben.«

»A-ha!«

»Du meinst …? Da bildest du dir etwas ein, Paulina. Peter ist ein Flirter, aber eigentlich kein Fremdgeher. Er stammt aus sehr bäuerlichen Verhältnissen. Er denkt traditionell.«

»Jedes dreißig Jahre jüngere Mädchen macht aus einem Flirter einen Fremdgeher, wenn sie ihr Handwerk versteht«, warf Patrick ein.

*»Der Junge nimmt mir das Wort aus dem Mund! In dieser Villa hat jeder ein Motiv, doch ich hätte trotzdem gewettet, wenn es einen erwischt, dann diesen Peter …«*

»Trotzdem. Du musst mit der Kripo sprechen, Jonas«, drängte Paulina. »Viola Teiss war es nicht. Es passt einfach nicht zu ihr.«

*»Da hast du recht, mein Kind! Der Bauerntrampel ist vielleicht nicht die Jungfrau von Orleans, aber eine Mörderin ist sie auch nicht. Außerdem ist sie so klein. Kann die jemanden erstechen? Ich denke, das wird sich die Kripo auch fragen. Also, bei uns auf der Bühne damals hätte die die Rolle als Mörderin nicht bekommen, das steht fest. Da hätte uns das Publikum ja ausgelacht.«*

Jonas seufzte. »Kann sein. Ich glaube jedoch nicht, dass die Teddybärenprobe für die Polizei ein ernstzunehmender Beweis ist. Ihre kleine Statur und ihr angetrunkener Zustand dürften da eher für sie sprechen. Ich gehe jedenfalls davon aus, dass die Ermittlungen in alle Richtungen weitergeführt werden.«

Patrick stand auf. »Leute, ich bin müde. Es ist sauspät. Ich hau mich aufs Bett.«

Jonas erhob sich ebenfalls. Verlegen sagte er: »Paulina, ich müsste auch gehen.«

Paulina sah zu ihm hoch. »Du lebst gar nicht getrennt, nicht wahr?«

*»Natürlich nicht. Schatz, das war doch klar.«*

Jonas seufzte. »Wir verstehen uns nicht und es läuft nichts mehr zwischen uns … jetzt willst du mich nie wiedersehen, ich weiß. Ich verstehe. Du hast ja noch die Moralvorstellungen deiner Mutter und …«

»Oh doch!«, sagte Paulina mit neuer Bestimmtheit. »Ich will dich wiedersehen, Jonas.«

*»Auferstanden von den Toten!«*

*»Oma!«*

»Wirklich? Das ist gut. Ich rufe dich an.«

»Nein, ich rufe *dich* an.«

Verlegenes Schweigen.

»Zu Hause geht das ja wohl nicht. Also auf dem Handy?«, fragte Paulina.

»Auch nicht ungefährlich. Man lässt es irgendwo liegen und die Frau überprüft die Nummern. Man kann praktisch alles auf einem Handy überprüfen, weißt du? Es zeigt dein ganzes Leben.«

»Schaff dir doch ein zweites Handy an. Nur für mich!«

»Paulina, du bist raffinierter, als ich dachte. Das werde ich tun. Ich rufe dich an und sage dir die Nummer.«

»Mach's gut.«

»Du auch!«

*Karlsruhe. Paulina. 16. Juni. Vormittags*

Als Paulina beim Frühstück saß, ließ sie den vergangenen Abend noch einmal Revue passieren. Ihr fiel ein, dass Jonas ihr keinen Abschiedskuss gegeben hatte.

*»Warum nicht, Oma?«*

*»Ein Abschiedskuss bedeutet Vertrautheit und ihr seid Liebhaber, aber keine Vertrauten. Warte ab. Genug davon jetzt. Es wird Zeit, dass wir uns diese seltsame Familie mal genauer ansehen.«*

*»Wir? Und wie sollte ich das machen? In ein Trauerhaus gehen und die Rechnung für den Abend abgeben, nachdem meine Angestellte die Auftraggeberin erstochen hat? Das geht nun wirklich nicht.«*

*»Da hast du recht, Enkelin. Das würde sich nicht gehören. Es müsste auch erst eine geraume Zeit verstreichen, bevor du dort überhaupt erscheinen kannst. Es war ja noch nicht einmal Beerdigung.«*

*»Stichwort Beerdigung, Oma. Ich könnte diesen Pfarrer aufsuchen und ihn um Rat fragen, wie ich mich der Familie gegenüber verhalten soll.«*

*»Das ist keine schlechte Idee, Paulina. Und täusche ich mich oder bist du auf den Geschmack gekommen? Könnte es sein, dass dir dieser Pfarrer recht sympathisch ist?«*

*»Oma. Ich bin doch keine Femme Fatale!«*

*»Leider nicht. Aber irgendwo zwischen Femme Fatale und Miss Marple werden wir ein Plätzchen für dich finden. Und ansonsten ... müssen wir wohl abwarten.«*

*»Ja. Wir müssen abwarten.«*

*»So viel Harmonie auf einmal zwischen uns beiden? Aber Paulina, wenn ich es mir recht überlege, könntest du doch mal essen gehen, hm?«*

*»Wie meinst du das?«*

*»In ein ... sagen wir... etwas besseres Restaurant.«*

*»Verstehe ich nicht.«*

*»Na, denk mal nach. Womit verdient Gunter Freylingsdorff denn so sein Geld?«*

Ein teures Restaurant aufzusuchen und das auch noch alleine und am Abend waren Dinge, die in Paulinas Leben bisher undenkbar gewesen waren. Da traf es sich gut, dass das »F's«, wie sich Gunters Restaurant in der Waldstraße im Baden-Badener Stadtteil Oos nannte, auch einen Mittagstisch für Berufstätige anbot, wobei sich die Offerte wohl mehr an Geschäftsleute richtete als an kleine Kirchenverwaltungsangestellte. Das Mittagsmenü, das aus Forellenkaviar an Provencekartoffelschaum sowie gegrillten Entrecôtestreifen an Wildreis und Crème Brulée nach Art des Maître – wobei offenblieb, wer der Maître war – bestand, kostete haargenau 30 Euro. Keinen Cent mehr und keinen Cent weniger.

Zu Paulinas Erleichterung saßen in dem mit teuren Kunstwerken eingerichteten Lokal noch zwei allein speisende Damen an den Tischen.

Der Chef selbst, zumindest sah er so aus, brachte Paulina ihr »Amuse-Gueule«, das aus drei mit irgendwas Buntem gefüllten Oliven bestand.

»Wofür steht das F?«, erkundigte Paulina sich angelegentlich.

»Für Freylingsdorff. Das ist unser Name!«

»Oh, sind Sie ein Bruder von Herrn Peter Freylingsdorff? Mit dem hatte ich schon geschäftlich zu tun!«, log Paulina, ohne rot zu werden.

Sie hoffte nur, dass der gütige, aber auch strafende Gott, der ihr Leben bisher begleitet hatte, einsah, dass dies Lügen im Dienste der guten Sache waren.

»Bruder? Nein. Peter Freylingsdorff ist mein Schwager.«

Paulina nickte.

»Hat er Ihnen mein Lokal empfohlen?«

»Nein, das ist ein Zufall!«

Kurz verzerrte Abneigung das Gesicht Gunter Freylingsdorffs.

»Das hätte mich auch gewundert. Der feine Herr scheint an meiner Küche keinen Gefallen zu finden.«

»Ja, die liebe Verwandtschaft. Aber meistens sind ja die Bindungen von Schwester und Bruder sehr eng, nicht wahr? Ich kenne das von mir. Wir würden füreinander durchs Feuer gehen.«

Auch dies war eine Lüge. Paulina hatte gar keine Geschwister.

*»Nicht ungeschickt, Paulina, nicht ungeschickt!«*

»Es gibt Leute, die kennen das Wort Bindung nur vom Skistiefel.«

»Habe ich nicht gelesen, da war etwas mit Ihrer Schwägerin ...«

Der Wirt machte Anstalten, sich zurückzuziehen.

»Ja«, sagte er nur und stellte verlegen den Stuhl an Paulinas Tisch erst schief hin, dann rückte er ihn wieder gerade. »Ich verstehe das nicht. Eine tolle Frau. Das kann mir niemand erklären.«

Mehr würde er in der Öffentlichkeit nicht sagen.

*»Der Mann hasst seinen Schwager, und er kann nicht verstehen, warum nicht er tot ist, sondern sie.«*

*»Irgendwie, Oma, hab ich das Gefühl, dass alle Leute dieser Meinung sind.«*

*»Ja. Die falsche Tote. Seltsam, nicht wahr?«*

Nachmittags versuchte Paulina konzentriert zu arbeiten und saß am Veranstaltungsplan einer älteren Dame, einer Autorin aus Waldkirch, die Katzengeschichten mit dem Titel »Baden miaut« schrieb und offenbar erfolgreich vor Damen mittleren Alters vortrug, für die ihre Katzen ihr Ein und Alles waren.

Da läutete es an der Wohnungstür.

Kristine stand davor. Vorwurfsvoll fragte sie: »Sag mal, hast du überhaupt keine Zeit mehr für deine alten Freundinnen? Was ist eigentlich mit dir los?«

»Ich hatte einfach viel zu tun in letzter Zeit!«

Kristine musterte die Freundin scharf. »Es stimmt also, was man sich sagt.«

»Was??«

»Aha. Du wirst rot. Du hast einen Liebhaber. Man sieht es dir an. Ich kann mich noch dunkel daran erinnern, wie es war, als ich einen Liebhaber hatte. Sehr dunkel.«

»Wer sagt, dass ich einen Liebhaber habe, Kristine?«

»Eine Kollegin von dir ... Ich habe sie im Kino getroffen.«

»Wer war das?«

»Informanten genießen Diskretion. Es ist also dein Chef!«

»Der Stefani? Um Gottes willen!« Paulina lachte.

Kristine beobachtete sie scharf. »Noch ein anderer? Du hast also mehrere Verehrer. In deinem Alter! Paulina Teuffel! Was würde deine Mutter dazu sagen? Ich glaube nicht, dass ihr das gefallen würde.«

Paulina kicherte. »Wahrscheinlich nicht. Aber sie kann nicht mehr allzu viel dagegen machen, oder?«

»Aber du hast immer nach ihren Regeln gelebt, Paulina! Man hat immer gewusst, woran man mit dir war.«

*»Siehst du. Du warst in einer Schublade namens Vergangenheit. Wie die alte Welt der feinen Residenzstadt! Aber das Leben ist da vorne, Paulina. Da, wo du gerade hingehst.«*

Das Telefon klingelte wieder.

Kristine seufzte. Immer wenn sie in letzter Zeit bei Paulina war, passierte etwas. Früher war nie etwas passiert.

Paulina nahm ab. »Du bist es?«, sagte sie weich.

Kristine wartete eine Weile, bis sie endlich merkte, dass sie hier überflüssig war.

»Ich gehe, aber ich komme morgen Nachmittag wieder!«

Paulina nickte nur. Und lächelte.

Kristine schüttelte den Kopf.

*Baden-Baden. Pfarramt Johanneskirche.*
*17. Juni. Vormittags*

Das Pfarramt der evangelischen Johannesgemeinde, unweit der Allee in Baden-Baden, befand sich gegenüber der Kirche und im Gegensatz zu dem würdigen Gotteshaus war es modern und freundlich. Das lag gewiss auch daran, dass in einem Flügel des U-förmigen Baues eine Kindertagesstätte untergebracht war, aus der fröhlicher Lärm drang.

Ein schlichtes Schild wies unkompliziert den Weg zu Pfarrer Leinenwebers Büro. Der Zugang zu seiner Seelsorge schien auch nicht von einer Sekretärin oder dergleichen versperrt.

Paulina zögerte einen Moment.

*»Geh schon rein, Kind. Ich fand den auch nett. Und es ist immer gut, einen Pfarrer zu kennen. Vor allem in deiner Lage!«*

*»Oma!«*

Paulina klopfte und trat ein, ohne auf Antwort zu warten.

Pfarrer Leinenweber saß gemütlich und mit heiter-gelassenem Gesichtsausdruck am Schreibtisch.

Vor ihm saßen zwei Personen, die sich bei Paulinas Eintritt umdrehten und dann etwas verlegen halb von ihren Stühlen erhoben.

»Oh, Verzeihung.«

»Frau Teuffel, nicht wahr? Warten Sie einen kleinen Moment?«, bat Leinenweber. »Wir sind gleich fertig. Es geht um die Beerdigung. Mir liegt daran, persönliche Worte zu finden und wer könnte mir etwas über die Verstorbene berichten, wenn nicht ihre Kinder.«

»Natürlich.«

»Ich muss danach noch telefonieren, aber in zehn Minuten habe ich für Sie Zeit.«

»Gerne!«

Paulina kam sich dumm vor, dass sie so hereingeplatzt war, und zog die Tür wieder hinter sich zu.

Sie musste nicht lange warten. Dann erschienen die beiden Besucher vor der Tür, und Paulina erhob sich von dem Stuhl, auf dem sie mehr gekauert als gesessen hatte.

*»Also, ein schlechtes Gewissen musst du wegen dem bisschen Liebe am Nachmittag auch nicht haben, Paulina. Setz dich gerade hin und sprich mit den beiden. Eine gute Gelegenheit für dich, Miss Marple!«*

Die zwei Personen, die Rat bei Pfarrer Leinenweber gesucht hatten, sahen sich bei aller Unscheinbarkeit erstaunlich ähnlich und unterschieden sich nur im Geschlecht.

»Sind Sie Paulina Teuffel? Die Agentin, die uns diese … Person vermittelt hat?«

Paulina musterte die beiden eher sachlich. »Sie sind die Kinder von Dorit Freylingsdorff, nicht wahr? Willard und Lilly, hab ich recht?«

Der junge Mann und seine Schwester nickten und traten unsicher auf der Stelle. Sie sahen sich nicht an und schienen verlegen.

»Wir waren bei unserem Pfarrer. Er bereitet die Ansprache bei der Beerdigung vor und möchte von uns etwas über unsere Mutter erfahren. Für die persönliche Note!« Willard lachte trocken. »Sonia, die reizende Schwester unseres Vaters, und ihr toller Ehemann Gunter waren auch schon da und haben sich über Mama geäußert. Natürlich nur das Beste. Es wird nie so viel gelogen wie auf einer Beerdigung, sagt man doch, nicht wahr? Glücklicherweise sehen wir sie nicht beim Notar, da sie ihre habgierigen Finger nicht auf Mamas Geld legen können. Denken Sie aber jetzt nicht schlecht von unserer wunderbaren Familie.«

»Oh nein. Sie beide sehen die Dinge jetzt natürlich in etwas grauem Licht, das ist verständlich. Es ist auf jeden Fall schön, dass sich der Pfarrer so viel Mühe gibt«, antwortete Paulina höflich.

»Ja, er ist ein wunderbarer Mensch«, fuhr Willard fort. »Also, Ihre Autorin, diese Frau Teiss, sie ist ja seit heute Morgen wieder frei. Die Polizei konnte ihr nichts nachweisen. Es ist möglich«, er biss sich auf die Lippen und warf einen hilflosen Blick zu seiner Schwester, »dass jemand den Ring neben ihrem Bett platziert hat, um sie verdächtig zu machen. Das bedeutet, jemand aus unserem Haus … unvorstellbar.«

*»Ja, so unvorstellbar? Ich glaube, die waren sich alle spinnefeind da in dem Bunker. Diese beiden Gestalten wirken ziemlich unsicher auf mich. Fühl denen mal ein bisschen auf den Zahn. Dieser Willard hat keinen Arsch in der Hose.«*

»Wir sind Ihnen natürlich persönlich nicht irgendwie böse. Sie können ja nichts dafür. Wer hat Sie engagiert? Unsere Mutter? Nun, das geht bei uns jetzt drunter und drüber, aber wenn Sie Ihr Honorar haben wollen, dann können Sie sicher eine Rechnung ins Haus schicken. Martine kann sich ja darum kümmern.«

Paulina wies auf zwei Stühle in der Warteecke. Aus dem Büro von Pfarrer Leinenweber hörte man mittlerweile dessen lautes Organ und gelegentliches Lachen.

»Setzen wir uns einen kleinen Moment?«

Die beiden setzten sich synchron. Paulina nahm gegenüber Platz. Zwischen ihnen stand ein etwas altmodischer niedriger Tisch in Nierenform mit frommen Broschüren.

*»Paulina, das sind ja zwei ulkige Vögel. Aber es sind Schwächlinge. Die Kraft ihrer Mutter Dorit haben beide nicht geerbt!«*

*»Was meinst du damit?«*

*»Weil sie der Schlüssel ist. Weil sie mehr war, als alle dachten. Denk an das Lied: ›You raise me up to more than I can be‹.«*

»Ich möchte Ihnen mein Beileid aussprechen. Auch ich habe meine Mutter verloren … und schon früh meine … Oma! Eine besonders reizende alte Dame.«

*»Paulina!«*

Die beiden schauten verwirrt.

»Ihr Rat ist mir innerlich, gedanklich noch sehr nahe. Obwohl man das manchmal natürlich ausblenden muss und so tun muss, als sei sie nicht da.«

*»Paulina?!«*

»Es tut mir leid, aber ich habe sowieso nicht geglaubt, dass meine Autorin Ihre Frau Mutter ermordet hat!«

Willard sagte steif: »Es ist unglaublich. Niemand würde so etwas tun. Wir sind alle zutiefst erschüttert. Mama hatte solch ein schreckliches Ende nicht verdient. Was soll das mit dem Ring? Wäre uns egal gewesen. Er war neu, kein Familienerbstück oder so etwas. Mama hing sowieso nicht an solchen Dingen. Sie liebte ihre Bücher, ihre Vorträge und ihre Bildbände. Stundenlang konnte sie lesen. Das war die Welt für sie.«

*»Es ist nur ein Gefühl, Paulina, aber wir müssen diese Familie verstehen. Dorit ist tot, sie können wir nicht mehr fragen. Erkundige dich doch zuerst einmal nach dem Menschen, der ihr am nächsten stand: ihr Mann!«*

»Und Ihr Vater? Ist das auch seine Welt?«

Lilly antwortete ein wenig erstaunt: »Ich weiß wirklich nicht, was Sie das angeht. Aber bitte, damit Sie keinen falschen Eindruck von unserer Familie bekommen: Unser Vater ist in Ordnung. Das haben wir auch dem Pfarrer gesagt. Seit er unsere Mutter kennen gelernt hat, hat er sich bemüht, sich weiterzubilden. Er hat viel gelesen und gelernt. Und anstatt seiner ewigen Kreuzworträtsel spielt er jetzt Sachen wie Wortblitz oder Quizduell auf dem Handy. Gerade jetzt erst hat er Rang 450 bei diesem Kultspiel ›Quizduell‹ erreicht. Deutschlandweit. Ganz ordentlich für einen kleinen Winzersohn, wie er immer sagt.«

»Das sagt mir nicht viel. Ist das gut?«

»Ja!«, warf Willard seufzend ein. »Ich habe mich auch mal dran versucht. Dieses Quiz spielen mehr als 20 Millionen Deutsche. Ich stehe auf einem ganz schlechten Rang! Und Papa mischt ganz oben mit.«

»Hört sich an, als seien Sie stolz auf Ihren Vater!«

»Ja. Er ist ein Macher.«

Jetzt grinste Willard ein bisschen, doch das war gewiss nur eine Kopie des Siegerlächelns seines starken Vaters, den Paulina bisher nicht persönlich kennengelernt hatte.

»Natürlich kam er immer bei Frauen an, bis heute ist das so. Es gibt welche, die sagen, er habe etwas mit Susanne Reiter gehabt, und ihr Mann habe es gewusst. Und Susanne könnte unsere Mutter getötet haben. Sie hätte ein Motiv gehabt, weil ihr eigener Mann Rainer nicht viel zustande bringt. Und sie habe die zweite Frau Freylingsdorff werden wollen.«

»Eigentlich die dritte, Will!«, warf Lilly ein.

Es war, als hätten die Geschwister vergessen, dass sie mit einer Fremden sprachen. Als arbeiteten sie ihre eigene Geschichte auf, hier im Vorzimmer des Pfarrers, der ihre Mutter beerdigen würde.

»Vergiss nicht die schöne, wilde Mutter von unserer schönen, wilden und habgierigen Halbschwester. Der würde ich alles zutrauen.«

»Wem?«, fragte Paulina vorsichtig.

»Beiden!«, erwiderte Lilly und lachte trocken.

»Das ist alles Unsinn.« Willard kehrte wieder in die Realität zurück. »Das alles war für Papa immer nur ein Spiel. Er ist ein geborener Spieler. Das ganze Leben ist für ihn Wettbewerb. Da wäre auch Susanne nur eine kurzlebige Trophäe gewesen.«

*»Halt jetzt den Mund, Paulina. Lass die beiden reden!«*

»Es soll nun wieder eine Fernsehsendung geben, da kann man sich bewerben, wenn man in diesem Quiz im Ranking auf einem Platz unter 500 steht. Aber er hat auch andere Sachen gezockt. War Darts-Meister im Club und manchmal hat er bis in die Nächte Backgammon mit einem Freund gespielt. Auch Schach konnte er. Und seit Neuestem liebt er ›Diamonds Tap‹. Da platzen immer … bumbumbum … kleine Kugeln und … ach, das tut doch alles nichts zur Sache. Wir sind hier, weil wir um unsere Mutter trauern.«

»Eben!«, warf Lilly ein und warf ihrem Bruder einen warnenden Blick zu.

»Ja, natürlich«, warf Paulina beschwichtigend ein. »Nun, wenn Ihrem Vater diese Spiele Spaß machen … Er ist ein wohlhabender Mann. Und Sie sind reiche junge Leute. Durch Ihren Vater.«

*»Jetzt gehst du aber ganz schön ran, Paulina. Sei mal froh, dass die zwei solche Weicheier sind. Was hast du mit ihren finanziellen Verhältnissen zu tun? Wundert mich, dass die dir Auskunft geben.«*

Doch Willard und Lilly sprachen eigentlich schon die ganze Zeit nicht mehr zu Paulina, einer Frau, die einen Auftrag ihrer Familie ausgeführt hatte. Sie unterhielten sich, als sei Paulina gar nicht wirklich da.

»Wohlhabend. Er kann immer noch seine Drohung wahrmachen und vieles von seinem Geld spenden oder verschenken. Zum Beispiel an unsere Halbschwester oder an die Haushälterin mit ihren entsetzlichen Katzen.«

Lilly unterbrach ihren Bruder.

»Willy, das wird er nicht tun. Er liebt uns! Wir sind seine leiblichen Kinder aus seiner kirchlich geschlossenen Ehe. Vater ist traditionell. So etwas ist ihm wichtig.«

*»Ich hab lieber auf dem Theater als mit dem Glück gespielt. Also, wenn ich das mal schnell erzählen darf … Im Hinterhof von unserem Laden, da gab es eine Kellerwohnung mit einem alten Invaliden. War angeblich sogar ein Offizier gewesen. Hatte nur noch einen Arm, aber Junge, der konnte Schach spielen wie kein Zweiter. Das war es, womit er sich bei uns im Viertel beliebt gemacht hat. Dann hat er meinem Vater das Schachspielen beigebracht und irgendwie hatte mein Papa ein Talent für dieses Spiel und hat ihn eines Tages besiegt. Da hat er eine Krücke nach meinem Papa geworfen. Der arme Kerl. Das Schach war alles, was er hatte.«*

*»Oma, das tut hier, glaube ich, nichts zur Sache.«*

*»Stimmt. Du interessierst dich ja nicht für unsere Familiengeschichte! Aber Papa war ja kein Ghardini, sondern ein Kopfinger. Doch die Menschen gleichen sich mehr, als man denkt, Paulina. Alle Hunde wedeln mit dem Schwanz, wenn sie eine Wurst sehen. Und alle Menschen brauchen Geld, Liebe und Anerkennung. Dafür wedeln sie mit dem Schwanz.«*

*»Und wenn sie es nicht bekommen?«*

*»Dann machen sie es wie die Hunde: Sie schnappen zu.«*

Die Tür zu Pfarrer Leinenwebers Büro öffnete sich, er streckte seinen verwuschelten Kopf heraus und zwinkerte erstaunlich gut gelaunt, wenn man bedachte, dass er die Beerdigung eines Mordopfers vorbereitete. Paulina dachte an alle die sauertöpfischen Mitarbeiter der Kirchenverwaltung, mit denen sie im Laufe der Jahre zu tun gehabt hatte, und fand diesen heiteren Menschen plötzlich ungemein sympathisch.

»Ich habe jetzt eine Minute Zeit für Sie, Frau Teuffel. Kommen Sie?«

»Gerne!« Paulina stand auf.

Die Geschwister sahen auf ihre Uhren, erhoben sich, murmelten etwas Undefinierbares und gingen.

Leinenweber sah ihnen nach und seufzte. »Ich bin gespannt, wie sich die beiden jetzt entwickeln. Dorit war schon sehr stark. Sehr stark!«

Dann sah er Paulina an, als nehme er sie jetzt erst wahr.

»Nehmen Sie Platz, was kann ich für Sie tun?«

»Nun, ich bin ein wenig unsicher, wie ich mich als Christenmensch verhalten soll. Ich fühle mich ein wenig schuldig, was die Vorkommnisse in der Villa Freylingsdorff in jener Nacht angeht, und würde eigentlich gerne zur Beerdigung gehen. Ich weiß aber nicht, ob das angebracht ist. Was ist Ihr Rat?«

Leinenweber lächelte und beugte sich vor. Seine warmen fröhlichen Augen streichelten Paulinas Gesicht.

»Ich persönlich würde Ihnen abraten. Sie würden nämlich nur aus Neugierde hingehen und Neugierde, vor allem, wenn sie vorgibt, Mitgefühl zu sein, ist eine Sünde.«

»Oh nein, ich möchte wirklich nicht noch mehr Sünden auf mich laden!«, murmelte Paulina.

*»Red nicht solchen Unsinn, Kind, was du machst, ist keine Sünde. Frauen müssen eben auf ihre Ehemänner auch ein bisschen aufpassen.«*

*»Psst, Oma!«*

»Gewiss ist es auch unpassend, wenn ich Sie das jetzt frage, aber Sie kennen die Verhältnisse in der Villa Freylingsdorff. Wer könnte Ihrer Meinung nach Dorit Freylingsdorff umgebracht haben? Immer vorausgesetzt, mein unglückliches Schäfchen war es nicht.«

Leinenweber lächelte wieder und sagte dann sanft: »In der Villa Freylingsdorff herrschte und herrscht die Gier. Es könnte praktisch jeder gewesen sein.«

### *Karlsruhe. Paulina. 17. Juni. Nachmittags*

Kristina hatte ihre »Drohung« wahr gemacht und erschien am frühen Nachmittag erneut zu Besuch, so als müsse sie regelmäßig kontrollieren, ob Paulina noch die Alte sei.

Erschöpft verlangte sie nach einer Tasse starken Kaffees. »In Karlsruhe wieder nur Stau. Es wird immer schlimmer. Ich brauch das jetzt! Bis diese U-Bahn fertig ist, sind wir zu alt, um sie zu benutzen.«

Paulina war mit dem zischenden Wasserkocher in der Küche allein, als Jonas auf ihrem Handy anrief und ihr mit unterdrückter Stimme seine neue Telefonnummer mitteilte.

»Ich stelle das Handy auf leises Vibrieren. Und ich habe es immer in ein Taschentuch eingewickelt in meiner Aktentasche. Ein zweites Handy ist immer verdächtig und man muss es gut verstecken.«

Kristine, die noch immer wie angeklebt in ihrem Stuhl saß, nahm den Kaffee entgegen, schüttete viel Zucker hinein und fragte: »Was sind das für Geheimnisse? Und mit wem hast du jetzt ein Verhältnis? Er ist aber nicht verheiratet, oder?«

»Doch!«, sagte Paulina freundlich. »Und eigentlich finde ich das gar nicht so schlecht. Muss ich meine Freiheit nicht aufgeben.«

*»Paulina! Sehr guter Gedanke. Du entwickeltst dich!«*

»Paulina!«

»So und jetzt entschuldige mich, Kristine. Ich bin leider indirekt in einen unschönen Todesfall verwickelt. Ich muss ein paar Leute treffen. Und ein paar Gespräche führen. Mit anderen Worten: Ich habe irgendwie wenig Zeit.«

»Was? Du hast doch sonst immer Zeit?«

»Jetzt nicht. Sei so gut und …«

Paulina holte tief Luft. Es fiel ihr schwer, so unhöflich zu sein.

»… trink deinen Kaffee und dann musst du gehen!«

»Wieso hast du mit einem Todesfall zu tun und wer sagt dir, dass du deshalb mit Leuten sprechen musst?«, fragte Kristine entgeistert.

»Höhere Mächte und eine alte Dame!«

»Du spinnst!«

### *Karlsruhe. Paulina. 18. Juni. Abends*

»Ich habe eine Bitte, Jonas.«

»Dafür hast du dir aber einen sehr passenden Moment ausgesucht!«

Jonas lag neben Paulina im Bett und strich ihr das verschwitzte Haar aus dem Gesicht.

»In dieser Stimmung kriegst du alles von einem Mann!« Er drehte sich seufzend auf den Rücken: »Schade, dass ich nicht mehr rauche!«

»So ist das mit euch Männern. Hätte ich das nur mal schon früher gewusst! Vielleicht wäre eine Beförderung drin gewesen. Dieser Stefani …«

»Untersteh dich. Du gehörst jetzt mir!«

*»Eifersüchtig? Gut, Paulina, du lernst schnell. Aber willst du ihm wirklich gehören? Spiel doch erst mal ein bisschen im Sandkasten, bevor du ernst machst!«*

»Jonas, ich würde gerne mit Antonia sprechen. Irgendwie lässt mich das Geschehen im Hause Freylingsdorff nicht los. Ich fühle mich verantwortlich und ich möchte mehr darüber wissen, was da geschehen sein kann. Aber sie wird nicht mit mir reden wollen. Warum auch?«

Jonas richtete sich auf und stopfte ein Kissen in seinen Nacken.

»Ja, Antonia ist nicht gerade verbindlich. Das hat sie von ihrer Mutter. Die war auch sehr … wie soll ich sagen … rigoros. Morgen sehe ich sie übrigens zu einer kurzen Besprechung. Irgendeine Vertragsänderung zugunsten ihres Babys. Ich treffe sie um drei in der Bar des Steigenberger Hotels in Baden-Baden.«

»Kann ich mitkommen?«

»Das geht natürlich nicht. Wie sollte ich das erklären? Schau nicht so … also gut, du kannst auch um drei in der Bar erscheinen, unter dem Vorwand, mir einen Brief geben zu wollen, und ich komme etwas verspätet. Sagen wir Viertel nach drei. Dann kannst du kurz mit ihr sprechen. Aber hey, ich weiß auch nicht, warum ich das mache …«

*»Na, warum wohl? Hihihi! Aber weißt du, was mir nicht so gut gefällt?«*

*»Was, Oma?«*

*»Er lügt zu gut. Meinst du, er betrügt seine Frau mit dir das erste Mal? Und meinst du, er lebt wirklich getrennt?«*

*Baden-Baden. Steigenberger Hotel. 19. Juni. Nachmittags*

Antonia Freylingsdorff war tatsächlich eine auffallend schöne, vital aussehende Person mit dichtem Haar, leuchtenden Kornblumenaugen und einem energischen Hinterteil, die vermutlich eine gelungene Kombination von ihrem Vater und ihrer Mutter war.

Paulina hatte es tatsächlich geschafft, um fünf vor drei in der plüschigen Bar des schönen, altmodischen Kastens des Steigenberger Hotels zu erscheinen und mit ihrer Lüge durchzukommen.

»Ist der Rechtsanwalt schon da? Ich hätte ihm nur kurz einen Brief zu übergeben? Es geht um eine …«

»Nein, scheint sich verspätet zu haben!«, kam es muffig zurück.

Antonia trug enge rote Hosen mit Leopardenmuster und einen kurzen schwarzen Pullover. Von einer Schwangerschaft war noch nichts zu sehen.

»Darf ich mich kurz setzen?«

»Wenn Sie wollen!«

Paulina trank Espresso, Antonia nippte an einem Kakao und sagte schließlich versonnen: »Wussten Sie, dass der Espresso nach einem Schnellzug im Mailänder Bahnhof benannt ist? Die Passagiere hatten keine Zeit für den traditionell gebrühten Kaffee, deshalb erfand man dort die Espressomaschine.«

»Sie scheinen so beschlagen wie Ihre verstorbene Stiefmutter!«

»Wieso die? Ach, weil sie in grauer Vorzeit mal Lehrerin war. Nein, danke. Hausmütterchen. Mein Vater, der ist der wahre Crack.«

»Schön. Und Ihre leibliche Mutter?«

Ein Schatten zog über Antonias schönes Gesicht. »Meine Mutter stammt aus Armenien. Ihr Vater war aber ein Deutscher. Peter und meine Mama haben sich bei einem Treffen mit Geschäftspartnern aus Armenien kennengelernt, wo sie als Dolmetscherin dabei war.«

*»Eine Armenierin, Paulina. Die sind wunderschön und haben Leidenschaft im Blut. Die verstehen es mit Männern und gehen nicht so gerne als Verliererin vom Platz.«*

*»Oma. Das sind nichts als Vorurteile.«*

*»Vielleicht. Vielleicht. Aber trotzdem. Diese Frau aus 1001 Nacht würde ich mal nicht ganz vernachlässigen. Obwohl …«*

*»Obwohl … was?«*

*»Irgendwas stimmt hier nicht. Es ist wie ein Bild, das im falschen Rahmen steckt. Ich muss drüber nachdenken. Irgendwie ist alles wie in meinem Theaterstück und doch wieder ganz anders.«*

*»Wie meinst du das?«*

*»Ach, es gibt hier all diese geheimnisvollen Familienmitglieder, diese Verstrickungen, diese mysteriösen Ausländerinnen und in der Mitte ein reicher Mann. Hier stimmt etwas nicht. Viel Bühnenbild und nichts dahinter.«*

Antonia wirkte jetzt ungeduldig. »Wo bleibt Jonas denn? Es ist unhöflich von ihm, mich warten zu lassen.«

»Verzeihen Sie, aber mich lässt er ja auch sitzen. Ich meine warten. Nun, ich kann ja die Wartezeit dazu benutzen, mich noch einmal bei Ihnen zu entschuldigen für die Mühe und das Leid, das meine Autorin angeblich über Ihre ganze Familie gebracht hat. Obwohl ich nicht glaube, dass sie jemanden umgebracht hat, und die Polizei ja anscheinend auch weiterermittelt.«

*»Gut so. Mach ihr ein bisschen Feuer unter dem Popo!«*

»Die Polizei! Die sind übervorsichtig und lassen die Leute gleich wieder frei, wenn sie sie nicht gerade mit dem Messer in der Hand ertappen. Wer soll es denn sonst gewesen sein? Es war zwei Uhr nachts. Sie hatte Durst, ging in die Küche, sah den Ring und …«

Paulina schwieg.

Antonias Augen funkelten. »Was wollen Sie denn eigentlich und was geht das alles Sie an? Warum schauen Sie so? Also, ich war es jedenfalls bestimmt nicht. Ich habe tief geschlafen. Ich brauche viel Schlaf derzeit. Außerdem habe ich kein Motiv.«

»Sie sind schwanger?«

»Ach, das wissen Sie auch schon. Toll, wie hier herumgetratscht wird. Die hässlichen Zwillinge? Oder die halbverrückte Katzenmama?«

»Freut sich Ihr Vater auf sein Enkelkind?«

Antonia sah zur Seite. »Klar«, murmelte sie. »Machen doch alle!«

Paulina riskierte einen Versuch.

»Aber, wenn er dann bemerkt, dass es … nun … nicht ganz so aussieht, wie er es erwartet?«

»Woher wollen Sie denn das wissen? Ich frage mich allmählich, wer hier unsere Familiengeheimnisse an Wildfremde ausplaudert. Wer sind Sie überhaupt?«

*»Sag jetzt nix! Lächle nur arrogant. Und warte ab. Die beste Methode, Leute zum Plappern zu bringen. Hab ich im Theater gelernt.«*

Paulina schwieg und lächelte. Antonia zerknüllte die Serviette.

»Und wenn es so wäre, was geht Sie das an?«

»Ihr Vater wäre davon vielleicht nicht begeistert, und Ihre Stiefmutter wusste von dem ... sagen wir mal ... Erscheinungsbild Ihres Kindes?«

»Spinnen Sie? Moment mal, Sie glauben doch nicht, dass ich Dorit umgebracht habe? Um Gottes willen. Wir, also ich, konnte sie nicht leiden, denn sie hat Papa an der Nase herumgeführt mit ihrem zarten Weibchengetue, aber ich hätte die doch nicht umgebracht. Ich will mein Kind nicht im Gefängnis bekommen. Aber wenn Sie sich schon so für meine Familie interessieren ... Ich würde mich an Ihrer Stelle mal mit der feinen Katzen-Dame unterhalten. Die hätte schon eher ein Motiv, denn Dorit wollte die verdammten Katzen loswerden.«

»Aha. Sie glauben also in Wahrheit auch nicht, dass es Viola Teiss war?«

Antonia schleuderte die zerfetzte Serviette auf den Tisch. »Ich kenn die ja kaum, aber eigentlich nein. Wie eine Mörderin sieht das verwachsene Ding nicht aus. Andererseits lag der blöde Ring neben ihrem Bett.«

Paulina dachte an den letzten Krimi auf ihrem Nachttisch. Ein Bär, der stets neben ihr Wache gehalten hatte, hatte dafür weichen müssen.

»Oh, das lässt sich leicht bewerkstelligen. Hineinschleichen, horchen, den Ring hinlegen. Wenn jemand weiß, dass zwei Leute ziemlich betrunken miteinander im Schlafzimmer verschwinden und nach einer Weile kommt einer wieder raus und drinnen ist es ganz ruhig, ist das wahrscheinlich kein Kunststück. Dauert ein paar Sekunden.«

Antonia sah ihr Gegenüber misstrauisch an. »Na, Sie scheinen sich ja auszukennen, was in Schlafzimmern so passiert. Traut man Ihnen gar nicht zu.«

»Eigentlich nicht, aber danke für das Kompliment. Ach, da kommt unser gemeinsamer Herr Rechtsanwalt.«

Jonas, gutaussehend in einer schicken Lederjacke und teuren Black Jeans, näherte sich mit fragendem Blick. Paulina lächelte formvollendet, steckte ihm einen – leeren – Briefumschlag zu und ging, nachdem sie sich kühl und professionell verabschiedet hatte.

*»Das Schauspielertalent hab anscheinend nicht nur ich in mir! Schöner Trick, gut gemacht. Die Ghardinis lassen grüßen.«*

*»Diese Ghardinis, Oma. Von denen möchte ich am liebsten nicht so viel hören.«*

*»Warum nicht? Die waren ziemlich ausgebufft.«*

*»Drum!«*

Normalerweise hätte Paulina dem Baden-Badener Laden, der klassisches schottisches Kaschmir führte, noch einen Besuch abgestattet, doch sie fuhr unverzüglich nach Hause, den Blick immer auf ihr Handy gerichtet.

Sie musste sich endlich mal wieder um ihre Agentur kümmern, auch wenn es ihr schwerfiel, sich auf die Arbeit zu konzentrieren. Doch es musste sein. Ihre Künstler wollten auch leben.

### *Karlsruhe. Paulina. 21. Juni. Nachmittags*

Inzwischen hatte Paulina neben einer Menge Clowns und Zauberern und anderen Kleinkünstlern zwölf ganz unterschiedliche Autoren unter Vertrag. Am besten lief es mit den Kinderbuchautoren. Die Geschichten rund um Papa Fuchs kamen gut an. Dahinter versteckte sich ein Richter des Bundesgerichtshofes, der leidenschaftlich gerne in ein Fuchskostüm schlüpfte und mit sonorer Stimme »Geschichten aus meiner Höhle« vortrug. Darin spielten neben Papa Fuchs Mama Fuchs und der pubertierende Junior Fuchs eine Rolle, der mit einem Dachs befreundet war, was den Eltern Fuchs missfiel.

Paulina gelang es, den Mann in ein neu eröffnetes Kinderparadies in einem großen Möbelhaus und zu einem Straßenfest in Rastatt zu vermitteln. Einen Clown schickte sie zu einem türkischen Beschneidungsfest und der Zauberer verzauberte Senioren in einem Altenwohnheim. Die meinten allerdings hinterher, er sei einer von ihnen, weil dauernd seine Sachen verschwänden und er nicht mehr wüsste, wo er sie hingelegt hätte.

Von Viola Teiss hörte Paulina zunächst nichts.

Sie gönnte ihr zwar diese Auszeit, doch nachdem jetzt ein paar Tage seit den Geschehnissen in der Baden-Badener Villa vergangen waren, schien ihr, es sei an der Zeit, das Mädel anzurufen.

Nach ein paar einleitenden Floskeln kam Paulina zur Sache: »Ich freue mich, dass Sie offenbar entlastet sind. Das war ja auch nicht anders zu erwarten.«

»Ja. Es sieht gut aus. Und sie haben mich wirklich höflich behandelt, diese Leute von der Soko. Weil ich Krimis schreibe, hat der eine Polizist sogar mal ›kleine Kollegin‹ zu mir gesagt.«

»Was hat denn nun konkret zu Ihrer Freilassung geführt?«

»Die haben so ihre Methoden. Den Stichwinkel zum Beispiel. Ich konnte den Stich wegen meiner Größe so gar nicht ausgeführt haben und dann hatten sie ja den Bluttest … Ich hatte ein bisschen zu viel getrunken und in dem Zustand hätte ich solch eine Tat sowieso nicht begehen können. Ich hätte sie ja auch in die Speisekammer schubsen müssen und auch das wäre mir schwergefallen. Sie war nicht groß, aber doch größer als ich.«

*»Wer ist nicht größer als die?«*

»Also, ich hab keine Ahnung, was da wirklich passiert ist. Ich hatte Durst, weil … mein Gott, ich hatte halt Durst. Und geh da runter. Taste mich durch das Haus. Hol mir ein Glas und Mineralwasser, das stand da noch auf der Anrichte. War das falsch? Sie hatten uns doch gesagt, in der Küche könnten wir uns bedienen. Dann hol ich mir das Glas, dann such ich das Wasser, gieß mir ein und mach, dass ich fortkomm. Ist doch ein fremdes Haus.«

»Ist Ihnen irgendetwas aufgefallen, als Sie in der Küche waren?«

»Ja!«

»Wie?«

»Ja. Wie mild es noch war. Und die wunderschönen Geräusche. Von draußen. Katzen. Käuzchen. Anderes Vieh. Ein eigenartiges Gezwitscher, als ob ein Vogel ruft, aber alles war irgendwie so unnatürlich. Dann von ferne ein Hund und das Rauschen der Bäume. Durch die Kripo hab ich jetzt erfahren, dass die Tür zum Garten offen stand. Mein Gott, es war Sommer, und wir sind hier in Baden-Baden. Nicht in der Antarktis. Hier tut sich was in der Natur.«

»Und nun?«

»Ich muss mich erst einmal ausruhen. Das war alles furchtbar. Ich kannte die ja kaum. Aber die war nett. Eine gute Frau! Selbst, wenn ich in Geldnot wäre, der hätt ich doch nie was gestohlen oder sie umgebracht! Ich kann mir nur ein Motiv denken, jemand zu töten.«

»Und das wäre?«

»Wenn er mein Leben zerstört hätte. Meine Träume.«

*»Da hat sie recht.«*

### *Karlsruhe. Paulina. 26. Juni. Vormittags*

Trotz des neuen Liebesglücks – Jonas erschien fast jeden Tag bei Paulina und inzwischen hatte sie es aufgegeben, ihn vor den Nachbarn zu verstecken, und übte sogar an dem Ausdruck »Das ist mein Freund« – nagte der ungeklärte Mord im Haus Freylingsdorff Tag und den übrigen Teil der Nacht an Paulina.

Sie überlegte schließlich, ob sie versuchen sollte, mit Martine Greiner in Kontakt zu treten, denn die musste schließlich vieles darüber wissen, was sich in dieser Familie abgespielt hatte.

Inzwischen war die Beerdigung von Dorit Freylingsdorff vorbei und mehrere große und von warmen Worten erfüllte Todesanzeigen hatten auch in der Karlsruher Zeitung gestanden. Darin stand auch, dass die Polizei immer noch im Dunkeln tappte, was die Lösung des Falles anging.

*»Diese Martine? Nun, wie wäre es mit einer Katze? Fanatiker erwischt man am besten mit dem Objekt, das sie fanatisch lieben.«*

Paulina stutzte. Diese Worte kamen ihr wichtig vor, doch sie konnte den Grund dafür nicht greifen. In diesem Satz steckte eine Wahrheit, die bedeutsam war. Doch sie kam nicht drauf, was. Noch nicht.

Sie griff zum Telefon und wählte die Handynummer von Martine Greiner, die ihr Jonas gegeben hatte. Zweimal ging niemand dran, erst beim dritten Mal meldete sich eine trockene Stimme.

»Ja?«

»Frau Greiner, ich bin Paulina Teuffel, die Agentin von Viola Teiss, ja genau, der Schriftstellerin, und ich habe gehört, dass Sie sich für den Katzenschutz engagieren. Ja, es tut mir auch alles sehr leid. Es ist furchtbar. Ja, mein Beileid. Also, um auf die Katzen zurückzukommen: Ich spiele nun mit dem Gedanken, mir eine Katze anzuschaffen. Könnten Sie mir da einige Empfehlungen geben?

*»Sehr gut gemacht, Paulina! Du lernst schnell und wirst noch raffinierter, als ich es war.«*

*»Ob das ein Kompliment ist, Oma?«*

Martine Greiner stimmte sofort zu, sich mit Paulina in Karlsruhe zu treffen, um der guten Sache zu dienen. Sie habe ohnehin etwas in der Stadt zu erledigen, nämlich Flugblätter gegen das Elend nicht kastrierter Katzen aus der Druckerei abzuholen.

Man traf sich in einem Bistro in der Karlsruher Innenstadt, das durch die Bauarbeiten auf dem Markplatz auf einem Gerüst oberhalb des riesigen Kraters am Marktplatz gelandet war.

»Die wollen eine U-Bahn bauen, aber dabei machen sie mehr kaputt als der Krieg!«, stellte Paulina fest.

Martine hatte einen sehr schmalen Mund, den sie jetzt noch schmaler machte.

»Über den Krieg möchte ich lieber nicht sprechen. Mein Opa war Soldat und ist in Russland geblieben. Sie haben also nur eine Wohnung und kein Haus mit Garten? Das hätten Sie gleich sagen sollen. Wir geben nur Katzen an Plätze mit Freigang. Sie können aber gerne eine Patenschaft übernehmen. Für zwanzig Euro im Monat können Sie ein Katzenleben verschönern ... Gut, dann schicke ich Ihnen das Formular zu.«

Martine lächelte nicht unfreundlich, rüstete sich aber bereits wieder zum Gehen.

*»Die Frau hat eine Vision, Paulina. Tierschutz ist eine ernste Sache. Jetzt sprich sie schnell an, sonst ist sie weg.«*

Paulina nickte eilig, versprach alles und kam allmählich auf die Katastrophe im Haus Freylingsdorff zu sprechen.

Martines schwarze Knopfaugen funkelten. »Jeder bedauert mich jetzt. Ich habe die Frau meines Chefs, meines guten Freundes, verloren, und es tut mir leid für ihn.« Sie rührte in ihrer Tasse. Bitter fuhr sie fort: »Ich habe niemals ein Verhältnis mit Peter gehabt, auch wenn es alle vermutet haben. Er ist nicht mein Typ und ich bin auch bestimmt nicht seiner. Peter ist ein großes Kind, der ein einfach zu handhabendes und schönes Spielzeug gewählt hätte, wenn er überhaupt fremdgehen wollte. So ein Schwein war er nicht. Eigentlich wusste man immer, woran man mit ihm war. Fragen Sie unseren Pfarrer. Er hat immer gesagt: Gott schätzt die ehrlichen Sünder mehr als die Heuchler.«

Paulina zuckte zusammen.

*»Warum so schreckhaft? Weil dir außer deinem Jonas noch ein Mann gefällt. Paulina, wach auf aus deinem Dornröschenschlaf!«*

»Er hat Dorit geliebt. Und sie hat ihn schon ziemlich ausgelastet. Geistig, meine ich. Sie hat immerhin studiert und er hat sich ohne viel Bildung von unten hochgeboxt. Das ist nun mal ein Unterschied. Sie hat ja dann aufgehört, als die Kinder kamen und er immer wohlhabender wurde. Und hat ihre Energie in den Haushalt gesteckt. Aber er hat sich wirklich um sie bemüht. Sie war sein Ein und Alles.«

Paulina wartete.

Martine schüttelte den Kopf.

»Deshalb war er ja auch so wütend, als Mario Meissner seinem Herzblatt zu nahe getreten ist. Rausgeflogen ist er, hochkant, und hat sich noch gewundert. Hätte er doch wissen müssen, dass sich ein Mario Meissner nicht mit Peter Freylingsdorff messen kann. Ja, Peter hat Dorit geliebt. Und wenn ihm diese Susanne hundertmal nachgestellt hat. Ich hab doch Augen im Kopf. Es war immer nur Dorit. Sie war sein Geschöpf.« Martine schob die Tasse weg. »Natürlich ist der Mann jetzt am Boden zerstört.«

»Also treu wie Gold? Noch einen Kaffee?«

»Ja, bitte. Ach, man hat ihm da immer was angedichtet. Also, wenn er überhaupt ein Verhältnis haben wollte, dann mit dieser kecken kleinen Studentin, die seit einer Weile im Haus wohnt. Die war schon eher sein Typ, und die war auch hinter ihm her. Mit der sollten sie mal sprechen, wenn sie den Ruf Ihrer Schriftstellerin retten wollen. Und das wollen Sie doch, oder? Sie ist zwar frei, aber da bleibt doch bei den Leuten immer was hängen.«

»Man sagt, Sie haben in jener Nacht etwas gehört. Unten in der Küche!«

Martine verzog verärgert das Gesicht. »Was geht Sie das denn überhaupt an, und wer erzählt hier Sachen aus dem Haus rum? Aber gut, warum nicht. Ich schlaf direkt über der Speisekammer und ich hab gehört, dass sich in der Küche Leute streiten. Die Tür zum Garten stand ja offenbar offen und mein Fenster war auch auf. Es war ja so warm in dieser Nacht. Außerdem hör ich dann besser, wenn eine meiner Süßen miaut. Dorit hat sich ja nicht um ihr Futter gekümmert. Die Katzen waren ihr immer egal.« Abscheu zog wie eine Wolke über Martines Gesicht. »Ich dachte erst, es ist Willard, der sich mit Dorit streitet. Er hat in letzter Zeit Probleme mit seinen Eltern. Die Gründe gehen niemand was an. Auch Laila, Antonias Mutter, hat eine tiefere Stimme und ehrlich gesagt, hatte ich immer Angst, sie kommt mal nachts durch den Garten ins Haus. Gerade bei einem Geburtstag ist die Versuchung vielleicht groß für sie. Sie steht so oft am Gartenzaun und starrt zu uns herein.«

»Haben Sie das alles der Polizei gesagt?«

»Ja, natürlich.«

»Dann steht also Laila unter Verdacht?«

»Ich glaube, die Polizei weiß bisher gar nichts, und hat alle, die im Haus waren, und wer weiß wen sonst noch im Verdacht, und auch mir haben sie unangenehme Fragen gestellt! Aber ich habe seit dem ... Mord ... Laila wieder oft am Haus gesehen, sie ist also nicht hinter Gittern. Wahrscheinlich hat sie ein Alibi. Naja, soll mich freuen. Ich mochte sie immer gerne. Sie war irgendwie ... ehrlich auf ihre Weise.«

»Dorit Freylingsdorff nicht?«

Martine stand auf und blickte auf Paulina hinunter. »Nein.«

»Wie meinen Sie das?«

»Wie ich es sage. Und ich muss jetzt gehen. Entschuldigen Sie mich.«

*»Oma, was ist die überhaupt? Die Hausdame oder eine Verwandte? Jedenfalls verhält sie sich reichlich anmaßend.«*

*»Die? Die ist nützlich. Die weiß viel. Mehr, als sie sagt.«*

*»Und wie mach ich jetzt weiter?«*

*»Aus der Familie kriegt man jetzt nichts mehr raus. Die Testamentseröffnung hat noch nicht stattgefunden. Dorit wird ihren Leuten ja was hinterlassen haben oder zumindest Verfügungen getroffen haben. Alle halten sich bedeckt. Tun nett. Ich weiß von Miss Marple, dass es letztlich immer ums Geld geht. Ich würde nochmal mit jemandem sprechen, der nicht*

*zur Familie gehört. Wie wäre es denn nun mit der kleinen Studentin? Hast du nicht ihre Handynummer?«*

*»Ja, von Jonas. Er hat sie für mich organisiert.«*

*»Also! Dann los!«*

*»Die wird vielleicht nicht mit mir sprechen wollen.«*

*»Sie wird. Rufe sie an und stelle dich als Künstleragentin vor. Die meisten Leute halten sich für Künstler und das Wort ›Agent‹ ist für sie ein Zauberwort. War es damals für mich auch, nur dass mein Agent ein Mann war. Ein sehr, sehr netter Mann …«*

*»Oma!«*

## *Karlsruhe. Paulina. 27. Juni. Vormittags*

Paulina traf Monika am nächsten Tag in der überfüllten und von Studenten und Stimmen wie ein Bienenstock wuselnden Mensa an der Karlsruher Hochschule.

Das Mädchen trug ein tief ausgeschnittenes Tigerhemdchen, keinen BH und Jeans, die an strategischen Stellen Löcher hatten, und sie betrachtete Paulina nüchtern.

»Ich habe nicht viel Zeit. Immer die Hin- und Herfahrerei nach Baden-Baden, aber ich hab damals in Karlsruhe kein Zimmer gekriegt. Die Stadt ist ja total überfüllt mit Studenten. Aber bald zieh ich in eine WG in Rintheim. Sie sind also diese Kunst-Agentin. Ich schreibe übrigens auch. Erotische Novellen, also, um ehrlich zu sein, sind sie mehr so schwarz. Mit Leder. Verstehen Sie?«

*»Sie schreibt Sado-Maso-Sachen, Oma!«*

*»Prima. Sex geht immer.«*

*»Oma!«*

*»Ja, glaubst du, diese Dinge gab es früher nicht? Wir hatten einen Bankdirektor im Vorderhaus, der fuhr immer nach Frankfurt in ein bestimmtes Haus und nahm seine Peitsche mit. Man hat das gewusst, aber man sprach nicht darüber.*

*Am Sonntag haben manche von uns für seine verirrte Seele gebetet. Vor allem die, die ihr Geld auf seiner Bank hatten. Er hat sich dann später das Leben genommen. Es kommt nichts Gutes aus diesen Neigungen, wenn man sie so geheim halten muss.«*

»Ich schreibe Sado-Maso. Also, einer meiner Romane heißt ›Sie tat es nicht freiwillig‹. Ich dachte, vielleicht könnten Sie mich in Clubs vermitteln. Nachtclubs. Ich lese auch auf Französisch, wenn Sie verstehen.«

*»Paulina, da kannst du jedenfalls mehr als deine lumpigen 150 Euro verlangen! Frag deinen Exmann.«*

*»Oma!«*

*»Ist doch wahr. Denk mal an ein Restaurant. Spaghetti mit Tomatensauce kostet 7 Euro. Spaghetti mit Trüffeln 17 Euro. Und warum? Weil Spaghetti mit Trüffeln was Ausgefallenes ist.«*

»Ich kann es versuchen. Ich habe tatsächlich gewisse Kontakte in gewisse Kreise. Ich könnte eventuell etwas für Sie tun. Würden Sie auch in Schwarz auftreten? Oder spärlich gekleidet?«

»Ich brauch dringend Kohle. Ich tret auch nackt auf, wenn es sein muss.«

»Gut. Ich werde Sie in meine Kartei aufnehmen. Aber sagen Sie mir bitte, was Sie mir als Gegenleistung bieten. Was könnte Viola endgültig entlasten?«

Ein schlaues Lächeln. »Ich habe etwas gefunden, das verdächtig ist. Vielleicht holt das Ihre Viola endgültig vom Haken. Jetzt, wo sie quasi Kollegin von mir ist.«

»Und was?«

»Also. Die Freylingsdorff hatte ein Handy. Klar?«

»Klar.«

»Und der Freylingsdorff hatte auch ein Handy. So weit alles normal. Aber ich habe entdeckt, dass Madame noch ein zweites Handy besaß. Ich hab sie einmal damit überrascht, als ich in die Speisekammer ging. Da lagert ja mein Mineralwasser. Sie wollte es verstecken, es war aber zu spät und dann hat sie getan, als wäre es ihr ganz normales Handy, und hat mit irgendeiner Freundin telefoniert. War's aber nicht. Es war ein S4 Mini und das normale ist ein S3 gewesen. Die sehen fast gleich aus, aber ich hab mal in nem Handyladen gejobbt, deshalb sehe ich den Unterschied.«

»Aha.«

»Ja. Ganz recht. Leute mit zweitem Handy haben einen Grund dafür. Meistens gehen sie fremd. Lebenserfahrung.«

Das Wort hörte sich aus dem Mund eines so jungen Mädchens seltsam an, aber Paulina dachte, dass Monika wahrscheinlich tatsächlich jetzt schon mehr von Männern wusste, als sie selbst es jemals würde.

*»Aha, Paulina, siehst du jetzt eigentlich, dass es überall das Gleiche ist? Moral ist eine Illusion, die zerbricht, wenn was Besseres daherkommt.«*

»Sie meinen also, Dorit Freylingsdorff ist fremdgegangen?«

Das Mädchen zuckte mit den Achseln. »Eigentlich kann man sich das schwer vorstellen. Sie war nicht der Typ dafür. Aber die war trotzdem eine Hexe. Und gefährlich.«

»Sie sind die Erste, die das sagt.«

»Die anderen sehen die Dinge nicht, wie sie sind. Balzen alle um diesen reichen Mann herum. Und der flirtet mit allem, was nicht bei drei auf dem Baum ist. Ich glaube, das hat seiner Frau nicht gefallen. An dem Hochzeitstagsabend bestimmt auch. Da war doch diese Tuss aus dem Tennisclub. Die hat den immer angebaggert.«

»Aha. Und wo ist dieses zweite Handy?«

»Keine Ahnung. Sie wird es irgendwo versteckt haben.«

»Wo hat sie es damals nach dem Telefonat hingetan?«

Das Mädchen kicherte. »Hört sich jetzt blöd an, aber sie hat es aus der Speisekammer geholt. Als ich sie ertappt hatte, hat sie irgendwie kurz telefoniert und es dann ganz normal in ihre Handtasche getan.« Monika tippte sich an die Stirn. »Aber ich hab vorher gesehen, wo sie es herausgenommen hat. Aus einer alten Schürze, die hängt auch in der Speisekammer. Und zwar ganz versteckt, neben dem Regal mit Zucker und Mehl oder so.«

»Haben Sie später noch einmal nachgesehen, ob es da noch ist?«

»Nein. War mir doch scheißegal, was die macht. Und jetzt, wo sie tot ist, dachte ich, die Kripo durchsucht alles und findet es sowieso. Vielleicht ist es irgendwo in einer Vorratsdose oder so.«

»Können Sie vielleicht mal nachschauen?«

»Das kostet aber, Lady. Die Kripo ist jetzt nicht mehr im Haus, aber trotzdem. Beweismaterial und so. Ich studier Wirtschaftsinformatik und wir hatten auch einen Unterrichtsblock Recht.«

»Tatsächlich!«

*»Paulina, die Kleine wird mal richtig gut. Und so was nennt sich heutzutage Studentin. Die schlägt mehr in unser Fach. Bei den Ghardinis gab es auch ein oder zwei hübsche Mädchen, die nicht ganz lupenrein waren. Bei den Fahrenden war so was aber verpönt und beim Hitler war's gefährlich …«*

*»Oma!!«*

»Also gut. Ich verzichte für die ersten drei Auftritte in Clubs in Mannheim und Heidelberg auf meine Vermittlerprovision.«

Das Mädchen taxierte Paulina. »Sie sind aber ein zäher alter Vogel, hm? Also gut, ich versuch das Ding zu finden. Garantieren kann ich's nicht.«

»Ich warte auf Ihren Anruf.«

Monika musterte Paulina mit der Nüchternheit einer hübschen jungen Frau. »Was haben Sie eigentlich mit all dem zu tun? Ist Ihnen langweilig?«

»Ja«, sagte Paulina.

*Karlsruhe. Paulina. 28. Juni. Nachmittags*

Paulina war den ganzen folgenden Tag unruhig. Sie lauschte mit einem Ohr ständig darauf, ob das Telefon oder das Handy klingelte.

*»Seltsam, wie so ein Handy anfangen kann, das Leben zu beherrschen, Oma!«*

*»Es ist nicht das Handy, Paulina. Das ist doch nur eine tote, schwarze Sache. Es ist das, was drinsteckt. Das, was du daraus machst. Und was es bedeutet, wenn jemand zwei Handys hat anstatt nur einem.«*

Da klingelte das Handy endlich. Jonas.

»Wie geht es dir? Was machst du?«

»Ich glaube, ich muss noch üben, bis ich eine badische Miss Marple bin!«, seufzte Paulina. »Und meine Künstler sind schon traurig, weil ich so wenig Zeit für sie habe. Moment, ich muss auflegen. Mein Festnetz-Telefon klingelt und auf den Anruf habe ich gewartet!«

»Immer beschäftigt!«, tönte es in der Leitung, doch dann hängte Paulina ab.

Monika Heidenreich meldete sich mit »Hallo, hier ist die Moni!«. Lakonisch, nicht besonders euphorisch und ganz und gar nicht triumphierend verkündete Monika die Botschaft, auf die Paulina so gespannt gewartet hatte: »Ich war spätabends in der Küche und hab's gefunden. Es war, wie ich es vermutet habe. Sie hatte es doch tatsächlich in einer Cornflakes-Packung ganz hinten versteckt, hinter der selbstgemachten Marmelade. Ich dachte ja schon, die Bu…, also unsere Polizei arbeitet genauer. Aber da sind wahrscheinlich ein paar Papis dabei, die wissen, dass man das Zeug hinterher mühsam wieder auflesen muss, wenn man die Packung ausschüttet. Ein paar Marmeladengläser haben sie anscheinend aufgemacht, aber dann schnell Schluss mit der Speisekammer gemacht.«

»Hast du das Handy eingesteckt?«

»Hab ich, obwohl das auch nicht gerade korrekt ist, oder? Sie sind doch ne ältere Frau. So was macht man doch nicht als ältere Frau.«

»Danke, Monika, aber noch lebe ich, und ich möchte dieses Handy sehen.«

*»Wie gut, dass sie noch nicht weiß, wie schnell auch sie eine alte Frau ist!«*

»Kannst du es mir trotz meines Greisentums schnell vorbeibringen, Monika? Bist du in Karlsruhe?«

»Ja. Wollte gerade in der Mensa einen Kaffee trinken gehen, aber ich kann's mit dem Fahrrad vorbeibringen. Das kostet aber was extra, gell?«

»Ich glaube, du wirst es weit bringen, Monika. Also gut, komm vorbei. Ich bin zu Hause.«

Als es klingelte, wachte Patrick auf und schlich dreitagebärtig und verschlafen aus seinem Zimmer.

Als er Monika sah, wurde er schlagartig wach. »Na, hallo, was haben wir denn da Leckeres? Wohnst du nicht auch in der Todesvilla?«

»Verpiss dich, Klimperer. Ich studier an der Eliteuni und bin irgendwann Führungskraft. Was will ich mit einem wie dir, der bei Geburtstagen den Kasper macht?«

»Na, hör mal. Ich bin Künstler.«

»Hungerkünstler vielleicht!«, verkündete Monika ungerührt.

*»Hihihi, die gefällt mir ganz gut!«*

Monika und Paulina gingen ins Wohnzimmer.

»Hey, Paulina«, rief Patrick mit liebevollem Spott. »Monika ist kein Umgang für dich. Und ich finde überhaupt, du hast dich zu deinem Nachteil verändert. Kümmerst du dich überhaupt noch um deine Bären? Was ist, wenn sie mal krank sind?« Sein Lachen ging in ein Husten über.

Paulina seufzte und schloss die Wohnzimmertür. Sie setzten sich.

»Wo ist es, Monika?«

Monika streckte die Hand aus. Paulina nahm das Handy und betrachtete das Display.

»Es ist eingeschaltet. Sie muss es also auch regelmäßig aufgeladen haben.«

»Sie konnte es unauffällig an die Ladestation von ihrem anderen Handy andocken!«, erklärte Monika sachkundig. »Die sind identisch für alle neuen Samsung-Modelle. Das hätte niemand gemerkt. Ich meine, Peter, also Herr Freylingsdorff, war ja viel unterwegs und außerdem hat er Dorit sowieso nicht kontrolliert. Warum auch? Wenn einer untreu war, dann er!«

»Weißt du das genau?«

»Naja, er ist dieser Susanne aus dem Tennisclub nachgestiegen. Diese Greiner war bestimmt auch in ihn verschossen, wer weiß, was da wirklich gelaufen ist!«

»Hm …«

Paulina nahm das Handy und wendete es hin und her.

»Geben Sie es mir mal!« Monika nahm Paulina das kleine schwarze Gerät ab. »Wollen mal sehen, was sie damit überhaupt gemacht hat. Ich lach mich tot, wenn die einen Lover hatte. In dem Alter!«

»Na, hör mal. Man kann in jedem Alter lieben.«

»Vielleicht, aber ob man wiedergeliebt wird, ist die große Frage. Also, ich kenn nur Typen, die auf junges Gemüse stehen.«

Monika tippte mit ihrem unsauber lackierten Zeigefinger auf die Anrufprotokolle. »Telefoniert hat sie nicht mit dem Handy. Sie hat gar keine Anrufe drauf. Und auch keine Mails. Keine SMS. Sie hatte kein Facebook installiert. Kein Twitter. Nix.«

Paulina schüttelte den Kopf.

»Das ist seltsam. Hatte sie es nur als Attrappe? Oder als Sicherheit, falls mal mit dem anderen etwas schiefgeht?«

*»Niemand hat ein zweites Handy als Attrappe, Paulina. Da musst du weitersuchen. Sieh es dir nochmal genauer an!«*

»Komisch!« Monika betrachtete noch einmal das Display.

»Sie hat nur die Sachen drauf, die sowieso immer bereits installiert mitgeliefert werden. Halt, nein. Hier ist eine App! Das gibt's ja nicht. Die hat auch Quizduell gespielt!«

Monika aktivierte die App. »Und hat ganz viele Spiele gemacht. Hier kann man ihr Ranking sehen. Und ihre Favoriten als Mitspieler. Wow, die hat ja sogar gegen Peter007 gespielt! Und immer gewonnen! Das war doch *sein* Lieblingsspiel? Sie hat ihm manchmal geholfen, wenn er was nicht wusste, aber er hat dann immer so getan, als ob er es eigentlich doch selbst herausgefunden hätte. Und sie hat ihn in dem Glauben gelassen. Clevere Lady, dachte ich immer. Aber hier … hallo, die hat ja ein Ranking von 89. Viel besser als er! Wie kann denn das sein?«

Atemlos schauten sie beide auf das kleine schwarze Ding in Monikas Händen.

»Und ihr Tarnname war Asterix!«

»Was heißt das nun wieder?«, fragte Paulina neugierig.

Monika lachte. »Asterix war der ewige Angstgegner von Peter …«

Sie verstummte schlagartig und sah Paulina mit großen Augen an.

»Mensch, so eine Scheiße! Was geht da ab? … Echt, ich muss jetzt gehen. Ich muss jetzt wirklich gehen. Und ich glaub, ja, ich glaub, ich zieh schon früher in meine neue WG in Rintheim. Ich frag …«, und jetzt schimmerte eine Träne in ihren kecken Augen, »ob ich schon heute Abend da schlafen darf.«

Abrupt stand Monika auf und ohne noch etwas zu sagen, verließ sie die Wohnung.

Paulina war klar, dass sie etwas Wichtiges entdeckt hatte.

*»Oma, was jetzt?«*

*»Fassen wir einmal zusammen. Wir haben eine Familie, die um einen Fixstern herumkreist. Einen wohlhabenden Mann, der seine Wohltaten verteilt oder entzieht, wie es ihm passt. Für den anderen Tag war der Rechtsanwalt bestellt, der schon mal mit dem Verteilen irdischer Güter an die lieben Verwand-*

*ten betraut war. Wir haben einen Mann, der gerne geflirtet hat. Und der keinen Hehl daraus gemacht hat.«*

*»Und?«*

*»Und wir haben einen Mann, der immer gewinnen will, und eine Frau, die ihn gewähren ließ. In Wahrheit hat sie immer gewonnen, aber klug, wie sie war, hat sie ihn in dem Glauben gelassen, dass er der Klügere ist.«*

*»Oma …«*

*»Tja. Und wir haben nun eine Nacht. Eine Nacht, in der sich offenbar die Emotionen geballt haben. Er flirtet. Er brilliert. Er führt sich auf wie der Sonnenkönig.«*

*»Was willst du damit sagen?«*

*»Dass du dich einmal erinnern solltest, was Viola gesagt hat. Was hat sie für Geräusche gehört, als sie in der Küche war? Geräusche aus dem Garten und ein unnatürliches Vogelgezwitscher. Kristine spielt Quizduell. Erinnerst du dich an das Geräusch, wenn sich dein Mitspieler meldet? Nicht? Na, dann such dir mal einen Gegner mit diesem Quizduell. Und höre, was es für ein Geräusch gibt, wenn er antwortet …«*

*»Oma, woher kannst du das denn wissen? Du hast doch gar kein Handy.«*

*»Ich bin tot, aber nicht hinter dem Mond daheim. Ich sehe zu, wenn die Leute mit diesen herrlichen kleinen Dingern spielen.«*

*»Ich habe eine Idee, Oma!«*

*Karlsruhe. Paulina. 29. Juni. Später Nachmittag*

Jonas und Paulina saßen in der Küche. Zwischen sich französischen Käse und eine Flasche Champagner. Paulina schnitt sich mit dem Messer ein Stück Käse ab. Ihre Mutter würde sich im Grab herumdrehen.

»Jonas, erinnerst du dich, dass Martine Greiner davon gesprochen hat, dass sie einen Streit gehört habe in jener Nacht?«

»Ja, natürlich. Das hat sie bei der Polizei ausgesagt.«

»Mir gegenüber hat sie gesagt, sie habe zuerst gedacht, Willard und seine Mutter stritten sich, denn die beiden hatten zur Zeit wohl einige Konflikte. Dann hatte sie Angst, es sei Antonias Mutter, die – so hat sie wörtlich gesagt – eine tiefe Stimme gehabt habe. Das heißt, sie war gar nicht sicher, ob es ein Mann und eine Frau oder zwei Frauen waren, die sich da unten gestritten haben.«

»Was?«

»Es könnte also ebensogut Willard gewesen sein, der sich nachts mit seiner Mutter auseinandergesetzt hat. Oder ihr Schwager Gunter, der wohl geschäftlich nicht ganz so gute Erfahrungen mit der Familie Freylingsdorff gemacht hatte, wie mir der eine oder andere angedeutet hat.«

»Ja, aber …«

Vom Flur hörte Paulina ein Geräusch und leises Kichern. Sie stand auf und lugte hinaus.

»Patrick? Und bist du das, Viola? Sag bloß, Patrick, ihr zwei probiert es nochmal miteinander? Kommt ihr beide mal kurz rein zu uns in die Küche? Setzt euch, trinkt was oder seid ihr geheilt vom Alkohol?«

»Nee, ich nehm was!«, sagte Viola etwas verlegen und nahm Platz.

Patrick drehte einen Stuhl um und setzte sich verkehrt herum hin.

Paulina reichte Jonas das Messer. Der schüttelte den Kopf.

»Patrick, du hast gesagt, die Stimmung im Haus war angespannt.«

Viola nickte.

Patrick kratzte sich am Kopf. »Da waren keine *good vibrations*. Die hatten alle was gegeneinander. Und der Big Boss hat ziemlich unverhohlen an anderen Weibern rumgebaggert. Keiner war da richtig entspannt. Einer ist schon vorher gegangen, der war stinksauer, und dieser Schwager war auch schlecht drauf. Und die Hausfrau sah auch aus, als könnt sie jemand fressen.«

Jonas hob die Hände. »Um Gottes willen. Alle diese Möglichkeiten gefallen mir nicht.«

»Was hast du gedacht? Dass sich ein Mordfall einfach auflöst? Jonas, die Familie gehört zu deinen Klienten. Mir ist schon klar, dass es für dich kein schönes Gefühl ist, dass einer von ihnen ein Mörder sein könnte.«

»Ich glaube immer noch, jemand kam von außen. Auch Bewegungsmelder können irren.«

Paulina betrachtete ihn und lächelte.

*»Typisch Mann. Sehen nur, was sie sehen wollen. Außer es geht gar nicht mehr anders.«*

»Lasst uns zusammen ein Spiel spielen!«, sagte Paulina. Sie wies auf das Handy, das vor ihr lag. »Ich fordere jetzt irgendjemanden irgendwo zum Quizduell auf!«

Jonas trank sein Glas aus. »Du auch? Oh, Paulina, hör mit dem Blödsinn auf. Dieses Spiel macht süchtig und weckt nicht gerade die besten Eigenschaften bei den Leuten, die es betreiben.«

»Das kannst du laut sagen!«

»Also, hier ein Typ namens Milchbubi ist bereit, mit mir, also mit Asterix, zu spielen. Gebiet: Geschichte. Wo starb Napoleon? Korsika, Korfu, Elba oder St. Helena. Ich sage Elba. Er spielt verdeckt. Ich warte auf seine Antwort: Und da kommt sie. Hörst du es? Hörst du das Geräusch?«

»Ja!«, sagte Viola langsam. »So ein Zwitschern.«

»Könnte es das Zwitschern gewesen sein, das du gehört hast, als du nachts in der Küche warst?«

Viola nickte. »Das war es! Ich dachte noch, was für ein komischer Vogel.«

Paulina stand auf und lief immer wieder im Zimmer auf und ab. Seltsam, dass sie früher nicht gemerkt hatte, wie eingesperrt sie in dieser kleinen Wohnungsschachtel war. Sie würde sich ein Häuschen mit Garten suchen. Wie Miss Marple.

»In der Speisekammer war jemand und hatte sein Handy nicht ausgestellt. Und deshalb zwitscherte es, wenn die Nachricht kam, dass sich ein Gegner beim Quizduell meldet.«

»Moment mal!« Jonas drehte sich um und folgte ihr mit den Blicken. »Steh doch mal still. Was willst du damit sagen, Paulina?«

»Dass Viola möglicherweise in der Küche war, als der Mörder sich mit seinem toten Opfer in der Speisekammer aufgehalten hat. Und dass der Mörder Viola gesehen hat und bemerkt hat, dass sie betrunken war. Da könnte er seine Chance gewittert haben, ihr die Sache anzuhängen.«

*»Clever! Richtig spannend jetzt.«*

»Wenn ich vermute, dass du das denkst, was ich denke, so kannst du das niemals beweisen.«

»Warte es ab. Jonas, wo kann man eigentlich Dorits Stimme hören?«

»Dorits Stimme? Warum denn das?«

»Sag es mir einfach.«

»Jetzt komme ich nicht mehr mit«, meinte Patrick ratlos.

Viola schüttelte bloß den Kopf.

Jonas krauste die Stirn. »Auf dem Anrufbeantworter der Familie, glaube ich. Das machen doch immer die Frauen.«

*»Spitzenidee, Paulina. Ich glaube, ich weiß, worauf du hinauswillst!«*

»Wann ist die Testamentseröffnung bei Freylingsdorffs?«

»Morgen. In der Villa. Um zwei Uhr ist Vorbesprechung nur mit Peter und Willard und Lilly. Den engsten Blutsverwandten. Um drei kommen die anderen hinzu. Antonia ist nicht dabei.«

»Gut. Darf ich ganz kurz dazukommen, Jonas?«

»Ich weiß nicht ... Das geht nicht.«

»Ganz kurz nur.«

»Wie soll ich das der Familie denn erklären? Das ist absolut unüblich.«

»Keine Sorge. Mein Besuch wird selbsterklärend sein. Ich bin um zwei Uhr da. Es wird nicht lange dauern.«

Jonas schüttelte den Kopf. »Ich weiß nicht, ob mir das alles gefällt.«

»Und ... Jonas?«

»Ja?«

»Bring jemanden von der Kripo mit, ja?«

*»Jetzt hat aber geschaut! Er hat sich in die Erinnerung an ein zartes Pflänzchen verliebt, Paulina. Ob er mit der neuen Paulina zurechtkommt?«*

*»Wir werden sehen, Oma.«*

Als alle gegangen waren, wählte Paulina eine Nummer aus ihrer prall gefüllten Kartei. Das Helene-Fischer-Double.

»Helene, wie geht's? Prima. Du hast Hochkonjunktur, das glaube ich. Könntest du mir bitte einen kleinen Gefallen tun? Ja? Ich hätte gerne, dass du heute Abend für mich einen Anruf mit einer bestimmten Stimme tätigst. Geht das? Kannst du so etwas? Wo du die Stimme hören kannst? Auf einem Anrufbeantworter. Ich habe sie dir aufgenommen und spiele sie dir jetzt vor. Du kannst sie so oft anhören, wie du möchtest. Kannst sie auch mitschneiden.«

Helene lachte: »Ich bin ein Profi. Drei oder vier Mal sollten reichen. Leg los.«

Als das erledigt war, zog Paulina die nächste Karte aus ihrer Kartei.

Sie wählte konzentriert und rasch. Und hatte Glück. Im Hintergrund erklang Babygeschrei.

»Adam, gut, dass ich dich erwische. Entschuldige, ja … ich höre den Kleinen, gib ihm einen Kuss von Tante Paulina. Hör mal, ich weiß, ihr verratet eigentlich niemals etwas, aber diesmal ist es wirklich wichtig. Könntest du mir einen ganz leichten Zaubertrick beibringen, den ich sofort wieder vergesse? Ich verspreche es.«

Adam zögerte nicht. »Für dich immer. Worum geht's?«

»Komm zu mir, und ich erkläre es dir. Für dich ist es ein Kinderspiel. Ich brauche dich dann nur noch kurz in einer bestimmten Minute.«

Die nächste Nummer würde sie zum letzten Mal im Leben wählen. Das wusste sie.

»Hallo, hier Paulina Teuffel. Ich möchte mich nochmals bei der ganzen Familie entschuldigen. Dürfte ich morgen

Nachmittag ganz kurz mit Ihrem Anwalt vorbeikommen? Ich bleibe nur eine Minute.«

Es dröhnte gutmütig wie immer aus dem Hörer: »Aber meine Beste. Sie brauchen sich doch nicht bei mir zu entschuldigen. Sie sind doch nicht an der Tragödie schuld. Sie haben doch meine arme, kleine, dumme Frau nicht umgebracht.«

Paulina atmete tief ein. »Das ist sehr nett von Ihnen, aber ich möchte Sie trotzdem ganz kurz besuchen.«

Es war kurz still in der Leitung.

»Na, dann kommen Sie halt um kurz vor zwei. Aber ich weiß wirklich nicht, warum Sie jetzt noch …«

Doch da hatte Paulina schon aufgelegt.

*Baden-Baden. Villa Freylingsdorff.*
*30. Juni. Früher Nachmittag*

Paulina fuhr zeitig los. In Baden-Baden fuhr sie wieder die schöne Straße hinauf und parkte diesmal direkt vor dem Haus der Freylingsdorffs auf dem stillen Gehweg.

Diesmal stand nur noch ein Polizist vor dem Anwesen und der winkte Paulina gleichmütig durch, nachdem er einen flüchtigen Blick in ihre Handtasche geworfen hatte.

Trocken fragte er: »Nur ein Handy?«

»Ja, warum?«, entgegnete Paulina ein wenig verwundert.

Der Polizist sagte schmunzelnd: »Es gibt auch Leute mit zwei Handys, das sind gar nicht so wenige, wie mir schon öfter aufgefallen ist!«

Paulina lachte und sagte: »So einen kenne ich auch.«

»Wissen Sie, wieso?«, fragte der Polizist.

Paulina erwiderte lapidar: »Ja, natürlich. Mein Liebhaber braucht zwei Handys. Er ist verheiratet.«

Der Polizist starrte Paulina überrascht an. »Was??«

*»Ich bin stolz auf dich, Paulina!«*

»Wieso sind Sie überhaupt noch da? So lange nach dem … nach der Tat?«, fragte Paulina.

»Vorschrift«, erwiderte der Uniformierte lakonisch.

»Ach so.«

»Ich habe deine Frage gehört, Paulina. Die Polizei ist noch da, weil der Mörder noch nicht gefasst ist. So lange steht das Haus noch unter Beobachtung«, sagte Jonas, der gerade mit einem unauffällig gekleideten Mann auf Paulina zukam.

Er stellte ihn vor. »Das ist Kriminalinspektor Laufenburg, der stellvertretende Leiter der Sonderkommission. Er wird bei dem Treffen jetzt dabei sein.«

Laufenburg musterte Paulina mit professionellem Blick. »Frau Teuffel? Nun, Sie sehen nicht aus wie eine Künstleragentin.«

Paulina lächelte flüchtig. »Der Eindruck kann täuschen. Das wissen Sie doch sicher besser als ich. Welcher Täter hat gemeine Augen, einen fiesen Blick, Raubtierzähne und zu Klauen geformte Mörderhände?«

Laufenburg nickte. Zurückhaltend antwortete er: »Da haben Sie natürlich recht. Nur zu oft schnappen unsere Handschellen bei Herrn und Frau Biedermann zu. Leute, denen man diese Abgründe niemals zugetraut hätte.«

Paulina nickte. »Neid und Hass können sich überall einnisten.«

Ein gefasster, aber blasser Peter Freylingsdorff empfing Paulina und Jonas mit abwesender Freundlichkeit. Sein Blick wanderte zu dem Kriminalbeamten im Hintergrund und wurde schlagartig frostig. Er runzelte die Stirn.

»Sie hier? Heute? Gibt es dafür einen Grund?«

Er wartete die Antwort nicht ab, ging zum Fenster und sah auf die Straße hinunter. »Hoffentlich ist uns die Presse nicht wieder auf den Fersen. Sie lauern überall. Deshalb haben wir eigens die Testamentseröffnung in unsere Privaträume verlegt.«

Er wandte sich um und musterte Laufenburg unfreundlich. »Ich weiß nicht, was Sie hier noch Neues erfahren könnten, aber bitte …«

Paulina musterte den Hausherrn. Groß, gutaussehend. Ein trauernder Löwe, aber ein Löwe.

Er bot beiden einen Platz und einen Kaffee an.

»Mein herzlichstes Beileid, Herr Freylingsdorff! Darf ich?« Paulina trat auf ihn zu und umarmte ihn spontan.

Peter wies sie zwar nicht ab, erwiderte den Druck aber auch nicht und schob sie nach einer kleinen Weile von sich – ein wenig erstaunt.

»Nun, Frau Teuffel. Es ist doch alles gut. Sie stellen Ihre Rechnung und dann vergessen wir das. Sie sind mir nur nicht böse, wenn ich Sie nicht weiterempfehle, ja?«

»Nein. Das kann ich verstehen. Mein Beileid, nochmals.«

Es trat Schweigen ein.

»Der Notar kommt jede Minute. Ich sollte wohl jetzt die anderen rufen!«, sagte Peter und räusperte sich. »Möchtet ihr, möchten Sie etwas trinken? Martine, unsere Haushälterin, wird zwar an der Testamentseröffnung nicht teilnehmen, aber sie steht zur Verfügung.«

»Danke. Nein«, sagten Jonas und Paulina fast gleichzeitig.

Sie sahen einander erstaunt in die Augen. Paulinas Herz klopfte.

Laufenburg hielt sich im Hintergrund und beobachtete das Geschehen wortlos.

Jonas sah auf die Uhr und fragte: »Soll es denn nicht bald losgehen? Ihre Kinder sind noch nicht da.«

Peter strich sich mit der Hand über die Stirn. »Ja, natürlich, ich rufe sie sofort. Der Notar muss jede Minute eintreffen. Frau Teuffel, Sie werden ja dann wieder gehen wollen?«

Paulina hielt sich mit einer Hand an einer Stuhllehne fest. Sie merkte, dass ihre Hand beinahe abrutschte, so feucht war sie.

»Gleich. Wenn ich alles erledigt habe!«

Jonas war besorgt. »Geht es dir gut, Paulina? Du bist ein wenig blass. Du könntest ja draußen warten, bis wir fertig sind. Es wird nicht lange dauern. Die Regelungen der … Verstorbenen sind meines Wissens ziemlich klar.«

Peter stöhnte angestrengt und schüttelte den Kopf.

Martine betrat den Raum. Sie sagte: »Ich habe Willard und Lilly Bescheid gesagt. Sie kommen gleich.«

Sie schloss das Fenster und zog die Vorhänge zu. Im Raum wurde es dunkler.

Die Tür öffnete sich. Willard und Lilly traten ein und stellten sich zu ihrem Vater, nachdem sie einen überraschten Seitenblick auf die versammelte Gruppe geworfen hatten.

Paulina griff wie zufällig in die große Tasche ihres Blazers, tastete mit einem Seitenblick nach ihrem Handy und schickte mit einem Knopfdruck unauffällig eine schon vorbereitete SMS los.

Es dauerte nicht lange.

»Moment mal, da läutet ein Handy!«

Verblüfft griff Freylingsdorff in seine Hosentasche und förderte ein klingelndes Handy zutage. »Oh, ich glaube, das ist gar nicht meins …«

Paulina ergriff die Initiative: »Geben Sie mir das Handy! Ich kann Ihnen da helfen.«

Sie ging schnell auf Peter zu, nahm ihm das Handy ab und drückte auf den grünen Hörer sowie auf den Lautsprecherknopf.

»Bei Peter Freylingsdorff?«

Plötzlich erklang glasklar und unverwechselbar in dem großen Raum die Stimme von Dorit Freylingsdorff.

Peter Freylingsdorff stand wie erstarrt.

Laut schallten Worte aus dem Handy in Paulinas Hand: »Ich spreche aus meinem Grab. Du hast mich umgebracht, weil ich ›Asterix‹ war. Du konntest nicht ertragen, dass du, der ewige Gewinner, der Spieler, der selbsternannte Quiz-König, von mir, seiner eigenen Frau, immer und immer wieder besiegt worden war. Deiner Frau, die du immer vor allen als nettes Dummchen hingestellt hast. Doch als ich erleben musste, wie du mich an unserem Hochzeitstag wieder und wieder gedemütigt hast, mit dieser Schlampe von Tochter und mit Susanne, hatte ich genug. Vielleicht hattest du nichts mit ihr, aber du hast auch nichts dagegen unternommen, dass jeder dachte, du würdest es tun!«

Peter Freylingsdorff atmete tief ein. Sein Blick wurde leer. »Dorit. Dorit!«, murmelte er.

Er rührte sich nicht. Alle sahen ihn an, als die Stimme unbarmherzig und unaufhaltsam weitersprach.

»Du hast mich ermordet. Es war die Wut, Peter, die Wut, die du ebenso wie deine Großzügigkeit und deine Liebe niemals zügeln konntest. Lebwohl. Und viel Spaß im Gefängnis. Ein neues Spiel. Dieses Spiel hast du jedenfalls verloren!«

Alle sahen Peter Freylingsdorff an.

»Mama? Das kann nicht sein, das kann sie doch nicht sein?«, schrie Lilly erschüttert.

Sie war die Einzige, die Worte für das Unaussprechliche fand.

In den Gesichtern der Umstehenden malte sich nur eine Mischung aus Entsetzen und Unglaube.

»Papa! Das stimmt doch nicht! Sag, dass es nicht stimmt!« Lillys Stimme überschlug sich fast.

Alle redeten auf einmal durcheinander.

Laufenburg näherte sich Peter Freylingsdorff und stellte sich hinter ihn, um jederzeit eingreifen zu können.

Willard schlug mit der Faust an die Wand neben ihm. »Ich hab es geahnt!«, brüllte er. »Mein Gott!«

Jonas streckte die Hand in einer hilflosen Geste nach Peter aus und ließ sie wieder sinken.

Peter sah sich um wie ein Stier in einer Arena. Tödlich getroffen, aber noch nicht besiegt.

Er holte tief Luft und blickte mit erhobenem Kopf herausfordernd in die wieder still gewordene Runde.

»Es stimmt. Warum hat sie das auch getan? Sie war selbst schuld daran! Nach der Party, in der Küche, haben wir gestritten. Ich betrüge sie, sagt sie. Ich mache sie lächerlich. Sagt sie. Sie ist dann in die Speisekammer gegangen. Ich dachte, sie will Wasser holen. Ich gehe ihr nach. Und dort sagt sie es mir dann. Erst dachte ich, sie macht Spaß.«

Peter Freylingsdorff lachte und schüttelte wieder den Kopf wie ein Stier, dem der Pfeil im bulligen Nacken steckt.

Die Stimme des großen Mannes klang fast weiblich, als er seine tote Frau nachahmte: »›Mein Bester: Wie heißt dein Angstgegner in diesem lächerlichen Spiel, das du spielst? Asterix, nicht wahr? Ein unbekannter Mensch, irgendwo in Deutschland, denkst du? Oh nein, nein, da denkst du falsch. *Ich* bin Asterix‹, sagt sie. ›Und morgen werden es alle wissen. Wie die über dich lachen werden!‹«

Peter drehte sich im Kreis seiner jetzt schweigenden Zuhörer.

»Sie war so hochmütig, so arrogant. Sie hat mich einfach ausgelacht. Sie könnte es mir und allen beweisen und mir das zweite Handy mit ihren gewonnenen Spielen zeigen, hat sie gesagt! Das war doch nicht mehr meine liebe, sanfte Dorit, die zu mir aufschaut und die ich deshalb liebe! Sondern eine besserwisserische, raffinierte Bestie! Ich bin in die Küche gerannt. Dorit kam hinter mir her, sie hat einfach weitergelacht! Hauptschüler bleibt eben Hauptschüler, hat sie gesagt. Und wenn er noch so viel Geld mit einem lächerlichen Schuh verdient …« Peter lachte hämisch. »Dafür musste sie doch bestraft werden. Ich habe ein Messer genommen, das da herumlag, und dann habe ich es auf sie gerichtet, damit sie aufhört. Bin auf sie zugegangen. Sie ist rückwärts zurück in die Speisekammer … aber es war seltsam … sie hatte gar keine Angst vor mir! Auch nicht vor dem Messer! Sie hat einfach weitergeredet, so voller Hochmut … Da habe ich zugestochen. Nur, damit sie zu lachen aufhört. Das versteht ihr doch, nicht wahr? Ich konnte ja gar nicht anders!«

Lilly schluchzte auf. Willard hielt sich die Hand vor den Mund.

Peter seufzte schwer. Mit rauer Stimme, aber in sachlichem Ton fuhr er fort: »Ja, so war das. Ich habe das Messer dann abgewischt. Dann habe ich im Flur jemanden gehört. Als diese

Kleine da in die Küche kam, bin ich bei Dorit in der Speisekammer geblieben. Sie war aber dann schon tot. Die Kleine war betrunken und hat nichts bemerkt. Es war ein Kinderspiel, mich eine Stunde später zu ihr zu schleichen und den Ring neben sie zu legen.« Peter lachte heiser. »Sie hat mir in jener Nacht auch vorgeworfen, ich hätte sie betrogen. Wer, frage ich, hat hier betrogen? Sie war doch meine kleine Frau! Wie konnte sie mir das antun? Und wie konnte sie mich so belügen? Sie hatte es doch gut bei mir. Alle haben es gut bei mir.«

Laufenburg ging zur Tür, gab ein Zeichen und plötzlich waren zwei Uniformierte da. Von draußen hörte man anfahrende Wagengeräusche. Eine Sirene heulte kurz auf und verstummte sofort wieder, als habe ihr jemand gesagt, sie solle sofort aufhören.

Hinter zwei Polizeibeamten erschien ein blasser Mann mit verwirrtem Gesichtsausdruck. Er trug zwei Aktenordner und eine Tasche.

»Der Notar!«, seufzte Jonas. »Den hatte ich beinahe vergessen. Ich glaube, wir können ihn erst einmal wieder fortschicken.«

Peter Freylingsdorff wehrte sich nicht gegen die Verhaftung. Er lachte nur.

»Ich glaube«, sagte Paulina in das Rund der schweigenden, verstörten Gesichter, »er ist diesmal ein guter Verlierer!«

# Epilog

*»Und jetzt, Paulina? Peter Freylingsdorff ist verhaftet. Der Macho ist also erledigt. Mein Gott, ein Mannsbild aus einer anderen Zeit. Oh, der Pfarrer wird ihn natürlich besuchen. Peter wird ihm vielleicht sogar zuhören, doch wird er jemals verstehen, was er getan hat? Ich glaube es nicht. Der Pfarrer wird gewiss die ganze Familie betreuen müssen. Sie werden diesen Makel niemals loswerden, doch sie werden lernen, mit ihm zu leben.«*

*»Das alles ist wirklich furchtbar!«*

*»Ja, da hast du recht. Zum Glück ist Peter Freylingsdorff nicht damit durchgekommen. Sein großer Fehler war, dass er nach dem Mord nicht mehr an das zweite Handy seiner Frau gedacht hat. Es musste in der Nähe sein, denn sie musste ja rasch und unauffällig damit spielen können. Er hätte dieses Handy suchen sollen. Wenn nicht direkt nach dem Mord, so doch später. Und wo hätte es sonst sein können als an einem Ort, der aus seiner Sicht Dorits natürlicher Aufenthaltsort zu sein schien: also in der Küche oder der Speisekammer? Wie konnte ihm dieser Fehler passieren, obwohl er nach dem Mord so überlegt gehandelt hat, um die kleine Schriftstellerin verdächtig zu machen?«*

*»So schlau, wie er dachte, ist er wohl doch nicht. Oder es war blinde Wut. Das zwar beliebte, aber wie ich finde, recht alberne Spiel auf dem Handy war doch nur der Auslöser. Ausgerastet ist Peter erst, als sie ihn einen Hauptschüler nannte. Er, der notorische Gewinner, hat wohl lebenslang darunter gelitten, dass sie im Grunde klüger war als er …«*

*»Willard und Lilly bewohnen das Haus nun alleine. Ich frage mich, was aus ihnen wird? Und was wird aus Antonia werden? Martine wird mit ihren Katzen wohl ausziehen müssen. Und wie wird es mit Gunter und Sonia weitergehen? Wie werden sich alle entwickeln, ohne Dorit, die vermeintlich Sanfte, und ohne Peter, den König der Löwen?«*

*»Ich weiß es nicht. Vielleicht werden sie alle endlich erwachsen.«*

*»Vielleicht. Und du, Paulina, du hast das gut gemacht. Wirst du diesmal ernst machen mit deinem Jonas?«*

*»Ich weiß auch das noch nicht, Oma. Er ist verheiratet und wird es vermutlich bleiben. Vielleicht, vielleicht auch nicht. Ich kann, aber ich muss nicht. Ich bin frei. Auch wenn mir nicht ganz wohl dabei ist …«*

*»Ja, du bist frei. Und du musst ihn nicht heiraten! Du kannst deinen Spaß haben. Und vielleicht besuchst du bei Gelegenheit mal einen ganz bestimmten Pfarrer. Was meinst du?«*

*»Ich weiß nicht. Ich kenne ihn doch kaum.«*

*»Aber er war dir sympathisch. Genieße deine Freiheit. Das ist das Schönste, was es gibt.«*

*»Ja. Und bei Gelegenheit werde ich wohl Mutti auf dem Friedhof einen Besuch abstatten. Ich glaube, ich habe einiges mit ihr zu besprechen. Und … Oma?«*

*»Ja?«*

*»Oma, ich habe eine Bitte. Erzähl mir von dir und von deiner Familie!«*

*Leises Lachen.*

*»Oh, nein, diesmal nicht. Vielleicht ein anderes Mal. Ich muss nämlich jetzt gehen.«*

*»Wird es denn ein anderes Mal geben?«*

*»Wer weiß? Eine badische Miss Marple kann man immer gebrauchen!«*